后浪

的房间 看得见风景

a ROOM with a VIEW

E. M. Forster

[英] E.M. 福斯特 著

吴文权 高韵 译

江苏凤凰文艺出版社
JIANGSU PHOENIX LITERATURE AND
ART PUBLISHING

图书在版编目（CIP）数据

看得见风景的房间 /（英）E. M. 福斯特著；吴文
权，高韵译 . —— 南京：江苏凤凰文艺出版社，2022.8（2023.9 重印）
ISBN 978-7-5594-6428-6

Ⅰ . ①看… Ⅱ . ① E… ②吴… ③高… Ⅲ . ①长篇小
说 – 英国 – 现代 Ⅳ . ① I561.45

中国版本图书馆 CIP 数据核字 (2021) 第 256851 号

看得见风景的房间

［英］E. M. 福斯特 著　　　吴文权　　高韵 译

项目统筹	朱　岳　梅天明	
责任编辑	王　青	
特约编辑	赵　波	
装帧设计	杨和唐	
出版发行	江苏凤凰文艺出版社	
	南京市中央路 165 号，邮编：210009	
网　　址	http://www.jswenyi.com	
印　　刷	天津联城印刷有限公司	
开　　本	880 毫米 × 1194 毫米　1/32	
印　　张	9.75	
字　　数	194 千字	
版　　次	2022 年 8 月第 1 版	
印　　次	2023 年 9 月第 2 次印刷	
书　　号	ISBN 978-7-5594-6428-6	
定　　价	99.00 元	

目　录

附　录

第一部

第一章　贝托里尼公寓

"房东太太怎么能这样，"巴特利特小姐说，"真是太不该了。说好了给我们两间朝南的房，挨在一起，可以看见风景，可你瞧瞧，偏偏两间都朝北，望出去就是个院子，还隔得那么远。哦，露西！"

"这还不算，她居然满口伦敦腔！"露西说道。房东太太出人意料的口音令她愈发沮丧。"真以为是在伦敦呢。"她瞥了一眼餐桌旁对坐的两溜儿英国人，又瞧瞧他们面前那一顺儿水瓶与红酒瓶，接着，目光落在他们身后悬挂着的厚实画框上，那是英国前女王[1]和前桂冠诗人[2]的画像，最后映入眼帘的是画像外唯一的装饰品：一张英国国教教堂告示，由牛津大学硕士卡斯伯特·伊戈尔签署。"夏洛特，难道你感觉不到吗？我们好像就在伦敦。谁敢相信，只要一出门，便会是迥然不同的一番天地。我想，许是乏了的缘故吧。"

"这肉定是熬汤剩下的。"巴特利特小姐边说边放下叉子。

"我一心指望着要看阿诺河的。房东太太信中许给我们的

1　维多利亚女王。
2　维多利亚时代诗坛领袖丁尼生。

房间应该望得见阿诺河。房东太太真是太不该了。哎，居然有这种事！"

"住在哪个犄角旮旯里，我都无所谓，"巴特利特小姐接着说。"可你竟然看不到风景，那就太憋屈了。"

露西觉得，这一路上自己够自私的了，于是道："夏洛特，可不能什么都顾着我啊，你当然也要看得见阿诺河才成。我可是当真的。等前面一有房间空出来——""就你来住。"巴特利特小姐打断了她的话头；她的部分旅费可是露西妈妈掏的腰包，对于这份慷慨她感恩戴德，已在多个场合不露痕迹地暗示过。

"那可不行。得你住。"

"这个没得商量。你母亲要是知道了，绝不会原谅我的，露西。"

"她不会原谅的是我才对。"

两位女士激动起来，若容我道破那颇煞风景的实情，应该说二人都有些着恼。她们身子乏了，却得硬撑着装无私，推来让去的。周围有几人交换着眼色，其中一位是那种在国外一定会碰到的粗鲁之辈，他俯身桌上，不管不顾地插起话来："我的看得见风景，我的看得见风景。"

巴特利特小姐着实吃了一惊。照理说，住在膳食公寓里，周围的人先得观察你一两天，才会主动上来攀谈，而且往往要等你离开后，才发现你本该是个不错的"伴儿"。她看都不消看，就已心知肚明，这唐突的家伙无甚教养。他年纪一大把，身形壮硕，脸孔白皙，干干净净，一双眼睛大大的，透着股孩子气，却非那种老小老小的味道，至于究竟是什么，巴特利特小姐并未深究，她目光一转，落在他的穿着上，却也无甚可观之处。他十有八九打着这样的算盘：在她们尚未与其他人熟络之前，抢先跟她们攀上关系。见到他还在讲，她便摆出一副迷惑的表情，开口道："风景？哦，你说是风景啊！有风景自然是开心啰！"

"这是我儿子。"老人说。"他叫乔治。他那间房也看得见风景。"

"啊，"巴特利特小姐应道，一边扯着露西，不让她开口。

"我是说，"他接着又道。"你们可以住我们的房间，我们住你们的。咱们换一下。"

听闻此言，座中颇有教养的游客无不震惊，不免同情起这对新人来。巴特利特小姐回答是回答了，只是嘴张得小得不能再小。"那就真要谢谢了，不过这可使不得。"

"那是为何？"老人问道，双拳紧握杵在桌面上。

"不为什么，就是使不得，多谢您了。"

"是这样，我们不想夺——"露西开口说道，却再次被表姐扯住了。

"可这没道理呀！"他不肯罢休。"女士们稀罕风景，可男人不啊。"他像个调皮的孩子般双拳捶击着桌面，转身冲儿子说道："乔治，你倒是劝劝她们呀！"

"明摆着她们应该住那两间。"他儿子回答道。"这有什么

5

好说的呢。"

说话归说话，他并未抬眼看两位女士，然而语气里透着惶惑与伤感。露西本人亦感惶惑；然而，她看得出，她们的处境"很是尴尬"，而且她有种异样的感觉，这对缺乏教养的游客只要一开口，这场争执即会扩大加深，到了儿就不是房间与风景的问题了，而会关乎，怎么说呢，关乎截然不同的问题，而那问题她从未意识到。就在这当口儿，老人对巴特利特小姐发起了近乎粗暴的攻击：不肯调换究竟是为何？能拿出什么反对的理由吗？他们半个小时就能腾出房间来。

巴特利特小姐虽是巧言善辩，也架不住人家一味要横。对如此粗俗的家伙拿脸作色，她真做不出来。她一肚子怨怒，憋得满面通红，急切地左顾右盼，似乎是问"诸位都是这等人吗？"有两位矮小的老妇人远远坐在桌子那头，肩上的披巾垂下来，遮住了椅背；此时她们望过来，明显在说"我们可不是，我们可是有教养的"。

"亲爱的，快吃饭吧，"她对露西说，然后拨弄起先前嫌弃过的那块肉。

露西嘟哝着说，对面那人可真是古怪。

"快吃饭吧，亲爱的，这间公寓算是来错了，咱们明儿就换地方。"

这个咬牙忍痛的决定才一出口，就立时给收了回去。屋子那头，门帘左右一分，迈步进来个敦实的牧师，颇有些魅力。他快步上前，到桌边落座，笑呵呵地说迟到了很抱歉。于社交礼仪一道，露西尚显青涩，此时竟立即起身，脱口叫道："噢，噢，天哪，这不是毕比先生吗？噢，真是太棒了！噢，夏洛特，不管房间有多糟，我们就在这儿不走了。噢！"

巴特利特小姐可没那么冲动，从容地问道："您还好吗，毕比先生？恐怕您是不记得我们了。巴特利特小姐和霍尼彻奇小姐。记得那年复活节冷得出奇，您来唐桥井[1]给圣彼得教堂的牧师帮忙，我们当时也在场的。"

看那牧师的神态举止，俨然是位度假客，两位小姐记得他，他却不大记得她们。不过他还是愉快地走上前，见露西伸手相延，便在一旁的椅子上坐下来。

"见到您真是太高兴了！"那姑娘说。精神上她正经历着巨大的饥饿感，若是表姐准许，跟侍应生攀谈都会让她愉快。"这世界多小啊。如今又是夏日街，这一切可太妙了！"

"霍尼彻奇小姐就住夏日街教区。"巴特利特小姐忙补充道，好让牧师明白其中的关联。"她聊天时无意中透露，说您刚刚接受了那个……"

"错不了，上周妈妈才在信里告诉我的。她不晓得我在唐桥井就认识您了。不过我当即就回了信，说：'毕比先生是……'"

"没错。"牧师说道。"六月份我就会搬进夏日街的教区长宅邸。能给派到这样美好的教区工作，真是走运。"

1　唐桥井（Tunbridge Wells）是英国英格兰肯特郡西部的大型城镇，为典型的保守中产阶级聚居地。

"噢，真是太高兴了！我们家的宅子叫风之角。"

牧师微微一躬。

"平时就我和妈妈在家，还有我兄弟，不过很难拉他去教……，教堂离得挺远，我是说。"

"露西，最最亲爱的，让毕比先生吃饭呀！"

"谢谢你，我正在吃，吃得很香哩。"

他很乐意跟露西聊天，还记得她弹钢琴的样子，对巴特利特小姐呢，他兴趣不大，虽然后者十有八九还记得他的布道词。他问那姑娘是否熟悉佛罗伦萨，她滔滔不绝地讲了一大通，意思是从未来过。他很乐意给初来乍到的人出谋划策，况且论到这个，没人比他更在行。"可别错过了周边地区，"这一通建议临结束前，他又说道。"看哪天下午天气好，驱车上菲耶索莱[1]去，再到塞提格纳诺[2]转转，大概就是这样。"

"才不呢！"桌首有人嚷到。"毕比先生，此言差矣。头一个好天气的下午，两位女士该去普拉托[3]。"

"那位女士看上去可真是聪明。"巴特利特小姐悄声对表妹说。"我们的运气来了。"

也的确如此，在座的人七嘴八舌地提着建议，令她们应接不暇。人家告诉她们什么该看，何时去看，怎样叫停有轨电

1 Fiesole，佛罗伦萨东北八公里处一座小镇，坐落在风景如画的高地上。
2 Settignano，佛罗伦萨东南山麓的一座小镇，向来是英美游客的必到之地。
3 Prato，意大利中北部城市。位于亚平宁山脉西北麓，临比森齐奥河，东南距佛罗伦萨十六公里。

8

车，如何摆脱乞丐纠缠，一个羊皮吸墨台该出多少钱，这地方将会如何迷住她们。贝托里尼公寓的人们一致决定接纳二人，那气氛几乎算得上热情洋溢了。无论朝哪儿看，都只见和蔼可亲的女士们，满脸笑意地冲她们大声说着什么。那聪明女士的音量盖过了众人，只听她喊道："普拉托！她们定要去普拉托。那地方邂逅到可爱，简直无法形容。我爱极它了；你们知道的，我这个人，什么规矩礼数都抛到脑后，那才叫真开心呢！"

叫作乔治的年轻人朝那聪明女士瞟了一眼，继续闷闷不乐地吃东西。明摆着，他和父亲都不受待见。自己融入群体的同时，露西也希望那对父子获得认可。但凡有人遭到冷遇，都不会令她多一点开心；起身告退时，她扭转身子，冲两位落寞的人局促地微微一躬。

那位父亲没有留意，儿子虽未报以一躬，却挑眉展颜，予以回应，笑容似乎要传达什么。

此时，表姐已消失在门帘后，她疾走两步赶了上去。门帘撞到脸上沉甸甸的，似乎除了布，里面还有其他什么。门帘后面，站着不靠谱的房东太太，鞠着躬跟客人道晚安，小儿子恩纳利与女儿维多利亚也在一旁伺候着。他们居然操着伦敦土话，来传达南方人的温煦与优雅，真是一幅小小的奇景。更奇特的是那间客厅，舒适度之高，竟然可与布鲁姆斯伯里[1]的膳食公寓一较高下。这儿当真是意大利吗？

1　Bloomsbury，英国伦敦中北部的高级居住区，因在 20 世纪初期与知识界的人物，包括弗吉尼亚·沃尔夫、E.M. 福斯特及约翰·梅纳德·凯恩斯的关系而闻名于世。

巴特利特小姐业已坐进一张紧实的沙发椅，其颜色与形状宛如一只番茄。她正与毕比先生攀谈，一边说，一边缓慢而有节奏地将长而窄的脑袋前后摇摆，似乎要推翻某种无形的障碍。"真是要谢谢您，"她说道。"第一晚太重要了。您到的那会儿，我们正身陷困境呢。"

他表示遗憾。

"您可知道晚餐时坐我们对面的老人叫什么？"

"他叫艾默生。"

"他是您朋友吗？"

"我们彼此很客气，就是公寓里很普通的那种关系。"

"那我就不便多说了。"

他只略微追问了一二，她便接着说下去。

"可以这样说吧，我呢，"她尽量长话短说。"是小表妹露西的保护人，若是我让她欠下来路不明之人的情，事情只怕会麻烦。那人的举止太出格了。但愿我当时的处置是最明智的。"

"你处理得很得当啊。"他边说边思索着什么，片刻之后，又补上一句："不过，即便是接受了，也未必有什么不好。"

"不好自然是没有。可我们不能欠人家人情。"

"他这人相当特别。"他再次踟蹰起来，而后温言细语道："我觉得，他不会因此来要挟你们，也没指望你们感恩戴德。这人好就好在心口如一，如果这也算优点的话。他手头的房间自己并不觉得有什么好，却觉得你们会喜欢。他没想到让你们欠他人情，也没想到这样做礼貌与否。一个人再怎么率直坦

10

诚，别人也不一定领情，至少我是这么觉得。"

露西这下开心了，张口便道："我心里一直巴望着他是个好人；真的，我总希望人家都是好人。"

"我觉着他是个好人，心肠好到讨人厌。但凡是要紧的事情，我和他的看法几乎都背道而驰，所以，我料想，也许该说希望吧，你与他的看法也会大相径庭。不过他这种人呢，你会不同意他的看法，但不会对他感到愤慨。他刚来那会儿，无意间就把大家惹恼了。他不懂得圆滑，也搞不清礼数，我不是说他不讲礼数，而且他心里怎样想，嘴里就怎样说。我们差点就到我们那位令人郁闷的房东太太跟前投诉他了，不过还好，我们打消了这个念头。"

"是不是可以说，"巴特利特小姐道。"他是个社会主义者？"

毕比先生的嘴唇微微抽搐了一下，但还是认可了这个现成的字眼。

"这么说来，他养的儿子也该是个社会主义者喽？"

"乔治呢，我是一无所知，他还没学会跟人交谈。不过看上去他人还不错，应该很有头脑。当然，他的风格与乃父如出一辙，很可能也是个社会主义者。"

"哦，这下我可放心了。"巴特利特小姐说道。"那么，您认为刚才应该接受他们的提议？您是不是觉得我心胸狭隘、疑神疑鬼？"

"绝对没有。"他回答道。"我绝无此意。"

"那么，我是不是无论如何应该为我明显的粗鲁行为道歉呢？"

他有些不悦，回答说没那必要，随即起身离座，去了吸烟室。

"我是不是惹人嫌了？"他刚一消失，巴特利特小姐就问道。"你怎么就不开口呢，露西？我敢肯定，他喜欢年轻人。真希望刚才我没霸着他。一开始我就盼着，整个晚上、整个晚餐时间都是你跟他讲话。"

"他人真不错。"露西朗声道。"跟我记得的一样。似乎每个人身上他都能看到优点，没人当他是个牧师。"

"我亲爱的露西……"

"怎么了，你该明白我的意思啊。牧师们怎么笑，你又不是不知道。毕比先生笑起来就像个普通人。"

"你这个姑娘可真不得了！跟你妈一个样。我倒想知道，她会怎样看毕比先生。"

"肯定是喜欢他喽，弗雷迪[1]也会的。"

"我觉得风之角的每个人都会喜欢他，毕竟那是个时髦的地方。我呢，住惯了唐桥井，我们那里的人都很落伍，没得救了。"

"是的。"露西沮丧地说。

一层"看不惯"的阴霾在空气中弥漫开来，至于是看不惯

自己，还是看不惯毕比先生，是看不惯风之角的时髦，还是看不惯唐桥井的狭隘，她也说不清道不明。她试图去弄明白，却同往常一般，又陷入了错误。巴特利特小姐忙不迭地矢口否认自己看不惯谁，接着又道："恐怕你会觉得，我这个人当不了好旅伴，只会扫人兴。"

那姑娘再度思忖道："我先前一定是太自私、太冷漠了。今后可要多用点儿心。过得那么拮据，她心里肯定好受不了。"

所幸的是，小个子老妇中有那么一位，刚才一直和善地微笑着，此时走上前来，问可否坐毕比先生先前的位子。得到同意后，她便慢条斯理地打开了话匣子，述说起意大利来，讲她们如何仗着胆子到了这儿，这次冒险的成功如何令她满意，她妹妹的身体状况如何有了改善，夜里为什么要关卧室的窗，早上为何要倒光热水瓶里的水。每个话题经她一讲，都能引人入胜，比起客厅那头正在激烈进行的关于教皇党[1]与皇帝党[2]的高谈阔论，似乎更值得倾听。老妇人谈起威尼斯的那晚，居然在卧室发现一样比跳蚤更恐怖的东西，虽然比另一样还好些，却也不是什么可以带过的小事儿，算得上是彻头彻尾的灾难了。

"不过这里跟英格兰同样安全。贝托里尼太太很有英伦范儿。"

"我们房间可是有股味儿。"可怜的露西说，"搞得人都怕上床睡觉。"

1　Guelfs，指意大利一个拥护教皇、反对神圣罗马帝国皇帝统治的政党。
2　Ghibellines，指意大利一个拥护神圣罗马帝国皇帝统治，反对教皇的政党。

"唉，而且你们只能看到庭院。"她叹口气。"艾默生先生圆通些就好了！晚饭时大家都为你们抱屈呢。"

"我想他本意是好的。"

"这毫无疑问。"巴特利特小姐说。"毕比先生刚刚还批评我，说我太多疑。这也自然，我这样谨慎，还不是为了表妹着想。"

"那是应该。"小老太太说。她们轻声交流着，说带着个年轻姑娘，再谨慎都不为过。

露西佯做端庄，却不免觉得，自己就是个大傻瓜。在家时，没谁如此护着她，即便是有，她也不曾注意到。

"关于艾默生先生，我也知之甚少。是的，他不够圆通。可话又说回来，不知你们有没有注意过，有的人处事再粗线条不过，可同时呢，又是那般可爱。"

"可爱？"巴特利特小姐不解地说。"罔顾他人感受，能说是可爱？"

"人们一般都这样想。"对方无奈地说。"可有时我觉得，事情没那么简单。"

她就此打住，没有深谈，因为毕比先生再次走过来，显得极为开心。

"巴特利特小姐。"他叫道。"房间的事儿妥了。我太高兴了。艾默生先生在吸烟室聊起这事儿，我自觉很有把握，就鼓动他再次提出交换房间。他请我来征询你们的意见，他本人是很乐意的。"

"噢，夏洛特。"露西激动地对表姐说。"那两间房我们这回可得要下了。老人家的心肠真是再好不过。"

巴特利特小姐沉吟不语。

毕比先生顿了一顿，说道："恐怕是我多事了。抱歉，我不该掺和的。"

他怫然不悦，转身要走，直到这时，巴特利特小姐才开口道："最亲爱的露西，我的意愿无足轻重，无法同你的相提并论。因为你的善意，我才能来这里，若是你在佛罗伦萨喜欢做的事，我都横加干涉，那就太苛刻了。你若是愿意我将那两位先生赶出他们的房间，我就照办。毕比先生，可否请您费心转告艾默生先生，我接受他好心的提议，麻烦您引他过来，我好当面致谢？"

讲这番话时，她提高了声音，整个客厅都听得见，教皇党与皇帝党之争哑然无声了。我们那位牧师，虽然心里暗骂着女人，还是鞠了一躬，带着她的口信儿离开了。

"记住，露西，这事儿是我一个人决定的。我可不想接受这提议的是你。无论如何你得答应我。"

毕比先生转回来，神色紧张地说："艾默生先生脱不开身，不过他儿子来了。"

那青年俯视着三位女士，让她们觉得自己仿佛坐在地板上，她们的椅子实在是太低了。

"我父亲，"他说。"正在沐浴，因此您无法当面跟他道谢。不过，凡是您交代的，待他出浴后，我定会如实转达。"

巴特利特小姐听到"沐浴"二字，登时败下阵来。她那些含讽带刺的客套话，此时出得口来，已是锋芒尽折。小艾默生大获全胜，毕比先生心中大快，露西也是不动声色地偷乐。

"可怜的年轻人！"他前脚走，巴特利特小姐后脚就说。"因为房间的事儿，他该多生父亲的气！刚才他可是尽量做到不失礼了。"

"大概半个小时，房间就会妥当了。"毕比先生说。他若有所思地看了看表姊妹俩，然后径自返回房间，沉下心来写哲思日记去了。

"哦，亲爱的！"小个子老太太长舒一口气，接着一哆嗦，仿佛满天的风都袭进了公寓。"男士们有时没概念的……"她的声音渐渐弱下去，巴特利特小姐却似是心领神会，跟她交流起来，谈的主要是那些根本没概念的男人。露西也是个没概念的，自顾自地翻书看。她拿起本贝德克尔[1]的《意大利北部旅行指南》，用心记着佛罗伦萨历史上的重要日期，这样做是因为她打定了主意，次日要去玩个痛快。于是，半个小时不留痕迹地过去了，她所获甚丰。最后，巴特利特小姐站起身来，叹口气，说："看来得硬着头皮开始了。别，露西，你别动。我来监督搬东西。"

"你真是大包大揽啊。"露西说。

"那是自然，亲爱的。本来就是我的事儿。"

_____

1 Baedeker（1801—1859）：德国出版商，以出版以其名字命名的系列旅游指南而闻名。

"可我想帮你呀。"

"不必了，亲爱的。"

夏洛特真是有劲！也真是无私！她一辈子都是如此，可是说真的，此次意大利之行，她的表现竟非昔日可比。这是露西的感觉，或者说，她逼自己这样想。然而，她胸中有股逆反的情绪一直在叩问，此番接受人家的盛情，难道不可以少些造作，多些美好吗？无论如何，走进自己的房间，她内心一丝喜悦都没有。

"我得跟你解释一下，"巴特利特小姐说道，"为何我挑了较大的一间。照理说，当然应该让你住，可我无意间听说，这间房是那年轻人的，我敢肯定，你母亲不喜欢这样。"

露西听得云里雾里的。

"若要接受他们的好意，领他父亲的情总比领那年轻人的更合适些。虽然我见过的世面有限，可也清楚事情会怎样发展。不过，有了毕比先生，倒是多少可以保证，他们不会借此纠缠。"

"母亲不会介意的，这点我敢肯定。"露西说，不过有种感觉再次涌上心头：更大的、意想不到的事情将要发生。

巴特利特小姐叹了口气，伸手将她搂进怀里，似要保护她，跟她道晚安。这举动让露西如坠雾中，她回到房间，推开窗户，呼吸着夜晚清新的空气，想着那位好心肠的老人，正是他，让自己能够看到阿诺河上闪烁的光影，看到圣米尼亚托的柏树林，看到升起的月亮下，黑黢黢的亚平宁山脉的山麓丘陵。

在自己的房间里，巴特利特小姐扣死了百叶窗，锁紧了门，然后在套间内四下巡视，看看柜子通向哪里，是否有暗室或秘密入口。就在这时，她发现洗手池上方钉了一张纸，上面潦草地画着个巨大的问号，除此之外，别无其他。

"这什么意思？"她思忖道，借着烛光仔细研究起来。乍一看毫无意义，可看着看着，那问号变得危险、可憎，邪恶中透着不详。她一时冲动，想动手将它毁去，可转念一想，这定是小艾默生先生的物品，自己无权处置，于是小心翼翼地取下来，夹到两张吸墨纸间，替他保持干净。接下来，她巡查完房间，习惯性地重重叹了口气，上床睡觉了。

第二章 在圣十字教堂，没带贝德克尔指南

真是惬意啊！在佛罗伦萨悠然醒来，睁眼看到敞亮的房间，红色瓷砖地板虽不干净，看上去却颇为清爽；天花板上的壁画中，黄色小提琴与巴松管构成了乐器的森林，粉色的半狮半鹰兽与蓝色的裸体小爱神在其间嬉戏玩耍。另一件赏心乐事，便是猛地推开窗户，让它大敞着。她因不熟悉窗扣，手给夹了一下，然后探出身去，沐浴着明媚的阳光，放眼望去，山原秀美，绿树蓊郁，远处是一座座大理石教堂，近处，就在下方，阿诺河水拍打着路边的堤岸，汩汩作响。

河那边，水滨沙地上，人们劳作着，有的挥动铁锹，有的手端筛子；河面上驶着一条船，同样为着某个神秘的目的忙碌着。一辆电街车倏地掠过窗前。车内空空荡荡，只有一名游客，而两侧的平台上却挤满了意大利人，他们宁愿站着。顽童们试图扒在车后，却给售票员毫无恶意地一口啐到脸上，赶将下去。接下来，士兵们出现了，他们相貌英武，身材矮小，人人都背着背包，上面盖着块肮脏寒酸的毛皮，身着为身材高大的士兵裁制的长大衣。走在他们身侧的是些军官，相貌愚蠢凶恶；队伍前头跑着些小男孩儿，随着乐队的节奏，翻着筋斗。

19

电街车陷在队列间，痛苦地挪动着，仿佛蚁群围困中的毛虫。这时，一个小男孩跌倒了，而几头白色的小公牛涌出一道拱门。说真的，若不是一位卖扣子钩的老人出了个好主意，那条路怕是没法疏通顺畅。

许多宝贵的时间，就在这般琐屑的事情上悄悄溜走了，赶来意大利研究乔托[1]壁画触感或是调查教廷腐败的旅人，回到家乡时，或许一切都已淡忘，唯有湛蓝的天空，以及天空下生活的男男女女，还记忆犹新。鉴于此，巴特利特小姐的种种行为也情有可原：她敲了敲门就径直走进来，抱怨露西夜里没锁门，衣服没穿好便趴在窗户上，还催她抓紧时间，否则会错过一天最好的时光。等露西拾掇停当，她表姐已用过早餐，桌上的面包屑还未收拾，就在听那位聪明女士高谈阔论。

三人聊起来，无非是些日常话题。巴特利特小姐毕竟有些乏了，觉得晌午前两人最好待在屋里，熟悉一下环境，除非露西执意要外出？露西还是想出去，毕竟是在佛罗伦萨的第一天，不过，没问题的，她可以一个人去。这巴特利特小姐可是不答应。没话讲的，无论露西去哪儿，她都乐意奉陪。哦，千万不要；露西愿意留下来陪她。哦，可别！那可使不得。哦，就这么定了！

就在这当儿，那聪明女士插了一嘴：“若是碍着格伦迪太

1　Giotto（1267—1337），意大利著名的画家与建筑师，被认定为是意大利文艺复兴时期的开创者，被誉为“欧洲绘画之父”。他曾经在佛罗伦萨的圣十字教堂巴第礼拜堂中创作了著名的宗教故事壁画（约在1319年—1328年画成）。

太[1]的情面，那就尽管放心，这位好心人你不必顾忌。霍尼彻奇小姐是英国人，安全绝对有保障。意大利人是看人的。我的好朋友巴伦契利伯爵夫人有两个女儿，上学时若派不出女仆去送，就让她们戴上水手帽自己去。要知道，人家都当她们是英国人，尤其是头发紧紧扎在后面的时候。"

巴伦契利伯爵夫人女儿们的例子，并不能让巴特利特小姐放心。她执意要自个儿带露西出去，其实她头疼得也并不厉害。那聪明的女士又说，她反正要去圣十字区逛一早上，若是露西愿意同去，她会很高兴。

"霍尼彻奇小姐，我要带你走一条邋遢可爱的后街，若是你能带给我好运的话，那就会是一次真正的冒险。"

露西说真是太感谢了，一边就翻开贝德克尔指南，查找圣十字区的位置。

"啧，啧！希望我们在一块儿，能让你早点儿摆脱贝德克尔。他的指南净是些皮毛。真正的意大利是什么样子，恐怕他做梦都想不到。真正的意大利，只有耐心观察，才能发现。"

这番话令人兴致高涨，露西胡乱吃了些早饭，便兴高采烈地跟新朋友出发了。可算是看到意大利了。说伦敦土话的房东

1　Mr. Grundy. 英语成语 What will Mrs. Grundy say? 意为"那些保守古板的邻居会说什么？"，源自托马斯·莫顿的戏剧《快快犁地》(Speed the Plough，1798)。该剧第一幕中，阿什菲尔德太太非常嫉妒邻居太太格伦迪，于是丈夫对她说："闭嘴，好吗？总是在我耳边格伦迪夫人长，格伦迪夫人短。格伦迪太太会怎么说？格伦迪太太会怎么想？"从此后，格伦迪太太就成为正统与拘谨的代名词，此处指巴特利特小姐。

太太以及她刻意布置的一切，此时像噩梦般消失得无影无踪。

拉维希小姐，就是那位聪明女士，向右一拐，顺着阳光明媚的阿诺河滨大道走去。好暖和啊，真舒服！可是小巷子里刮来的风就像把刀子，不是吗？恩宠桥[1]但丁曾谈到过，说是别有韵味。圣米尼亚托教堂美丽而迷人；那座亲吻过谋杀犯的十字架[2]，霍尼彻奇小姐定会记住它的故事。河上，男人们正在打鱼。（此处有误，不过当时大多信息皆如此。）接着，拉维希小姐猛地窜到白色小牛涌出来的那道拱门下站定，高声道："这味道！真正的佛罗伦萨味儿！跟你讲，每座城市都有自己的味道。"

"这气味儿好闻吗？"露西说，从母亲那里她继承了对肮脏的憎恶。

"人们来意大利，可不是为了这里好闻，"拉维希小姐反驳道："而是为了寻找生活。早上好[3]！早上好！"她朝左右各鞠一躬。"快看，那辆酒车多可爱！赶车人那样盯着我们，多么可亲，多么淳朴！"

拉维希小姐就这样穿过佛罗伦萨的街道，她身材矮小，悸动不安，小猫般嬉戏快活，却不具小猫的优雅风度。对露西而

---

1 Ponte alle Grazie，佛罗伦萨的一座桥梁，横跨阿诺河，始建于 1227 年，是佛罗伦萨最古老、最长的桥梁。第二次世界大战期间，该桥被撤退的德军摧毁。战后重建，新桥在 1953 年完成。

2 圣·乔瓦尼·瓜尔贝托（San Giovanni Gualberto，995—1073）放弃为兄弟复仇，被此十字架上的人亲吻。

3 Buon giorno，意大利语"早上好"。

言，能与这么聪颖、快乐的人共处，真是老天的恩赏。此外，她还披了件意大利军官披的那种蓝色军用斗篷，更增添了欢快的气氛。

"早上好！听我老人家一句话，露西小姐：对下人多点点礼貌，绝不至于让你后悔的！这才叫民主呢！不过，我还真是个激进分子。看看，你吓到了吧。"

"哪有，才不会呢。"露西朗声应道。"我们一家人都是激进分子，如假包换。格拉德斯通[1]在爱尔兰倒行逆施前，我爸爸一直投他的票。"

"好的，好的。现在你可是跑到敌人阵营里去了。"

"哦，别这样说——！既然爱尔兰的局势已经稳定了，我爸爸若是健在的话，保证还会投激进派的票。再说了，上次选举时，我家前门的玻璃给人打碎了，弗雷迪坚信是托利党人所为，我妈妈却说他一派胡言，分明是流浪汉干的。"

"真可耻！我猜，你们家是住在工业区？"

"不，在萨里郡[2]的山区，离多金[3]五英里，正对着威尔德地区[4]。"

----

1 Willian Ewart Gladstone（1809—1898），英国自由党政治家，做过十二年英国首相，其政治信条强调机会均等、自由贸易、自由竞争的经济政策。在其第二个首相任期内（1880—1885），在爱尔兰推行压迫政策，同时也赋予爱尔兰雇农以更多的法律权利。

2 Surrey，英国东南部一郡县，位于伦敦大区的东北方向。

3 Dorking，英国萨里地区的一个集镇。

4 Weald，英国东南部一区域，横穿萨塞克斯郡、汉普郡、肯特郡和萨里郡，森林茂密，该名称在古英语中为"林地"之意。

拉维希小姐放慢了脚步，似乎颇感兴趣。

"那一带我非常熟，是个好地方，到处都是好心人。你认识哈利·奥特威爵士吗？没人比他更激进了。"

"跟他很熟呢。"

"还有巴特沃斯老太太，那位慈善家？"

"太巧了，她租了我们家的地！真有意思！"

拉维希小姐仰头凝视着头顶那一线缎带般的天空，口里喃喃道："噢，你们家在萨里有田产？"

"也没多少，"露西说，害怕给她当成个势利小人。"就三十亩地，不过是山坡上的一片园子，还有些个农田。"

拉维希小姐并未表现出厌恶，说她姑妈在萨福克郡[1]的地产恰好一般大。意大利给她们忘到了脑后。她们绞尽脑汁，拼命去想那位路易莎夫人姓什么，那年她在夏日街附近租了栋房子，却又不喜欢，实在是个怪人！那名字刚到嘴边儿，拉维希小姐却打住了，转而高声嚷起来："天哪，求你了！救救我们！我们迷路了。"

从公寓楼梯平台的窗户望去，圣十字教堂的尖顶清清楚楚就在那里，然而，可以肯定的是，她们好像已经走了很久。若不是拉维希小姐大谈特谈如何对佛罗伦萨烂熟于心，露西也不会放心大胆地跟着她。

"迷路喽！迷路喽！亲爱的露西小姐，我们痛斥政治的时

1　Suffolk，英格兰东部一郡，位于东英吉利海岸，郡首府为伊普斯威奇。

候，不小心拐错了弯。可恶的保守党们该会怎样讥笑我们！我们现在怎么办？两个孤身女子，在这人生地不熟的城里。也罢，这就是我说的冒险吧。"

露西一心想看圣十字教堂，提议说那就问问人吧，也不失为一个办法。

"哦，说这话可不是露怯了吗？别，你可千万别看那本贝德克尔指南。把它给我，可不能让你拿着。我们逛到哪儿算哪儿。"

于是乎，她们信步走去，穿过一条条灰褐色的街道，狭窄逼仄，平淡无奇，在这城市的东区随处可见。很快，路易莎夫人的不满令露西兴味索然，她自己却感到不满起来。意大利陡然出现在面前，令人目眩神迷。她伫立在圣母领报广场[1]上，注视着栩栩如生的陶制婴儿像[2]，任何等劣质仿品，都难损他们的光辉于分毫。他们立在那里，闪亮的四肢伸在捐来的衣服外，背衬一小方椭圆形蓝色天幕，高举着白皙强壮的手臂。露西心中暗道，这等美景，真是前所未见。拉维希小姐却丧气地高叫着，扯上露西便走，嚷嚷着说，这会儿她们离正道儿至少

1　圣母领报广场（Piazza della Santissima Annunziata）是佛罗伦萨一个风格和谐的广场，出于一些伟大的文艺复兴时期建筑师之手。

2　孤儿院（Spedale degli Innocenti），佛罗伦萨的历史建筑，面对圣母领报广场，是菲利波·布鲁内莱斯基的作品，于1419年接受设计委托，1445年完成。这是富有的佛罗伦萨丝绸行会的一项慈善事业，用于收容孤儿。孤儿院在1875年关闭。今天此建筑作为小型的文艺复兴艺术博物馆。孤儿院的正面是九孔门廊，门廊上方是一组椭圆形蓝色慈善标记，每个标记上都有一幅褪褓期的婴儿雕像。

偏了一英里。

到了这个点儿，早上那顿欧陆早餐[1]现了原形，或者说，已了无踪影，两位女士进了家小店，看到热栗子糊似乎是典型的意大利吃食，便买了些来充饥。那味道，有些像它的包装纸，又有些像头油，再有就是那神秘的未知了。尽管如此，食物毕竟给了她们力气，让她们能够溜达到另一个广场，灰扑扑的，甚是敞阔，远远地在那一头，耸立着一栋建筑，正面黑白相间，丑得没边儿。拉维希小姐夸张地跟它打招呼。这正是圣十字教堂。冒险到此结束。

"停一下吧，让那两人先走，免得跟他们讲话。我最恨跟人客套来客套去。真恶心，他们也进教堂了。哦，这些跑到国外来的英国人！"

"昨天晚餐时，我们就跟他们坐对面儿。他们还把房间换给了我们。他们心肠不错的。"

"瞧他们那体型！"拉维希小姐笑起来。"就像一对奶牛，漫步在属于我的意大利土地上。就算我恶毒吧，可我真想在多佛[2]摆上一张考桌，凡是通不过的游客，一律打道回府。"

"那你会考我们什么？"

拉维希小姐将手亲热地搭在露西的胳膊上，似乎想说，无论怎样她都会得满分的。两人意气洋洋地来到这座宏伟教堂的

1　相对英国包含鸡蛋与火腿的早餐而言，欧陆早餐简单得多，通常是面包加咖啡，不顶事儿。

2　Dover，英国港口城市，是往来于英国与欧陆间的必经之地。

台阶前，正准备进去，拉维希小姐忽然停步，双臂猛地举起，尖声叫道："那不是我那位本地通吗？我有话要跟他讲！"

眨眼间，她已一溜烟儿跑过广场，军用斗篷在风中翻飞着，脚步始终没有减慢，直到追上一位颊髭花白的老人，调皮地在他胳膊上捏了一下。

约莫等了十分钟，露西便已焦躁起来。乞丐缠得她心慌，灰尘吹入眼中，她忽地想起，年轻姑娘可不该在公共场所闲逛。她缓缓步下台阶，返回广场，打算与拉维希小姐会合。这人哪，花样真是太多！可此时，拉维希小姐与她那位本地通并未停步，而且还夸张地比画着手势，拐进一条侧街，没了踪影。露西一阵气苦，眼泪涌了出来，这人抛下她不管不说，竟然还带走了那本贝德克尔指南。找不到回家的路，这可如何是好？圣十字教堂这一带哪里是哪里呀？她的头一个早晨就这么给毁了，也许将来都没机会再来佛罗伦萨了。几分钟前她还兴致高昂，谈吐间俨然是位知书达理的女子，颇觉自己有些不同凡俗。这会儿她走进教堂，却是情绪低落、满心委屈，连这教堂是方济各会[1]建的还是多明我会[2]建的都记不起了。不消说，它必定是座气象恢宏的建筑，可又多像谷仓啊！还这么冷！没错，这里有乔托的壁画，面对那无与伦比的质感，她会感受到什么才是真正的艺术。可哪些才是乔托的作品，谁能告诉她？

1　方济各会是天主教托钵修会之一，拉丁文名 Ordo Fratrum Minorum，是拉丁语小兄弟会的意思，因其会士着灰色会服，故又称灰衣修士。
2　多明我会（拉丁名 Ordo Dominicanorum，又译为道明会），亦称"布道兄弟会"。会士均披黑色斗篷，因此称为"黑衣修士"，以区别于方济各会的"灰衣修士"、加尔默罗会的"白衣修士"。

她四下徘徊，一脸不屑，很不愿为一些作者不详、年代待考的作品浪费热情。甚至没人告诉她，教堂中殿与耳堂铺的那些墓石中，哪块才真叫美，曾令罗斯金[1]赞叹不已。

　　然而，片刻间，意大利那侵骨噬髓般的魅力感染了她，心下倒自欢欣起来，也不再执意要问个究竟。她连蒙带猜，弄懂了几张意大利文告示，上面说，禁止带狗入内，还说出于健康的考虑、也为了尊重此神圣建筑，请勿随地吐痰。她打量着周围的游人，他们的鼻子跟手中的贝德克尔指南一样通红，圣十字教堂真是寒气逼人啊。她目睹了三个小天主教徒的悲惨命运：在彼此泼洒的圣水中，两个男孩儿、一个女孩儿开启了自己的教徒生涯，然后来到马基雅维利纪念碑前，虽个个落汤鸡一般，却已获得了神圣的身份。他们远远地走向纪念碑，步履迟缓，伸手触摸到碑石，掏出手帕擦拭着，然后以头轻触碑面，随即向后退去。这有什么含义吗？他们如此重复再三。突然间，露西恍然大悟，他们错把马基雅维利当作某位圣徒，盼望以此获得美德的眷顾。可是惩罚接踵而至。那个最小的男孩儿给罗斯金钦慕的那块墓石绊了一下，双脚给墓石上一位主教的雕像卡住了。露西虽是新教徒，却箭一般冲了过去，可还是晚了一步，他重重地跌在主教竖起的脚趾上。

　　"可恶的主教！"老艾默生先生的声音高亢地响起，他也冲上前来。"生前刻薄，死后恶毒。孩子，出去到太阳地里去吧，

1 　约翰·罗斯金（1819—1900），英国著名的学者、作家、艺术评论家，而且还是建筑、意大利文艺复兴史方面的专家。

朝太阳吻你的手，那儿才是你该待的地方。这主教真让人受不了！"

那孩子歇斯底里地尖叫起来，不仅是冲着这番话，而且是冲着这些可怕的人，他们扶他起来，帮他掸灰，轻揉痛处，还告诫他切勿迷信。

"瞧瞧他那样子！"艾默生先生跟露西说。"这里简直一团糟：一个小家伙受了伤，不仅冻得要命，还给吓成这样！可话又说回来，在教堂里你还能指望什么！"

那孩子的双腿软得像融化着的蜡烛。每一次老艾默生和露西扶他站直，他都号叫着瘫坐下去。好在一位做祷告的意大利女士赶来援手。不知她用了哪种母亲们才有的神秘力量，让小男孩挺直了脊背，为他的双膝注入了力气。他站起身来转头离去，嘴里悸动不安地咕哝着什么。

"您真是位聪慧的女子，"艾默生先生说道，"您刚才所做的，让世上所有的文物古迹都黯然失色。我跟您信仰不同，可那些能让同类幸福的人，我信得过。宇宙其实没有设计——"

他顿了一下，想找一个合适的字眼。

"算不得什么，"这位意大利女士说罢，重新去做祷告了。

"也不知道她懂不懂英语。"露西试探着说。

她的态度起了变化，不再瞧不起艾默生父子，而是暗下决心，要对他们以礼相待，不是小心翼翼，而是大大方方；可能的话，对那舒适的房间赞美几句，以消除巴特利特小姐过分客气造成的尴尬。

"那位女士都听懂了。"艾默生先生回答道。"呃，您在这里做什么？参观教堂吗？您看完了吗？"

"不是的，"想起自己的遭遇，露西叫出声来。"我和拉维希小姐一道来的，说好了她做向导；可就在那门口——真是糟糕！——她竟然跑掉了，等了很久没见人，我只好一个人进来。"

"为什么你不能自己进来呢？"艾默生先生问道。

"对啊，为什么不自己进来呢？"他儿子说，头一次开口跟这位年轻女士讲话。

"可是拉维希小姐拿走了我的贝德克尔指南。"

"贝德克尔指南？"艾默生先生说。"还好，你是为这事儿头疼。丢了贝德克尔指南的确让人头疼。这事儿是挺头疼的。"

露西迷惑起来。她又一次感到些新的想法，却拿不准自己会给引向何处。

"您若是没了贝德克尔指南，"那儿子说，"不如跟我们一起走。"难道这就是那新想法引她去的方向吗？她慌忙躲进了自尊里。

"您的好意我心领了，可那不合适。希望你们别会错意，以为我赶过来是想加入你们。我过来的确是要帮帮那孩子，同时感谢你们昨晚好心让出房间。希望没有弄得你们很不方便。"

"亲爱的，"老人和声细语道，"我认为，你这番话是从年长的人那儿搬来的。你想做出副敏感易怒的样子，其实那不是你。别板个脸了，跟我说，这教堂哪里你很想看。带你参观一

30

定是件开心的事儿。"

瞧瞧，这简直是无礼之极，她应该发火才对。可是，火气有时也不是说发就发得出的，而有时想控制又控制不住。露西恼火不起来。艾默生先生是位长者，作为女孩子，哄他开心自然不为过。而他儿子是个年轻男子，她觉得一个女孩家就不该给他好脸色，或者说，在他面前就该板着脸。她瞪了他好久，才开口回答。

"我不觉得我喜欢生气。我想看的，是乔托的画，您要是能告诉我哪些是，那就谢谢了。"

那儿子点点头。他在前头带路，朝佩鲁齐小礼拜堂走去，脸上带着沉静的满足感。他身上有种教师的感觉。而她呢，觉得自己像个答对问题的小学生。

小礼拜堂里业已挤满了热忱的信众，一位讲解员的声音盖过了众人的喧声，指导他们说，欣赏乔托的壁画时，切忌仅盯着质感价值，而应关注灵性高度。

"请诸位记住，"他说道，"有关这座圣十字教堂的某些史实。早在文艺复兴侵染之前，建造者就怀着信仰，以对中世纪精神的满腔热忱修建了这座教堂。请看，这些壁画里，乔托毫不为解剖学与透视学所束缚；很遗憾，如今这些给修复工作毁坏了。还能有什么比这更宏伟、更悲怆、更优美、更真实的呢？我们觉得，在心灵丰富善感的人那里，所谓知识与工巧何等苍白无助！"

"此言差矣！"艾默生先生朗声道；对教堂这种场所来说，

那音量可着实不小。"这种话千万别往脑子里记！说什么是怀着信仰修建的！话说白了，就是工匠的工资没给够！再说那些壁画，哪里真实了，我根本看不出。瞧瞧那个穿蓝衣服的胖子！他体重一定跟我相仿，却直直地飞上天去，像只气球。"

他说的那幅壁画是《圣约翰升天图》。礼拜堂内，讲解员的声音迟疑起来，他还能怎么办？听众们不安地戳在那里，左右脚换来换去，露西也概莫能外。她心里明白，不该与这二人在一起，然而，她中了他们的魔咒。他们这般严肃，又这般古怪，竟让她忘了该如何举手投足。

"你说说看，真有这样的事儿，还是没有？有，还是没有？"

乔治回答道："果有此事的话，当时的情形应该就是这样。我宁愿自己飞上天堂，也不愿给小天使们推上去；若是到了天堂，我会希望朋友们探出身子向外看，就像画上画的那样。"

"还上天堂呢，你就死了心吧，"他父亲说，"亲爱的孩子，你我将长眠在养育我们的土地中，我们的名字定会消失，而我们的成就定会长存。"

"有的人呢，只能看到空空的墓穴，却看不到圣徒飞升，不管是哪位圣徒。果有此事的话，当时的情形应该就是这样。"

"对不起，"一个冰冷的声音说道。"礼拜堂太小，容不下两批人。我们就不妨碍你们了。"

讲解员是位牧师，他的听众就该是他的教众，因为他们手里不但捧着祈祷书，还捧着旅游指南。他们默然地鱼贯而出，其中就有贝托里尼公寓的两位小老太太，特蕾莎小姐和凯瑟琳·阿兰小姐。

"请留步！"艾默生先生高声叫道。"这地方够大哦，容得下我们所有人。请留步！"

那一列人未发一言就消失了。

没过多久，隔壁一间礼拜堂里，响起了那位牧师的声音，讲述着圣弗朗西斯的事迹。

"乔治，我敢肯定，那位牧师是布里克斯顿的助理牧师。"

乔治去了隔壁的礼拜堂，很快回来说："也许是吧，我记不得了。"

"要是的话，我最好跟他聊一聊，好让他记起来我是谁。他就是那位伊戈尔先生。他为什么要走啊？是我们太大声了吗？真是不好意思。我该去跟他说声对不起。难道不应该吗？那样的话，他或许会回来。"

"他不会回来的。"乔治说。

艾默生先生满心懊悔、郁郁不乐，决定还是跟过去向助理牧师卡斯伯特·伊戈尔道歉。露西显然正用心观看一个新月形壁龛，却也听到讲解再一次给打断，听到老人焦躁唐突的声音，以及对方简短而愤慨的回答。他儿子也在侧耳倾听，但凡有小摩擦，他都会紧张，认为要发生悲剧了。

"不管跟谁，我父亲都这么直来直去的。"他跟她解释道。"他总是尽力去表达善意。"

"大家都能尽力这样做，那不就好了？"她有些紧张地笑着说。

"我们这样做，是为了能有更好的性格。可他不是，他对人家好，纯粹是出于爱，可他们一旦觉察到这点，不是感到恼火，就是觉得害怕。"

"那些人真是够蠢的！"露西道，心下却很能理解那些人。"我觉得嘛，这样友善的行为，要是能表达得策略些——"

"策略！"

他猛地扬起头，一脸不屑。明摆着，她给了一个错误的答案。她看着这怪人在礼拜堂里踱来踱去。阴影笼罩前，那张脸上带着年轻人少有的粗犷之气，透出股坚毅来，而阴影一旦覆上去，却瞬间就变得柔和起来。她脑海中也出现了他的面孔，那是在罗马，就在西斯廷教堂的穹顶上[1]，他抱着许多橡子，身材健美、肌肉结实，然而却给她一种灰暗的感觉，像是蕴含着悲剧，也许只有在夜幕降临后，那感觉才会得以消解。这感觉转瞬即逝；能够体察如此微妙的情感，倒是真不像她。大概是因为太安静，也因为一种无可名状的情绪，艾默生先生回来时，那感觉便消失了，她又可以重新回到自己最为熟悉的世界里，大家快言快语地交谈起来。

"你碰了一鼻子灰吧？"他儿子平静地问。

"也难怪，我们不知道扫了多少人的兴。他们不肯回来。"

"……充满与生俱来的同情心……敏于感受他人的美

---

[1] 米开朗琪罗在那穹顶上画了二十个裸体青年，此处露西将乔治想象为其中一个。

34

德……人人皆兄弟的情怀……"越过隔墙，介绍圣弗朗西斯的只言片语飘了过来。

"别让我们也扫了你的兴，"他接着跟露西说。"你瞻仰过那些圣徒了吗？"

"看过了，"露西说。"挺不错了。您知道罗斯金赞美过的是哪块墓石吗？"

他也不晓得，便建议大家猜猜看。乔治不肯动，这让她舒了一口气，于是同老人家在圣十字教堂里逛了一圈，倒也还算有趣，这教堂虽然像一座谷仓，却坐拥众多精美的物件。他们避开了乞丐的纠缠，绕过廊柱时差点儿撞上导游，看到一位牵狗的老太太，目睹一两个牧师小心翼翼地挤过成群的游客去做弥撒。艾默生先生倒是有些心不在焉。他注视着那位讲解员，深信自己损害了他的权威，想到这儿，惶然地瞟了瞟儿子。

"他为何总盯着那壁画看？"他局促不安地说。"有啥可看的呢。"

"我喜欢乔托。"她答道。"对于他作品的质感，人家的评论可是精彩极了。不过，我更喜欢的呢，是德拉·罗比亚雕的婴儿像那一类作品。"

"那是应该啊。一个婴儿抵得上一打圣徒。我的孩子可抵得上整个天堂，不过在我看啊，他却生活在地狱里。"

露西再次感到这样聊下去可不成。

"在地狱里，"他重复道。"他不开心。"

"哦，天哪！"露西叫道。

"他身强力壮、充满活力，怎么就不开心呢？难道给他的还不够？你想想看，他受了怎样的教育，凡是蛊惑人们以上帝的名义相互仇视的迷信与愚昧，都不曾侵染过他的心灵。我还以为，受了这等熏陶，他定会快乐地成长呢。"

她不懂神学，可也感到这位老人真是愚不可及，而且毫无虔敬之心。她隐隐觉得，自己跟这种人打交道，母亲可能不大会赞成，夏洛特尤其会激烈反对。

"该拿他怎么办啊？"他征询道。"他到意大利是度假来的，却——如今这副模样，就像那个小孩儿，本该来玩耍的，却跌在墓石上受了伤。哦，你刚才说什么来着？"

露西也没什么好主意。他突然又说："也别纠结这事儿了。我也没要你爱上我儿子，可还是觉得你也许该试着理解他一下。你与他年龄相仿，若是能放得开，相信会是通情达理的。你或许能帮到我。他不认识什么女人，而你又有时间。你会待上几周，是吧？不过真得要放开些。从昨晚的情形看，你挺容易犯糊涂的。放开些。别陷在那些你弄不懂的观念里，抽身出来，把那些观念摊在日头下，弄明白它们的底细。弄懂了乔治，你兴许会弄懂自个儿。对你们俩都是好事儿。"

对这番非同寻常的言论，露西哑然无语。

"我只知道他问题出在哪儿，至于为什么会出问题，我就一无所知了。"

"那您说，问题出在哪儿呢？"露西怯怯地问道，心想接下来定会听到个悲惨的故事。

"老问题喽，他总觉得事情不对头。"

"什么事情啊？"

"宇宙中的事情。其实他是对的。是不对头。"

"哦，艾默生先生，您到底在说什么呀？"

她没有意识到他在念诗，因为他的声音与平时并无二致：

> "自远方，自暗夜到黎明
>
> 自那十二道风流转的苍穹
>
> 织就我躯体的生命物质
>
> 因风吹送，为我赋形。[1]

乔治同我都明白这点，可为什么这会让他郁闷呢？我们知道自己乘风而来，也将随风而去，在永恒那平滑的质地中，一切生命或许都是一个疙瘩，一种纠结，一点污渍。可这该令我们悲戚吗？我们反倒该互相亲爱，努力工作，尽情玩乐。世界的本质就是悲哀吗？我偏就不信。"

霍尼彻奇小姐表示赞同。

"那就请你想想办法，让我儿子能跟我们想的一样。要让他认识到，在那永恒的'为什么'旁边，有一个'是'字，你说它转瞬即逝也行，但那的确是个'是'字。"

她一下子笑出声来，这也难怪，怎么可能不呢？一个年轻

1　这个片段出自英国诗人豪斯曼的诗集《西罗普郡少年》。

人郁郁寡欢，就因为宇宙不对头，因为生活像一团乱麻、一阵风，或者像个"是"字，或其他什么。

"真对不起，"她大声说道。"你该觉得我没心没肺吧，不过，不过——"随即她摆出一副老成持重的样子来。"哦，不过你儿子是该找些事做。他没有什么特别的爱好吗？你看，我自己也有烦恼，可一弹钢琴，就都忘到脑后了；我弟弟集邮，好处可是多得说不完。或许意大利让他厌了，你们可以到阿尔卑斯山或者湖区走走。"

老人面现悲容，伸手轻轻地碰了碰她。她没觉得有何不妥，误以为他为自己的建议所动，在表示感谢呢。事实上，对他的言行举止，她早就不以为意；在她眼中，他是个好人，就是有些呆气。一个小时前，她的贝德克尔指南还没丢，那会儿她的心情因美而激荡着，而此刻，激荡她的却是一种精神层面的东西。那位亲爱的乔治此刻大踏步跨过墓石朝他们走来，看起来既可怜又荒唐。他走近了，面孔隐在暗影里。他开口道："是巴特利特小姐。"

"哦，我的天！"露西叫道，突然间感到一阵瘫软，再一次从崭新的角度看到了整个生活。"在哪儿？在哪儿？"

"就在中殿那儿。"

"我明白了。那两个爱搬嘴的艾伦小姐定是——"她及时打住了。

"可怜的姑娘！"艾默生先生忍不住了。"可怜的姑娘！"

这句话她可不会轻易放过，因为这正是心中的感觉。

"可怜？您这话的意思我可是搞不懂。跟您明说吧，我觉得自己挺幸运的。我开心极了，玩得很痛快。请您千万别浪费时间为我抱屈。这世上的悲哀够多了，不是吗？犯不着再鼓捣些出来。再会！多谢二位的善意。哦，没错，那不是我表姐吗？今天早上真是愉快！圣十字教堂太棒了。"

她和表姐会合了。

第三章　音乐、紫罗兰与字母S

露西眼中的日常生活混乱不堪，然而，只要打开钢琴，她便自然而然地踏入一个相对坚实的世界。一入琴境，倨傲恭顺，反骨奴性，都抛却于九霄云外。音乐王国有别于俗世；但凡为出身、智力、教养所累，处处碰壁之人，它都欣然接纳。平凡之人，抚琴而奏，便即轻盈地直上苍穹，我辈只能抬头仰望，惊叹于其出尘之姿，感慨系之：若是他能将其卓识高见化作人类文字、其所经所历化作人类行动，我们该如何崇拜他、爱戴他。也许他做不到这点；当然，从未有人做得到，或者说，极少有人做得到。露西本人就从未做到过。

她的演奏谈不上才华横溢，奏出的曲调与珠玉之声相去甚远；就年龄与地位而言，弹对的音符也算不上多。她也非那类激情澎湃的姑娘，会在夏夜里敞着窗，弹奏悲戚的乐曲。激情她不缺，只是那激情无可名状；它游离于爱、恨与嫉妒之间，游离在构成诗情画意风格的诸多元素之间。她有着一种悲剧感，原因嘛，就在于她心气颇高，总喜欢站在胜利者一边。至于那是怎样的胜利，击败的又是谁，日常生活的语言是无法告诉我们的。贝多芬的几首奏鸣曲骨子里很是悲情，这该不会有人质疑吧；然而，它们是该表达胜利，还是表达绝望，全凭演奏者定夺，而露西觉得，它们就该表达胜利。

某日午后，大雨滂沱，露西待在贝托里尼公寓里，有机会做些她钟爱的事情。午饭后，她打开那架蒙着琴罩的小钢琴。有几个人在一旁倾听，夸她弹得好，见她不应声，便各自散去，回房间补写日记，或是午睡。艾默生先生找儿子，巴特利特小姐找拉维希小姐，拉维希小姐找她的烟盒，凡此种种，她均没有留意。一个真正的演奏者，只会沉浸在音符带来的纯粹感觉中；音符宛如手指，轻抚着她的手指。不仅仅靠声音，也靠触觉，她满足了胸中的渴求。

毕比先生悄没声地坐在飘窗上，琢磨着霍尼彻奇小姐身上有悖逻辑的地方，同时回忆起当初在唐桥井，第一次发现这点时的情形。那是一次上流社会款待下等人的聚会。位子上坐满了恭敬的观众，在教区牧师的主持下，教区的太太们和绅士们或是唱歌、或是朗诵、或是模仿拔香槟酒瓶塞的动作。公布的节目中，有一项是"霍尼彻奇小姐·钢琴独奏·贝多芬"，毕比先生很好奇，不知会弹《阿德莱德》，还是《雅典废墟》里的进行曲，可就在那一刻，他从容的心境被《作品第三号》最初的几个小节打乱了。整个前奏部分，他的心都悬着，因为节奏快起来前，没人知道演奏者的意图。随着第一个主题咆哮而至，他就明白了，这可是非同一般啊；预示曲终的几个和弦出现时，他听到了胜利的咚咚槌声。令他欣慰的是，她只弹奏了第一乐章，他实在无法专心倾听十六分之九拍的曲折繁复。听

41

众们掌声四起，恭敬如常。有人带头跺起脚来，正是毕比先生；最多也只能做到这个程度了。

"她是何人？"事后他问牧师。

"我一位教众的表亲。我觉得她选的这首曲子不够喜气。贝多芬的引人之处，通常在于简单与直接，而这首曲子，别的不说，竟让人惴惴不安，选它真匪夷所思。"

"介绍我认识吧。"

"那她是求之不得。她与巴特利特小姐对您的布道可是赞誉有加。"

"我的布道？"毕比先生叫出声来。"她怎会想到去听我布道？"

等到介绍时，他可算明白了，离开琴凳的霍尼彻奇小姐，只是个有着一头浓密乌发的年轻姑娘，一张苍白的娃娃脸异常秀丽。她喜欢听音乐会，喜欢来表姐家玩儿，喜欢冰咖啡与蛋白酥皮饼。她也喜欢他的布道词，这一点不容置疑。离开唐桥井前，他对牧师说了一番话，此时，看到露西合上小钢琴，梦游般朝他走来，于是又说给露西听："若是有一天，霍尼彻奇小姐能像弹琴那样去生活，于我们、于她自己，都会是极其令人兴奋的事情。"

露西一下子从梦中醒过来。

"哦，真是好巧啊！有人也跟我母亲说过一模一样的话，而她却说，相信我绝不会过一种两面的生活。"

"霍尼彻奇夫人不喜欢音乐吗？"

"她只是无所谓。不过她不喜欢人家对任何事情过分热衷；她觉得我太过痴迷。她觉得——我也搞不懂。你知道，有次我跟她说，跟别人的演奏比，我更喜欢自个儿的。这话她至今难以释怀。我当然不是说我弹得好，我只是说——"

"我当然知道，"他说，纳闷她为何要主动解释。

"音乐——"露西说，仿佛要做个总结。她说不下去了，心不在焉地望着窗外雨中的意大利风光。南部的生活处处杂乱无序，欧洲最优雅的国度变成了一堆堆走了形的衣物。

街道与河流肮脏而昏黄，桥梁肮脏而灰暗，山丘肮脏而发紫。就在它们的某个褶皱里，藏着拉维希小姐和巴特利特小姐，她们选了这个下午去参观加洛塔[1]。

"音乐怎么样呢？"毕比追问道。

"可怜的夏洛特会淋个透湿的。"露西应道。

如此的出游对巴特利特小姐而言，再典型不过，她回来时，肯定是又冷、又累、又饿，裙子毁了，旅游指南泡发了，嗓子眼儿痒得直咳嗽，却不失天使风范。换在另一天，整个世界都在歌唱，空气漫入口中，甘美如红酒，她却赖在起居室里不肯动，说自己是个老东西，给一个精力充沛的女孩子做伴不合适。

"拉维希小姐不知道带你表姐跑到哪里去了。我想啊，她定是要见识见识雨中真实的意大利。"

1　佛罗伦萨著名历史建筑，坐落于城郊山顶，可俯瞰全城风光。

"拉维希小姐真的与众不同，"露西喃喃道。这是句套话，是贝托里尼公寓品评人物时的最高评价。拉维希小姐的确与众不同。对此毕比先生有所保留，可人家会说这是出于神职人员的狭隘。正因为如此，同时也出于别的原因，他选择了不动声色。

露西带着敬畏的口吻接着道："拉维希小姐在写书，这是真的吗？"

"人家都这么说。"

"是本什么书呢？"

"是本小说，"毕比先生回应道，"讲的是现代意大利。若是想知道书里写了啥，建议你去找凯瑟琳·艾伦小姐，论到能说会道，我认识的人当中，她可是头一份儿。"

"我倒希望拉维希小姐亲口跟我讲。我们一开始就是好朋友。可我还是觉得，那天在圣十字广场，她不该拿着贝德克尔指南就不见了人影。夏洛特发现我实际上是孤零零一个人，肺都要气炸了，我也有些生拉维希小姐的气，想忍都忍不住。"

"可无论如何，那两位女士已经和解了。"

巴特利特小姐和拉维希小姐这样两位天差地别的女士，竟突然间要好起来，毕比先生对此颇感好奇。她们总是形影不离，露西倒成了遭忽视的第三者。拉维希小姐他自认看得懂，可巴特利特小姐呢，或许挖掘不出什么内涵，却有可能展现出深不可测的怪诞，令人大开眼界。在唐桥井时，他就当她是个古板的监护人，难道是意大利让她偏离了这个角色？他向来喜欢研究单身女性，这成了他的专长，而他的职业也为研究工作提供了极大的便利。露西这样的女孩儿自是赏心悦目，然而，出于某些隐秘的原因，毕比先生对女性的态度有些冷淡，感兴趣是有的，着迷绝不会。

露西又在说可怜的夏洛特会淋个透湿，这已经是第三次了。阿诺河水暴涨，前滩上小推车的辙印已冲刷得了无踪迹。不过，西北方出现了沉沉的黄色雾霭，若不是预示着天气变糟，也许表示即将转晴。她推开窗去查看，一阵寒风刮进屋内，恰巧凯瑟琳·艾伦小姐走进门来，忍不住埋怨起来。

"哦，亲爱的霍尼彻奇小姐，小心着凉！这不，毕比先生还在旁边呢。谁想到意大利会是这样？我姐姐竟然抱着个热水袋。想舒服点儿都不可能，饭也没一顿像样的。"

她侧着身子挪向他们，神情忸怩，平时她进屋时，若里面有一个男人或是一男一女，她总是这般模样。

"我待在自己房间关了门，可还是听到了你美妙的琴声，霍尼彻奇小姐。关紧门，真的很有必要！这个国家的人根本不懂什么叫隐私。人家的私事儿就这么你传我、我传你的。"

露西得体地做了回应。毕比先生在摩德纳有段奇遇，当时他正在洗澡，女服务员径直闯了进来，笑嘻嘻地嚷嚷道，"没什么，我都一把年纪了。"这事儿当着两位女士的面可不好提，于是他退而求其次，说道："艾伦小姐，您的看法我极赞成。意大利人最让人难堪了。他们四下里窥探，凡事逃不过他们的眼睛，我们还不清楚自己要什么的时候，他们早就知道了。哪

45

儿哪儿他们都吃定了我们。他们看得穿我们的心思，猜得准我们的愿望。下至赶车的，上至——上至乔托，他们把我们里里外外研究透了，真是可恶！然而在内心深处，他们又何等肤浅！对于智力生活，他们一窍不通。贝托尼里太太说得真没错，她那天扯着嗓子跟我讲，'哦，毕比先生，你不知道我为孩子的教义[1]操了多少心。我才不灰让一个傻都讲不清的浮土意大利人教我的小维多利亚呢！'"

艾伦小姐没听明白，心下却猜到，人家这是在善意地附和自己。她姐姐对毕比先生有些小小的失望，认为谢了顶、留着黄褐色腮须的牧师才会有出众的德行。的确，谁会想到，容忍、同情和幽默感会栖息在这样一副军人的身板儿里？

她心里颇感满足，身子却依旧侧着，至于为什么，很快就真相大白了。她从身下的座椅上抽出个炮铜色的烟盒，上面用蓝绿色喷出两个姓名首字母"E.L."。

"是拉维希小姐的。"牧师说道。"拉维希人不错，不过我希望她能改抽烟斗。"

"噢，毕比先生，"艾伦小姐既吃惊又开心地说。"确实，抽烟虽然对她来说是件糟糕的事儿，可也没你想的那么糟。她染上烟瘾，实在是出于绝望，她毕生最重要的作品给泥石流冲走了。因为这个抽上烟，当然更可以原谅喽。"

"是什么样的作品啊？"露西问道。

---

1 教义应为教育，此处毕比先生在模仿贝托尼太太的口音，下面的"不灰"应为"不会"，"傻"应为"啥"，"浮土"应为"糊涂"。

毕比先生心满意足地靠在椅背上，艾伦小姐如是说道："是本小说，——恐怕，据我所知，写得并不怎么样。有本事的人滥用自己的才华，真叫人痛惜，还别说，他们倒经常那么做。言归正传，她要出去买些墨水，那部即将完成的书稿呢，就放在阿马尔菲城卡普奇尼旅馆的耶稣受难神龛里。她跟人说：'我想买些墨水，可以吗？'可是你知道，意大利人是什么样子，就在那时，神龛轰的一声掉到了海滩上，而最令人痛心的是，自己写了些什么，她都记不得了。那事儿发生后，这可怜人大病一场，随即染上了烟瘾。这可是个大秘密，不过我要很高兴地告诉你们，她正在写另一部小说。就前两天，她还跟特丽莎还有波尔小姐说，本地风物她已了然于胸，只待构思好切入点，便可以动笔了；顺便说一句，这部书写的是如今的意大利，而上一本写的是以前的意大利。她第一站去了佩鲁贾，试图寻找灵感，随后才来这里，这事儿千万别给传出去。不管经历了什么，她都是一副乐天派的模样！我禁不住想，你再看不惯人家，人家也总有些地方让你不得不佩服。"

艾伦小姐一向如此，明知不妥，还是选择宽以待人。这番话虽前言不搭后语，却因其中那一丝怜悯之情，竟生出一种意想不到的美感来，恰如秋日林间，腐败的气息中偶尔会升起一种气味，勾起人对春天的回忆。她觉得自己太过替人着想了，于是急忙为自己的宽容致歉。

"话又说回来，她是有点儿太 —— 说她不像个女人呢，我打心底里也不愿意，不过有一说一，自打艾默生父子来了后，她的举止就变得古里古怪的。"

艾伦小姐索性聊起一桩轶事，毕比先生笑看着她，心里清楚，当着一位绅士的面，这事儿她只能讲到一半。

"霍尼彻奇小姐，不知你是否注意到，波尔小姐，就是那个一头黄头发、喜欢喝汽水的。那位艾默生老先生呢，什么事到他嘴里，就变得怪怪的，——"

她嘴张在那里，不说话了。毕比先生谙熟各种社交技巧，见此情景，便起身出去要茶，于是她便慌忙跟露西继续嘀咕道："他说起胃，提醒波尔小姐小心胃酸，他就是这么说的，也许他是好心吧。我得说，我当时忘乎所以，竟然笑出了声。特丽莎说得对，这没什么好笑的。可问题是，拉维希小姐一听他提 S[1]，便正儿八经给迷住了，说她就喜欢人家讲话直来直去，喜欢听到不同层次的想法。她以为他们是旅行推销员，当时用的是 drummer 这个词，整个晚餐期间，她一直都在想办法去证明，我们亲爱的伟大祖国英国什么都不靠，只靠商业。特丽莎大为恼火，奶酪还没上便起身离座，一边说：'拉维希小姐，瞧那边，那人会驳倒你，他比我厉害多了，'一边手指着那张漂亮的丁尼生爵士画像。拉维希小姐随即回道：'啧！早期维多利亚人！'你想想看！'啧！早期维多利亚人！'当时我姐姐已经离席，我觉得我不得不发言了，便说道：'拉维希小姐，本人就是早期维多利亚人。也就是说，任何对我们亲爱的女王

1　也就是英语"胃"的首字母。

的不敬之辞，起码过不了我这一关。'她那样讲太忤逆了。我提醒她，女王虽然不情愿，可终究还是驾临爱尔兰，我得说，听了这话她瞠目结舌、无言以对。可糟糕就糟糕在艾默生先生恰巧听见了这番话，用他那低沉的嗓音叫道：'确实，确实！就因为那次爱尔兰之行，我才很尊重那个女人。'那个女人！我不大会讲故事，可是你也看到了，到了那一刻，我们都给缠到一起了，就因为最初提到了那个 S。可事情还没完。晚饭后，拉维希小姐走上前来说道：'艾伦小姐，我打算去吸烟室跟那两位有见地的先生聊聊天。来，一起吧。'不用说，如此冒昧的邀请，我当然拒绝了，可她居然觍着脸说这样的谈话会开拓我的视野，还说她有四个兄弟，除了一个在军队服役外，都上了大学，他们一向认为，跟旅行推销员交谈很重要。"

毕比先生这时已经回来了，接口道："让我把这事儿说完吧。"

"拉维希小姐也请了波尔小姐、我本人以及在座的每一位，见没人应，末了只好说：'我还是一个人去吧。'然后就走了。五分钟后，她悄没声地回来了，拿着块绿色绒面板，自顾自玩起单人纸牌来。"

"究竟是怎么一回事儿啊？"露西嚷到。

"谁知道呢。永远也不会有人知道。拉维希小姐绝没有胆子说出来，艾默生先生呢，也觉得不值一提。"

"毕比先生，老艾默生先生是好是坏呢？我真是想知道。"

毕比先生笑起来，建议她自己去弄清楚这个问题。

"我可做不到，这太难了。他有时傻乎乎的，不过我也不介意。艾伦小姐，您怎么看？他是个好人吗？"

小老太太摇摇头，不以为然地叹口气。毕比先生觉得这番谈话颇为有趣，为了逗她开口，便说道："艾伦小姐，我觉得因为紫罗兰那件事，您定会把他归为好人一类。"

"紫罗兰？哦，天哪！是谁告诉您紫罗兰那事儿的？话传得可真叫快啊。膳食公寓就是个飞短流长的地方。不，我忘不了他们在圣十字教堂听伊戈尔先生讲解时的所作所为。哦，可怜的霍尼彻奇小姐！那事儿真是太糟糕了！不，我已经完全改变了看法。艾默生父子我是真不喜欢，他们不是什么好人。"

毕比先生淡然地微笑着。他不失分寸地努力过，想把艾默生父子带入贝托里尼公寓的社交圈子里，可他失败了。几乎可以说，如今他是唯一对他们保持友善的人。此前，代表才智的拉维希小姐已经对他们表示出公然的敌意，如今，代表教养的两位艾伦小姐也与她同声共气。巴特利特小姐因为欠他们的情弄得一肚子火，也不会有什么好脸色。露西的情况有所不同。她模模糊糊跟他讲了在圣十字教堂的经历，由此他猜到，虽然有些蹊跷，但那两位男士也许在一致努力将她争取过去，从他们那奇特的角度为她展示这个世界，让她对他们自身的悲伤与欢乐发生兴趣。这样做有越礼之嫌；他宁愿他们的主张以失败告终，也不希望一个女孩子去为之摇旗呐喊。毕竟他不知道他们的底细，而公寓里的快乐与悲伤不过是过眼烟云罢了，但露西却会是他教区的一员。

露西一直留意着天气，这会儿终于开口了，说艾默生父子人还不错；倒不是因为她看见什么与他们相关的物件。他们晚餐时的座位都给人挪走了。

"可是，亲爱的，他们不是一而再再而三地缠着你跟他们一道出去吗？"小老太太纳闷地问道。

"不过一次罢了。夏洛特为此很不高兴，说了几句——当然，也没有失礼。"

"她做得太对了。我们这一套他们哪里懂。他们该去找同一层次的人才对。"

毕比先生倒觉得，跟这类人打交道，他们已经是自降身份了。对于征服社交圈，他们已经放弃了努力，如果那也算得上努力的话；如今，那位父亲变得几乎同儿子一样沉默寡言。他心下琢磨，在他们离开前，要不要安排他们快快活活过上一天，也许来一次郊游，让人陪着露西一道去，对他们友善些。毕比先生最开心的事之一，就是让人留下美好的回忆。

聊着聊着，天色渐渐晚了，空气变得清新起来，树木与山峦呈现出空明的色彩，阿诺河摆脱了浑浊的沉重感，在落日下波光闪闪。云朵间染上几缕蓝绿色，大地上零星几处闪动着水光，在落日的余晖中，圣米尼亚托教堂湿漉漉的正立面熠熠闪亮。

"这会儿出去可就晚了，"艾伦小姐如释重负地说，"所有画廊都关了门。"

"我还是要出去。"露西说。"我要坐环行街车到城里逛逛，而且要站在司机旁边的平台上。"

听了这话，两位同伴面色凝重。巴特利特小姐不在，毕比先生觉得有责任保护露西，于是小心翼翼地说："我也很想去，可不巧有几封信要写。你若打定主意要一个人去，步行会不会更好些？"

"亲爱的，意大利人什么样，你是知道的。"艾伦小姐说。

"也许我会遇到一个人，我的一切他都能看得透透的！"

可他们脸上依旧写满了不赞成，她也只好向毕比先生做了妥协，答应就顺着游客常走的路走上一小会儿。

"她就不该出去，"毕比先生说，两人站在窗前目送她离开。"她自己也知道。我想是弹多了贝多芬的缘故吧。"

第四章

毕比先生是对的。在音乐中追求什么，露西心知肚明，可说到自己的欲望，她却不甚了了。这位牧师的智慧，她没大弄懂，艾伦小姐大有深意的咕哝，她也没能领会。聊天真是乏味；她心中渴求非凡的事物，她相信，站在电车劲风狂飙的平台上，非凡之事定会降临。她也许不会那么做。那太不淑女了。为什么？为什么非凡的事情大多不够淑女？夏洛特曾经跟她解释过其中的原因。并不是说女人低男人一等，只是男女有别罢了。女人的使命在于启迪他人去建功立业，而非自己身体力行。凭借机敏与清白的名声，女士可以间接地获得相当大的成就。若是她一马当先冲入敌阵，迎头就会碰上非难与指责，然后备受唾弃，最终遭人冷落。很多诗作都曾阐明过这一点。

这一中世纪女性标准历久弥新。龙已远去，骑士凋零，而这位女性却依旧盘桓在人间。一座座早期维多利亚古堡里，她发号施令；一首首早期维多利亚歌曲中，她就是女王。男人在忙碌之余呵护于她，感谢她烹煮的丰美晚餐，那是何等美事！不过，唉！这人儿也开始堕落了。她内心深处亦涌动起奇异的欲念。她同样醉心于狂野的风、宏阔的全景、浩瀚的绿色海洋。她业已注意到，这尘世中的王国处处流淌着财富、充盈着美丽、燃烧着战火：一层金光耀眼的壳中包着熊熊烈焰，旋转着飞向渐渐消隐的天空。男人们宣称，是她激励他们去行动，欢天喜地地在壳体的表面游走，与其他男性欢聚作乐，那份恣意快活，不是因为他们是雄性，而是因为他们活得有声有色。在这场大戏曲终人散之前，她愿意抛下"永恒的女性"这一庄严的头衔，以凡人的身份赶赴这场盛宴。

露西无法代表中世纪女性，可以说那是一种理想，人家教给她，心中升起严肃的感觉时，应该抬眼仰视这个形象。她的反抗行为也并非出于自觉。这儿那儿都是规矩，令她不胜其烦，就会不管不顾去打破它们，可做过了或许会后悔。这天下午她尤其躁动不安。她忍不住要做些爱护她的人会不以为然的事情。电车看来是坐不了了，于是就去了阿利纳里[1]的店铺。

她在店里买了一张波提切利[2]《维纳斯的诞生》的照片。维纳斯是个遗憾，毁了整幅画，不然的话，还是很迷人的，巴特利特小姐先前就劝她不要买。（艺术中的遗憾当然指的是裸体）接着购入了乔尔乔内[3]的《暴风雨》、无名画家的《小偶像》、西斯廷教堂的几幅壁画和雕像《掷身的运动员》。这会儿她心绪平静些了，又买下了安吉利科[4]的《加冕礼》、乔托的《圣约翰

---

1 艺术图书及画片的出版商。
2 波提切利（1445—1510），文艺复兴时期佛罗伦萨最重要的画家之一，作品人物优雅、线条流畅、略带忧伤，在艺术史上地位崇高。
3 乔尔乔内（1477—1511），意大利威尼斯画派画家。
4 安吉利科（1387—1455），意大利文艺复兴时期的僧侣画家。

升天记》、几幅德拉·罗比亚的圣婴画像以及几幅圭多·雷尼[1]的圣母像。她兴趣广泛，凡是响当当的名字，都会不假思索地予以接纳。

虽然花了近七个里拉，自由之门似乎依旧紧闭着。她察觉到自己心中的不满情绪；这在她还是头一遭。"这个世界，"她暗忖道，"定是充满着美好的事物，只是我还没有遇到而已。"难怪霍尼彻奇太太反对女儿玩音乐，声称音乐总是让女儿变得脾气乖戾、动辄发火、脱离实际。

"我什么事情都没遇到过，"她一边思索着，一边走进市政广场，漠然地瞧着那些已经谙熟的精美建筑。宏伟的广场笼罩在暗影当中，阳光来得太迟，未能驱散阴翳。微光中，海神像已模糊不清，鬼神难辨，喷泉飞溅着，梦幻般洒落在雕塑边缘闲坐的人与森林之神的身上。琅琪敞廊貌似洞穴的三个入口，其中安放着数座阴晦却不朽的神像，凝视着熙攘往来的人们。这是不真实的一刻，这一刻，陌生的事物反而变得真实起来。此时此地，年纪稍长的人也许会觉得，该发生的都已发生，可以心满意足地安歇了。露西渴望的却更多。

她满怀惆怅地凝视着宫殿的塔楼，它耸立于黑暗之上，一如粗粝的金柱。它不再像一座塔楼，不再有大地的支撑，而是某种无法企及的宝物，在宁静的天空中突突地颤动着。那灿烂的光芒令她迷乱，她垂下目光看向地面，举步朝家的方向走

---

1 圭多·雷尼（1575—1642），意大利博洛尼亚派画家，主要创作宗教神话题材作品，以古典理想主义著称。

去，此时那光芒依旧在眼前舞动。

就在那一刻，真的出事儿了。

琅琪敞廊边上，有两个意大利人因为债务起了争执。"五里拉，"他们喊叫着，"五里拉！"接着就彼此挥起了拳头，其中一人的胸口轻轻地着了一下。他皱起了眉头，朝露西弯下身去，脸上带着好奇的神情，仿佛有要紧事儿得告知她。他张嘴要说什么，唇间却淌出一道红色，顺着胡子拉碴的下巴流下来。

事情就是这样。暮色中一下子涌出了好些人，挡住了她的视线，那个奇怪的人给抬到了喷泉边上。乔治·艾默生先生恰好就站在几步之外，越过那男人刚才所在的位置看着她。真是古怪！就隔那么点儿远。就在看到他的那一刻，他的身影模糊起来；宫殿也模糊起来，在上方摇摆着，轻柔地、缓缓地、悄无声息地倒在她身上，天空也随之塌落。

她脑子里在想，"哦，我这是怎么了？"

"哦，我这是怎么了？"她喃喃自语道，同时睁开了眼睛。

乔治·艾默生仍旧注视着她，可并未隔着什么。她先前还抱怨百无聊赖，可瞧瞧现在！一个人给捅了，而另一个正抱着她。

二人这会儿坐在乌菲齐美术馆拱廊的台阶上。她肯定是给他抱过来的。她一开口，他就站起身，拍打着膝盖上的灰尘。她再次问道："哦，我这是怎么了？"

"你晕过去了。"

"我，我很抱歉！"

"你这会儿好点了吗？"

"一点没问题了，完全好了。"她微笑着点点头。

"那我们回家吧。没必要在这儿耽搁。"

他伸出手准备扯她起来。她假装没看见。喷泉那儿传来的呼叫声一直没停过，此刻听上去煞是空洞。整个世界似乎变得苍白，原初的意义无处可寻。

"您真是个好心人！要是我刚才摔倒了，兴许就受伤了。我现在没事儿了，可以一个人走，谢谢您！"

他的手并没有缩回去。

"糟了，我的画片！"她突然叫出声来。

"什么画片？"

"我在阿利纳里买的，一定是掉在广场那儿了。"她小心翼翼地瞧着他。"您能不能再行行好，帮我捡回来？"

他决定帮人帮到底，可刚一转身，露西便像个发狂的人，刷地站起来，蹑手蹑脚地走下拱廊，朝阿诺河方向走去。

"霍尼彻奇小姐！"

她停下来，手捂着胸口。

"你坐好，你的状态不能一个人回家的。"

"我可以的，太谢谢你了！"

"不，你不行的。要是行的话，你就不会偷偷摸摸走了。"

"可我就想……"

"那我就不帮你捡画片了。"

"我就想一个人。"

他不容置疑地说："那人死了，十有八九是死了。你先坐下，休息好了再说。"她有些犯迷糊，也就没说什么。"别动，等我回来。"

她远远地瞧见有些活物戴着黑色的兜帽，像是梦中的场景。宫殿的塔楼失却了余晖的反照，与大地融合一处。艾默生先生从暗影中的广场回来时，该跟他说些什么？"哦，我做了些什么？"这个念头再次袭来，它在说，她，还有那个垂死的人，都穿越了某种精神上的边界。

他回来了，她便说起那起谋杀。真是搞不懂，这话题居然很好聊。她谈起意大利人的性格；说到五分钟前几乎令她晕厥的那件事，她差不多是在唠叨了。她身体强健，很快就克服了对鲜血的恐惧。她站起身来，没让他扶，虽然身体里有翅膀在扑棱扑棱地拍打，她依旧步履坚定地走向了阿诺河。河边有个出租车夫向他们招手，被他们回绝了。

"你是说，那个杀人犯想要亲吻他，而且还主动投案自首——意大利人可真让人摸不着头脑！毕比先生还说意大利人无所不知，可我觉得他们太幼稚了。昨天我和表姐在皮提美术馆的时候——哎，那是什么呀？"

他把什么东西扔进河里了。

"你扔的是什么呀？"

"不想要的东西呗，"他恼怒地说。

"艾默生先生！"

"怎么了？"

"我的画片在哪里啊？"

他不说话。

"我敢说，你刚才随手扔掉的，就是我的画片。"

"我不知道拿它们怎么办，"他嚷嚷道，那声音就像个六神无主的男孩儿。她头一次对他有些微感动。"它们沾满了血。好了，说出来就感觉好多了。我们一边说话，我就一边想，该拿它们怎么办。"他用手指着逝去的河水。"它们总算走了！"河水在桥下打着旋儿，"我真的很在乎它们，可一时又犯晕，似乎它们飘到海上去更好些，我也不知道；也许我是想说，它们让我很害怕。"说话间，男孩儿露出了男人的样子。"因为发生了不得了的事情；我必须面对，不能犯糊涂。不是死了一个人那么简单。"

露西心中一凛，觉得必须打住他。

"事情已经发生了，"他再次说道，"我想弄清楚，那究竟是怎么一回事。"

"艾默生先生——"

他转向她，眉头紧锁，似乎她扰乱了他抽象的思索。

"进去前，我想跟你说件事儿。"

就要到膳食公寓了。她停下脚步，双肘挂在河堤的矮墙上。他也依样照做。有时，同样的姿势具有某种魔力；此类事情会暗示我们，此中蕴含着某种恒久的投契感。她移开了胳膊肘，开口道："我的表现真是荒唐。"

他自顾自想着心事。

"活这么大，我还从未觉得这么丢人，也不知道我这是怎么了？"

"我也差点儿晕过去，"他说。然而，她能感觉到，自己的态度令他有些反感。

"是这样，我该向你好好道歉的。"

"哦，没事儿的。"

"还有，我想说的是，你知道，那帮蠢人就爱搬嘴，尤其是那些夫人太太们，你明白我的意思吗？"

"我还真不大明白。"

"我是说，我今天的愚蠢行为，你能不能别声张？"

"你的行为？哦，是这个，不会的，不会的。"

"多谢你了。你能不能——"

她还想提些请求，却再也无法说下去。夜渐渐深了，河水已近乎黑色，在下方湍急地流淌着。他将她的画片扔进了河里，然后告知了缘由。她意识到，在这么个人身上，是找不到骑士风度的。跟他闲聊几句，对她没有害处；他值得信任，富有智慧，甚至算得上友善；也许还对自己颇为赞赏。然而，他缺乏绅士风度；他的思想，一如他的行为，不会因为敬畏某人而有所改变。跟他说"你能否——"，接着盼望他自己想明白后半句，从而能够像那幅优美的画上的骑士那样，别过头去，不看她赤裸的胴体，显然是不可能的。她曾倒在他的怀里，这事儿他也记住了，不过就像记住了她在阿利纳里店子里买的画片上的血迹。这不仅仅是死了一个人的问题；它影响到了活着的人：在此刻的处境中，他们的性格凸显出来，童年走到了青春的岔路口前。

"好吧，十分感谢，"她重复道，"这样的意外真是一瞬间就发生了，然后，人们该怎么活，还是怎么活！"

"我却不是。"

她心中一慌，赶忙追问他。

他的回答令人云里雾里，"我很可能想活下去吧。"

"你说什么，艾默生先生？此话何意啊？"

"我想活下去，我是说。"

她双肘挂在矮墙上，怔怔地望着阿诺河出神，在她听来，那轰鸣的水声似乎奏着某种意想不到的旋律。

第五章　愉快出游的数种可能

家族里有句老话："你别想知道夏洛特·巴特利特转的是哪根筋。"听到露西的冒险经历，她的表现完美极了，不但通情达理，而且和蔼温厚，对那番左删右减的描述丝毫没有怀疑，还不失分寸地称赞了艾默生先生的礼貌行为。她与拉维希小姐也有一番冒险经历。回来的路上，她们在移民局那儿给人拦下来，几个年轻的移民官一看就是无耻之徒，游手好闲的，居然要搜查她们的手包，看看有没有藏食品。本来会是件窝心透顶的事儿。还好有拉维希小姐，她可不是个好惹的主儿。

好事也好，坏事也罢，她只得独自面对自己的问题。不论是早先在广场，还是后来在河堤边，都没哪个朋友看到她。晚饭时，毕比先生的确注意到她眼中惊魂未定的神色，却跟自己解释说，那是弹奏"太多贝多芬"的缘故。然而，他只料到，她已做好冒险的准备，却未料到，险已经冒过了。孤寂感压迫着她；她习惯了有人肯定她的想法，至少有人反对也是好的；不知道自己的想法是对是错，真是件恐怖的事儿。

第二天早餐时，她下决心要付诸行动。方案有两个，她得选。这会儿，毕比先生正同艾默生父子及数位美国太太走向加洛塔。巴特利特小姐和霍尼彻奇小姐愿意一道去吗？夏洛特说自己不了，前一天下午才冒雨参观过。不过她觉得，对露西来说，这可是个绝妙的主意，她正好讨厌购物、换钱、取信这类恼人的差使，而这一切巴特利特小姐必须今早完成，独自一人更容易些。

"不，夏洛特！"女孩儿嚷道，那热情可是装不出来的。"毕比先生真是好心，不过我一定要跟你一块儿。我就要这样。"

"好吧好吧，亲爱的，"巴特利特小姐道，因为开心，脸上透出淡淡的红晕，而露西的双颊却愧疚得一片绯红。这样对夏洛特真是够恶劣的，自己一向如此，不光是这会儿！不过现在她应该变一变了。整个上午她会对她好好的。

她挽起表姐的胳膊，沿着河边大道走去。那天早上的阿诺河，无论是水势、声音还是颜色，都像一头雄狮。巴特利特小姐偏要俯身在矮墙上观看河水，然后发出了她一向的感慨，那就是"真希望弗雷迪和你母亲也能看到这些！"

露西有些局促不安：夏洛特真是的，怎么就停在自己昨天停的地方。

"瞧，露西！哦，你还在注意去加洛塔的那帮人呢。我早就担心你会后悔刚才的选择。"

虽然那是一个艰难的选择，但是露西并不后悔。昨天真是笔糊涂账，古古怪怪的，想记下来都不知道该如何下笔，但她觉得，比起乔治·艾默生与加洛塔的尖顶，夏洛特和她的购物活动更合她心意。既然她解不开那团乱麻，那就要提防着别再纠缠进去。对夏洛特的言外之意，她可以坦然地提出异议。

然而，糟糕的是，即便她避开了那个主角，风景却是避不开的。命运喜欢捉弄人，这不，夏洛特引着她离开河边，来到市政广场上。她从前根本不会相信的，一块块石头、琅琪敞廊、喷泉、宫殿塔楼竟会蕴含着如此重大的意义。一时间，她明白了鬼神究竟是什么。

谋杀发生那地儿给占了，不是鬼魂，而是拉维希小姐，手里拿着早报。她轻快地跟她们打招呼。前一天那场可怖的惨剧给了她灵感，她觉得可以据此构思出一部书来。

"哦，我要祝贺你了！"巴特利特小姐说道。"昨天你还满怀绝望呢。现在你看看，运气该有多好！"

"啊哈！霍尼彻奇小姐，你来了可是我的幸运。来来，快跟我讲讲你看到了什么，从一开头讲，什么都别落下。"

露西用阳伞尖戳了戳地面。

"不过，也许你不想提那事儿？"

"抱歉啊，要是你不听也行的话，我觉得还是不讲的好。"

两位年长的女士交换了一下眼色，没有一丝不悦。姑娘家性格沉稳些没什么不对的。

"该抱歉的是我，"拉维希小姐道。"破落文人都是些无耻之徒。我们呢，凡是人心中的秘密，没有不想窥测的。"

她笑嘻嘻地大踏步走到喷泉旁，再折回来，做了一番实地测量。然后她透露说，早上八点就赶来广场收集素材了，虽然大多不合用，不过素材总不能拿来就用，是要改的。那两个男人是为了一张五法郎的钞票吵起来的。五法郎的钞票她会换成个年轻女郎，这样一变，悲剧感就突出了，同时再配上绝佳的故事情节。

"女主角该叫个什么名字呢？"巴特利特小姐问道。

"利奥诺拉，"拉维希小姐回道；她自己叫作埃莉诺[1]。

"真希望她是个好人。"

这是最必要的，当然不会被忽略。

"那么情节呢？"

爱情、谋杀、诱拐、复仇，情节就是这样。在朝阳的照耀下，喷泉的水花飞溅到森林之神的身上，而上述的一切却在如此情境下构想了出来。

"我这么喋喋不休地讲个没完，希望你们能原谅，"拉维希小姐终于要收尾了。"跟真正有同情心的人一聊起来，就收不住。当然，这就是个梗概，再简略不过了。后续会添加大量本地风情，还有对佛罗伦萨即周边地区的描绘，我还要增加些幽默的人物。我要给你们好好打一下预防针：对于英国游客，我可不打算留什么情面。"

"哦，你这个恶毒的女人，"巴特利特小姐嚷道，"你脑子里想的一定是艾默生父子。"

拉维希小姐露出狡黠的微笑。

1　利奥诺拉是埃莉诺的意大利文。

"我得承认，在意大利，我的同情心不站在我的同胞一边。真正吸引我的，是那些被忽视的意大利人，我会竭尽全力描写他们的生活。有一个观点我在不断重复，始终坚持，从来都认为至关重要，那就是：昨天那样的悲剧，不会因为发生在卑下的生活中，就损害了它的悲剧性。"

拉维希小姐话音一落下，就是一阵恰到好处的沉默。接着，表姊妹二人预祝拉维希小姐的努力获得成功，然后慢慢地穿过广场离开了。

"她就是我心目中绝顶聪明的女人，"巴特利特小姐说。"最后一句话我觉得真是说到点子上了。那一定会是本感人至深的小说。"

露西表示同意。目前她最大的目标就是别给写进书里。今天早上她的感觉异常敏锐，她认为，拉维希小姐会尝试着把她写成个天真无邪的姑娘。

"她活得很洒脱，当然是'洒脱'一词最正面的意思，"巴特利特小姐慢言细语地接着说道。"只有肤浅之辈才会被她吓到。昨天我们聊了很久。她笃信正义、真理和人类的利益。她还跟我说，她高度赞美女人的命运——伊戈尔先生！哎呀，太好了！真是没想到，太令人吃惊了！"

"哦，是吗？我可不觉得，"牧师温和地说。"我观察你们好一会儿了。"

"我们刚才跟拉维希小姐闲聊呢。"

他眉头一皱。

"我都看到了。你们真的在聊天吗？走开，我有事儿呢！"最后这句话是冲着一个礼貌地笑着凑上前来兜售全景画片的小贩说的。"我想斗胆提个建议。您和霍尼彻奇小姐愿不愿哪天同我一道坐车出去玩儿，就这周——比方说去山里逛逛？我们可以从菲耶索莱那儿上山，然后从塞提格纳诺回来。路上有个地方，我们可以下车，到山坡上逛个把钟头。从那里远眺佛罗伦萨，甭提多美了，比从菲耶索莱那儿看要强得多。阿莱西奥·巴尔多维内蒂[1]最喜那儿的风景，经常画到画儿里面。那个家伙对风景画真是有独到的感觉。简直非同凡响！可如今有谁看他的画呢？唉，这样的世界也是够了。"

阿莱西奥·巴尔多维内蒂的大名，巴特利特小姐没听人提过，但她知道，伊戈尔先生这位牧师可是非比寻常。佛罗伦萨有一个旅居者群体，把这儿当作家乡，他就是其中一员。他们那帮人，四处游览，却从不带贝德克尔指南，还学会了睡午觉，乘车出游去的地方，住膳食公寓的游客闻所未闻，参观的画廊要凭私人关系，普通游客去了只会吃闭门羹。那些人离群索居，生活精致，有些住着带家私的套房，其余的则住在菲耶索莱山坡上文艺复兴时期的别墅内。他们读书、写作、研究、交流，对佛罗伦萨了如指掌，或者说与它血脉相融，那些口袋里装着库克旅行社优惠券的人，无论如何达不到这个境界。

牧师的邀请也便成了值得骄傲的事情。上述两类教众间，

---

1 巴尔多维内蒂（Alesso Baldovinetti，1425—1499），意大利文艺复兴时期画家。

他通常是唯一的纽带，因此也就毫不隐瞒自己的规矩：在前来游历的信徒中，只选还能入他法眼的，让他们到永久居留者的草地上徜徉几个钟头。在文艺复兴时代的别墅里品茶？这个倒还没有提。不过真要是那样的话，露西可该乐坏了！

换作是几天前，露西的心态定会是这样的。然而，生活带来的乐趣正悄然发生着变化。同伊戈尔先生、巴特利特小姐乘车进山，甚至最终能应邀参加永久居民的茶会，已不再是最大的乐趣。夏洛特是激动万分，她却只心不在焉地附和着。只是听说毕比先生也将同往时，嘴里的感谢之辞才变得由衷起来。

"那我们就是四人党喽，"牧师说道。"在这心为形役、纷扰喧嚣的日子里，人们迫切地渴求乡野生活及其昭示的纯净感。走开！快走开，快点儿！哦，这座城市！即便再美丽，也不过是座城市罢了！"

众人表示赞同。

"人家跟我讲，昨天，就在眼前的这个广场上，发生了极为卑劣的惨剧。对于热爱佛罗伦萨这座但丁之城、萨伏那洛拉[1]之城的人而言，这般亵渎行为有种不祥的味道，不祥，而且令人感到耻辱。"

"的确令人感到耻辱，"巴特利特小姐附和道。"谋杀发生时，霍尼彻奇小姐恰巧经过。一提到这事儿，她都几乎要崩溃了。"她得意地瞥了露西一眼。

1　萨伏那洛拉（1452—1498），15 世纪后期意大利宗教改革家。

"你当时怎么会来这里的？"牧师慈爱地问道。

听到这个问题，巴特利特小姐此前的宽容大度渐渐收敛了起来。"伊戈尔先生，请不要怪她。错在我，不该没有陪着她。"

"那么，霍尼彻奇小姐，您是一个人来的？"他同情的口吻里带着一丝责备，但同时也暗示道，说出些那惨剧的细节也不是不可以。他黝黑英俊的面孔悲伤地冲她垂下来，期待着她的回答。

"算是吧。"

"我们公寓一个好心的熟人送她回家的，"巴特利特小姐说，巧妙地隐瞒了那位护花使者的性别。

"对她[1]而言，那也一定是个恐怖的经历。我想，你们两个人都不在——我是说，那事没有发生在你们眼前吧？"

露西今天注意到了很多事情，然而，最令她震惊的是，这些体面人居然如此病态，一闻到血腥气就凑上去。而乔治·艾默生却能让这个话题保持纯洁，真是不一般。

"我看他啊，是死在喷泉边上吧。"她如此回答道。

"那么你和你的朋友——"

"在琅琪敞廊那边。"

"那一定是没看到什么。你们肯定没看到那些可恶的图片，八卦小报——这人就是公害；明知道我就住这儿，还非要缠

---

1 伊戈尔先生想当然认为那位熟人也是女性。

着我买那些俗不可耐的风景画片儿。"

卖画片的小贩自然把露西当作了同盟——意大利永远是和青春结盟的。突然，他把整本画片展开来，摊在巴特利特小姐和伊戈尔先生面前，那一长溜教堂、绘画、风景像光亮的缎带，将二人的手捆在一起。

"这太过分了！"牧师大叫道，他恼怒地一挥手，打到了弗拉·安吉利科画的一幅天使像上。天使给撕破了。小贩发出一声尖叫。看来，那本画片可比你想的要贵重得多。

"你不缠着我，我也会买的——"巴特利特小姐张嘴道。

"别理他，"伊戈尔先生断然道，几人随即快步离开了广场。

可是，一句"别理他"怎会让意大利人退缩呢，尤其还受了委屈。他对伊戈尔先生的骚扰本就莫明其妙，这会儿益发变本加厉；空气中回响着他威胁的言语与悲叹之声。他向露西求助；能不能帮他说说情？他很穷，有一家子人要养活，就连面包都要交税的。他钉在那里不肯走，嘴里含混不清地嘟哝着，最后拿到了赔偿，却仍不肯罢休，直到把他们脑中愉快、不愉快的念头都扫荡干净后，才放过他们。

接下来的主题是购物。在牧师的引介下，她们选了许多难看的礼物与纪念品：边框似镀金面点的俗丽小相框；另有橡木雕就、置于画架上的质朴些的小画框；一本羊皮纸制成的吸墨纸；一本同样材质的但丁著作；几只廉价的镶嵌胸针，等到下个圣诞节，女佣们就会分不清真假了；还有别针、小罐子、饰有纹章的小碟子、褐色的艺术照片；爱神与普赛克[1]的石膏像；外加一尊圣彼得[2]像做陪衬——若是在伦敦，这些个玩意儿都会便宜些的。

这个收获颇丰的上午留给露西的，并非愉快的印象。拉维希小姐和伊戈尔先生都让她或多或少感到害怕，至于为什么，她也说不清。说来也怪，正因为给他们吓着了，对他们的尊重也随之消失。她怀疑，拉维希小姐并非什么伟大的艺术家，而伊戈尔先生也并非自己先前认为的那样，是个重视精神生活、满腹文化修养的人。他们经历了新的测验，结果都不合格。至于夏洛特，夏洛特还是依然故我。对她好一些还是可以的，喜欢上她绝不可能。

"他父亲是个下苦力的，这事儿我碰巧知道，错不了。他年轻时干过什么机修工；后来拿起了笔杆子，给社会主义者的刊物撰稿。我是在布里克斯顿[3]遇到他的。"

他们在谈论艾默生父子。

"这年头有人真是爬得快啊！"巴特利特小姐叹口气，手指摆弄着一座比萨斜塔模型。

"一般来讲，"伊戈尔先生答道，"人们只是觉得，他们能成功也真不容易。他们企图获得教育、提高社会地位，这样的

---

1 罗马神话中的灵魂女神。
2 犹太、伯撒依达人，父名若纳，哥哥名安德肋，世代从事渔业，他被认为是由耶稣基督所拣选的第一位教宗；一般被认为在罗马殉道，殉道之后，被葬在罗马城的地下墓室里，他的墓室刚好位于今日梵蒂冈小教堂的圣坛底下。
3 Brixton，英国伦敦南部一个地区。

71

欲念背后也不全是卑鄙的动机。人们很乐意看到工人阶层有人来到佛罗伦萨，即便他们什么也看不懂。"

"他如今是个记者吗？"巴特利特小姐问道。

"他哪里是什么记者，只不过攀上了一门好亲事。"他这话说得别有深意，临了儿叹了口气。

"哦，他有太太啊。"

"死了，巴特利特小姐，死了。我搞不懂，是的，我真搞不懂，他脸皮怎么那么厚，竟然直直地盯着我，声称跟我认识。许多年前他在我的伦敦教区里。那天在圣十字教堂，他和霍尼彻奇小姐在一起，我对他冷脸相待。要让他明白，他最多配得上一张冷脸。"

"什么？"露西满脸通红地嚷道。

"曝他的光！"伊戈尔先生狠狠地说。

他试图改变话题；可是，他一手制造的戏剧性已经激起听众的兴趣，令他始料未及。巴特利特小姐自然是满怀好奇。露西呢，虽然不想再见到艾默生父子，却不愿因为人家那么一句话，就谴责他们。

"您是说，"她问道，"他没有宗教信仰？这我们早知道了。"

"露西，亲爱的——"巴特利特小姐说道，温和地责备表妹不该打破砂锅问到底。

"你们要是什么都知道，就该轮到我吃惊了。那个年轻人我就不说什么了，当年他还是个天真未凿的孩子。天知道他受的教育和遗传来的秉性把他变成了什么样子。"

"或许，"巴特利特小姐说，"是那种我们最好别听的事儿。"

"说白了，"伊戈尔先生说道，"没错。好了，我不讲了。"露西平生头一次按捺不住，胸中的反感冲口而出，这可是前所未有的。

"你还真没讲什么。"

"我本来就不想多讲。"他冷冰冰地回道。

他义愤填膺地盯着那姑娘，她也同样义愤地予以回应。她从商店柜台那儿转过身，面对着他，胸口急速地起伏着。他看着她的双眉，以及那突然间绷紧的嘴唇。她居然质疑他，这怎么能忍？！

"你想知道是吧，是谋杀，"他愤慨地大声道。"那人谋害了他妻子！"

"怎样谋害的？"她反问道。

"他谋害了她，这就是不争的事实。那天在圣十字教堂——他们没说我坏话吧？"

"一个字都没有，伊戈尔先生——一个字都没有。"

"哦，我还以为他们跟你诽谤我呢。不过，我觉得，你之所以为他们说话，是因为他们很有个人魅力。"

"我没为他们说话，"露西说道，此时，勇气没了踪影，她又跌回先前混乱的思维中。"他们跟我没任何关系。"

"您怎么会觉得，她在为他们辩护呢？"巴特利特小姐说；

这不愉快的一幕令她颇为不安。店主或许正竖着耳朵偷听呢。

"她会知道的，为他们辩护可没那么简单。因为，在上帝的眼睛里，就是他，杀了他的妻子。"

上帝都给抬出来了，真令人大跌眼镜。然而，牧师这么做，不过是急于证明自己鲁莽的论断。此话之后的沉默本该是凝重的，却只显得尴尬。巴特利特小姐随即匆忙地买了斜塔，引着众人回到街上。

"我得走了，"他说，一边闭上眼睛，掏出怀表。

巴特利特小姐谢过了他的好意，满怀热情地说起即将到来的出游。

"出游？哦，我们还要出游吗？"

闻听此言，露西又恢复到彬彬有礼的样子，稍微努力一下后，伊戈尔先生也恢复了志得意满的神态。

"还出什么游！"他前脚才走，那姑娘就叫出声来。"我们跟毕比先生约好的游览哪里有这些麻烦。他凭什么那么邀请我们，不是很荒唐吗？还不如我们邀请他呢。我们各出各的钱好了。"

巴特利特小姐本想就艾默生父子的事情慨叹一番，听了这话，倒生出些许未曾有过的想法。

"要是那样的话，亲爱的——要是我们同毕比先生随伊戈尔先生乘车出游，而那恰好就是我们随毕比先生驾车出游的那一趟，我可以想见，那会是多么令人伤心的尴尬局面。"

"何以见得呢？"

"因为毕比先生也会邀请埃莉诺·拉维希啊。"

"不就是多叫一辆马车的事儿吗？"

"哪里啊，要糟糕得多。伊戈尔先生看不惯埃莉诺。这点她心知肚明。必须说实话：对他来说，这女人太离经叛道了。"

这会儿她们到了英国银行的报刊室。屋子中央有张长桌，露西倚桌而立，也不瞟一眼《笨拙》杂志和《画刊》，而是绞尽脑汁想要回答或者无论怎样也要整理出脑海中纷杂的问题。熟悉的世界已经碎裂，佛罗伦萨凸现出来，在这座魔幻的城市里，人们思考着、实践着非同寻常的事情。谋杀、谋杀指控、一位女士缠着一个男人却对另一个粗暴无礼——这就是它的日常街景吗？在它毫不夸饰的美丽背后，是否有更多的东西，是眼睛看不到的？——也许那是一种能够激发热情的力量，不论那热情是好是坏，都能令它们迅速迸发。

夏洛特心思简单而快乐，鸡毛蒜皮的事儿会让她颇为困扰，要紧的事情她却似乎视而不见；她能够猜出"事情也许朝哪儿发展"，敏感得令人赞叹，可当目标越来越近时，反而似乎看不到它了。这不，她正缩在角落里，解开扣得严严实实的领子，露出挂在脖子上的、一个状似草料袋的亚麻袋，费劲地从里面掏出一张流通券。人家跟她讲，这是在意大利唯一安全的带钱方式；只有进到英国银行里头，才能解开扣子。她一边摸索着，一边低声说道："不管是毕比先生忘记告诉伊戈尔先生了，还是伊戈尔先生跟我们讲时自己忘了，抑或他们二人决定根本就不请埃莉诺，这他们可能还做不出来，然而不论怎

75

样，我们都得有所准备。他们想请的是你；我呢，只是个陪衬。你得同他们去，我和埃莉诺跟着就行了。一辆一匹马拉的马车就够用了。不过也得说，这事儿可真是不好办！"

"确实不好办，"姑娘严肃地回答道，听起来满是同情之意。

"你怎么看？"刚才那番折腾令巴特利特小姐满脸通红，此刻她一边扣扣子，一边问道。

"我不知道自己在想什么，也不知道自己想要什么。"

"哦，亲爱的露西！真希望佛罗伦萨没有令你厌倦。只要你言语一声，你知道的，我明天就带你去天涯海角。"

"谢谢你，夏洛特，"露西回应道，对这个提议思考了一番。

银行办公室有她两封信：一封是弟弟的，从头到尾讲的都是生物学和体育活动；另一封是妈妈的，读之令人欢欣愉快，也只有妈妈的信能做到这点。信中提到诸多趣事：买了黄色番红花，开出来却是紫褐色；新来的女仆居然用柠檬香精浇灌蕨草；一栋栋半独立的村舍把夏日街的风景都给毁了，也伤透了哈利·欧特威爵士的心。她回想起在家时那自由自在的愉快时光，没人约束她，想做什么就做什么，从来没有出过什么事。穿过松林的那条路、明亮洁净的客厅、萨塞克斯威尔德地区的风景——这一切都明亮而清晰地浮现在她眼前，只是，它们一如画廊里的画儿，当旅人历经世事，回头来再次欣赏时，不免透出些伤感的意味。

"有什么新鲜事儿吗？"巴特利特小姐问道。

"维斯太太带着儿子去了罗马，"露西回答道，说了一件她最没兴趣的事儿。"你可认识维斯那家人？"

"噢，也就刚认识不久。可爱的主权广场真是看也看不够。"

"他们人不错的，维斯那家。那么聪明——就是我心目中的那种绝顶聪明。难道你不盼着去罗马吗？"

"我可是想死了！"

主权广场到处都是石头，称不上辉煌耀目。没草没花，也没壁画，瞧不见闪亮的大理石墙，也看不到一块块悦目的红砖点缀其间。所幸，广场上的座座雕像缓和了这沉穆的气氛，它们传达出的不是童年的天真，也不是青春悸动中的迷惘，而是成熟中年运筹帷幄而达到的成就——如果我们不信每个地方都有守护神，那么，这就只能是奇特的偶然。从珀尔修斯[1]到朱迪斯[2]，从赫拉克勒斯[3]到图斯奈尔[4]，哪个不是有所作为、饱经磨难，虽然获得了不朽的名声，但那不朽是在历经世事之后，绝非之前。就在这里，而非仅在孤寂的自然当中，男主角或许

---

1 Perseus，希腊神话中的英雄，宙斯之子，以杀死美杜莎而闻名。

2 Judith，伯图里亚（Bethulia）城里的一个美丽的寡妇。在亚述大军攻城时，她带着她的女仆来到亚述的军营，与亚述的统帅赫罗弗尼斯成为亲密的朋友。但在一次赫罗弗尼斯睡着的时候，她在女仆的帮助下，悄悄割下赫罗弗尼斯的头颅带走了。

3 Hercules，古希腊神话中最伟大的英雄，主神宙斯与阿尔克墨涅之子，因其出身而受到宙斯的妻子赫拉的憎恶。

4 该广场上一座悲戚的妇女的雕像。

会邂逅女神，而女主角有可能遇到男神。

"夏洛特！"这姑娘冷不丁嚷道，"我有个想法。我们明天就赶去罗马，直奔维斯一家人住的旅馆，好不好？我晓得自己要什么了。佛罗伦萨我已经厌了。别说不，之前还说陪我到天涯海角呢。就这样！就这样！"

巴特利特小姐同样激动起来："哦，你个怪丫头！你倒说说看，游山的这趟可该怎么办？"

二人穿过颇具嶙峋之美的广场，笑谈着这个不着边际的想法。

第六章　众人出游

那是个令人难忘的日子，一位叫法厄同[1]的年轻人驾车送他们去菲耶索莱。他火急火燎、不管不顾地催动主人的马匹奔上石山，全无半分责任心。信仰的时代也好，怀疑的时代也罢，对他全无影响；他就是他，托斯卡纳一个叫作法厄同的出租马车夫。半路上，他问众人能否顺道捎上泊瑟芬[2]，一位高挑纤瘦、面色苍白的姑娘，说是他妹妹，趁春天光景，正打算回娘家省亲；她用手遮着眼睛，看来还不适应强烈的阳光。伊戈尔先生持反对意见，说是事情虽小，但怕就怕惹事上身，还是谨慎为好。几位女士却出面为她讲情，并跟她强调这个人情来得可不容易，然后才准许这位女神登车，坐到男神的边上。

法厄同就势将左边的缰绳从她头顶上套过去，这样的话，搂着她的腰也能驾车。她倒无所谓。伊戈尔先生背对着马匹，没瞧见这一轻佻的举动，继续与露西攀谈着。车里另外两位乘

1　Phaethon，法厄同，太阳神赫利俄斯与海洋女神克吕墨涅之子，曾驾驶父亲战车，导致大地晒焦，为父雷电击中战车，坠落而死。法厄同在希腊语中，有"熊熊燃烧"之意。

2　Persephone，希腊神话中冥界的王后，主神宙斯和谷物女神得墨忒耳的女儿。她被哈迪斯（Hades）绑架到冥界与哈迪斯结婚，成为冥后。

客是老艾默生先生和拉维希小姐。这尴尬的局面都怪毕比先生，他并未征求伊戈尔先生的意见，就将出游的人数增加了一倍。关于谁与谁同车，巴特利特小姐与拉维希小姐整整谋划了一早上，可就在车辆到达的节骨眼上，二人却昏了头，拉维希小姐跟着露西上了一辆车，而巴特利特小姐则跟乔治·艾默生、毕比先生上了后面一辆。

好端端一场聚会，竟成了这般，让可怜的牧师好生为难。即便他考虑过，要请大家到文艺复兴风格的别墅里喝茶，这会儿也只得作罢了。露西和巴特利特小姐算得上体面，毕比先生虽不可靠，却也才华横溢，但那蹩脚的女作家，还有那在上帝看来谋杀了妻子的记者，却万不能领进任何一栋别墅的大门。

露西身着优雅的白色衣裳，笔直地坐着，周围充满了爆炸因素，令她浑身不自在。她要认真应付伊戈尔先生，同时刻意不去理睬拉维希小姐，还要注意老艾默生先生的动静，所幸午饭吃得油腻，加上春天令人困倦，老人家一直在打瞌睡。她觉得此番出游真是命运弄人。要不然，她本可以成功避开乔治·艾默生的。他已经毫不掩饰地表达过进一步了解她的愿望。不过她拒绝了，倒不是厌恶他，而是因为她自己搞不明白，究竟发生了什么，同时暗暗觉得，他定是心知肚明。一想到这儿，她就不寒而栗。

最要命的情况已经发生了，且不论那是什么，它没有发生在凉廊里，而是发生在河边。目睹死亡而行为失常是可以原谅的。然而，事后讨论死亡，从讨论到沉默，再从沉默到相知，那就错了，这错误与惊魂失魄无关，它是根本性的错误。想想看，二人一同面对暗影中的河水沉思，然后不交一眼一语，竟然心照不宣地同时转身回公寓，这的确有大大的嫌疑。这种罪恶感起初并不明显。她还差点儿同那帮人一道去了加洛塔。然而，每一次躲开乔治，都让她觉得，下一次更要躲开他。可如今这弄人的命运，竟然借表姐和两位牧师之手，令她同他进山游玩之前，无法离开佛罗伦萨。

她想着心事，伊戈尔先生却在一边彬彬有礼地跟她说话；此前的不愉快已经揭过去了。

"霍尼彻奇小姐，您，是学艺术的，出来游历？"

"哦，千万别误会，不是的——不是的。"

"要么，是研究人性的，像我这样？"拉维希小姐插嘴道。

"哦，也不是。我就是来观光的。"

"哦，是吗？"伊戈尔先生说。"真是这样吗？那就请恕我冒昧了。有时，我们这些定居者对你们这些可怜的游客一点儿都不同情：你们就像包裹一样给人家从威尼斯送到佛罗伦萨，再从佛罗伦萨送到罗马，挤在公寓或者旅馆里，除了贝德克尔指南讲的，其余一概不知，唯一关心的就是'看过了'或者'看过去'，然后开拔去下一个什么地方。结果呢，什么城镇啊、河流啊、宫殿啊，全都给混在一起，纠缠不清。你知道，《笨拙》上有个美国姑娘问：'爸爸，你说说看，我们在罗马都看见什么了？'她父亲回答道：'我觉着，罗马该就是我们看到那条黄狗的地方吧？'这就是你们所谓的旅游。哈！哈！哈！"

"我举双手赞成，"拉维希小姐附和道，她已经数次试图打断他尖酸刻薄的幽默了。"盎格鲁-萨克逊游客的狭隘与肤浅，说是一种威胁都不为过。"

"确实。现如今，霍尼彻奇小姐，佛罗伦萨的英国人圈子相当有规模，当然，各色人等的比例算不上均衡，比如说，有些人是做贸易的，但最多的是学生。海伦·莱佛斯多克夫人目前正忙于研究弗拉·安吉利科，提到她的大名，是因为我们左边经过的正是她的宅邸。不，要站起来才看得见；别，别站起来，会跌倒的。那一道密实的树篱最让她得意。里面可说是与世隔绝，让人仿佛回到了六百年前。某些评论家断定她家的花园就是《十日谈》里的那座，这也为此栋别墅平添了几分趣味，不是吗？"

"谁说不是呢！"拉维希小姐叫起来。"快跟我说说，那精彩的第七天的场景设在哪里？"

然而伊戈尔先生并未接茬，而是接着告诉霍尼彻奇小姐，右手边住的是某某先生，算是美国人中的翘楚，此等人物真是凤毛麟角！再往山下走，还住着其他一些名流。"《中世纪冷门研究》系列丛书中出过她那几本专著，你肯定听说过吧？他[1]呢，正潜心研究杰米斯图斯·普莱桑[2]。有时，我在他们美妙的园子里喝茶，隔墙会传来有轨电车沿新线路呼啸而过的声音，

1　指莱佛斯多克夫人的丈夫。

2　Gemistus Pletho（1355—1452），拜占庭哲学家，曾创立学园，复兴柏拉图哲学。福斯特于 1904 年撰写过关于他的文章。

车上满载着愚蠢的游客，浑身臭汗，灰头土脸，赶着去用一小时'搞定'菲耶索莱，好说自己曾经到此一游。于是我会想，我想，我想对于近在咫尺的东西，他们是何等无知无觉！"

说话间，驾驶座上的两位腻歪在了一处，真是有伤风化。露西突然生出一阵妒意来。即便本就打算干些出格的事儿，最终做了出来，也还是让他们快活。此次出游，真正感到快乐的，兴许只有他们二人。马车迅捷地穿过菲耶索莱的广场，驶入塞提格纳诺大街，车身颠簸跳跃，让人没少受罪。

"慢点儿！慢点儿！"伊戈尔先生叫道，手在头顶优雅地挥动着。

"好的，先生，好的，好的。"马车夫喃喃道，却又再次挥鞭策马。

此刻，伊戈尔先生与拉维希小姐争辩起来，为了阿莱西奥·巴尔多维内蒂，各不相让。他是文艺复兴的起因呢，还是它的一种体现？第二辆马车落在了后面。随着马匹风一般飞驰起来，睡梦中，艾默生先生庞大的躯体就像部机器，有规律地撞击着牧师。

"慢些！慢些！"他嚷起来，看了一眼露西，一副受难的表情。

车身猛地一偏，他在座位上也跟着猛地一晃，满脸怒意。法厄同试了好久想亲一下泊瑟芬，这不，刚刚大功告成。

接下来的场面颇为难堪。据巴特利特小姐事后回忆，马车停下来，那对搂在一起的鸳鸯被勒令分开，男的被罚去小费，女的立刻下车。

"他是我妹子。"车夫转回头来，乞求地看着他们。

伊戈尔先生也不嫌麻烦，当面揭穿了这个谎言。

法厄同垂下头去，倒不是因为做错了事，而是因为当众挨批，很没面子。马车停车的震动，已经惊醒了艾默生先生，这一刻他突然开口说，棒打鸳鸯可不成，还拍拍二人的肩膀，以示嘉许。拉维希小姐呢，虽不大情愿帮衬他，可看在波西米亚[1]事业的份儿上，决定声援。

"我也绝不干涉，"她大声道。"可我敢说，没什么人会站在我这边。我一辈子净跟世俗规范斗了，从没停过。这才是我说的冒险。"

"我们绝不会让步的，"伊戈尔先生说，"早就知道他在试探我们，这么对我们，当我们是库克旅行社的团队啊。"

"他哪里有啊！"拉维希小姐说道，眼见着刚刚的激情已经减弱了。

另一辆马车赶将上来，毕比先生还是很理智的，大声道："经过此番警告，那二人这回定会规规矩矩了。"

"别跟他们过不去啦，"对这位牧师，艾默生先生恳求归恳求，却并不畏惧。"难道幸福是想碰见就碰得见的？这回是赶巧了，它就在车夫座儿上，我们还偏要赶它走？一对情侣为我们驾车，国王都会艳羡不已的，若是拆散了他们，那可真是犯

---

1 波西米亚是浪漫主义运动的一个分支，崇尚个性解放，不拘礼俗，随性而为。

了最严重的渎神罪，不可饶恕啊。"

这当口儿，传来了巴特利特小姐的声音，说有很多人在围观了。

伊戈尔先生并非意志果决之辈，但向以雄雄辩才自矜，免不了要逗弄一番，让众人见识见识自己的口才，便又训导起那车夫来。意大利语在意大利人的口中，宛如音调沉婉的溪流，时有瀑布巨石，令它抑扬顿挫，不至单调乏味。而到了伊戈尔先生嘴里，却恰似尖利啸叫的喷泉，音量愈来愈大，速度愈来愈疾，调门愈来愈尖，然后咔哒一声，戛然而止。

这番表演结束了。"小姐！"车夫对露西说。可他为何跟露西打招呼呢？

"小姐！"泊瑟芬悦耳的女低音回应道。她指指另一辆车。可是为什么呢？

两个姑娘对视了片刻。然后，泊瑟芬起身离开车夫座位，下了车。

"终于打赢了！"马车再次启动，就在那一瞬间，伊戈尔先生以拳击掌，慨叹道。

"什么打赢了，"艾默生先生说，"打输了才对。你把两个快活的人硬生生给拆散了。"

伊戈尔先生双目紧闭。坐在艾默生先生身边，那是不得已，开口跟他讲话就免了吧。老人家小憩之后，精神大振，兴冲冲地聊起刚才的事儿。他不容分说，一定要露西同意自己的观点，还冲儿子大叫着求援。

"我们硬要花钱去买钱买不到的东西。他说好了为我们驾车，他也尽到了责任。我们无权干涉他的灵魂。"

拉维希小姐皱皱眉。一个你心目中典型的英国人，竟然讲出如此非典型的话，真让人一时难以接受。

"他车赶得并不好呀。"她说，"颠得我们够呛。"

"我可不敢苟同。车驾得很稳啊，我跟甜梦一样舒服。啊哈！这会儿他在颠我们了。有什么好奇怪的吗？他恨不得把我们扔出去呢，况且，他这么做并不过分。若我是个迷信的家伙，还会怕那个姑娘嘞[1]。伤害年轻人可是罪过啊。你听说过洛伦佐·德·梅蒂奇[2]吗？"

拉维希小姐颇为愠怒。

"当然喽。你说的是洛伦佐·伊尔·麦格尼菲科，乌比诺公爵洛伦佐，还是那位因为身材矮小被称作洛伦奇诺的洛伦佐？"

"上帝才知道。也许他真知道，我说的是诗人洛伦佐。我昨天听人家说，他写过一句诗，是这样的：'不要与春天争斗。'"

伊戈尔先生哪肯放过展示博学的机会啊。

"Non fate guerra al Maggio，"他喃喃念道。"'莫要向五月开战'应该很贴近原意。"

1 因为泊瑟芬的名字意味着"冥后"。
2 Lorenzo de Medici（1469—1492），意大利政治家、外交家、艺术家，同时也是文艺复兴时期佛罗伦萨的实际统治者和最著名的艺术赞助人。

"问题在于，我们已经跟五月开战了。请看。"隔着春芽欲吐的树木，他指指下方远处隐约可见的阿诺河谷。"我们一路上来，就是为欣赏这蔓延五十里的春色。你们觉得，自然中的春天与人心中的春天，有何分别？可是我们偏偏赞美前者而贬斥后者，说它有伤风化，而且一想到二者背后是同一种永恒的力量，就羞愧不已。"

没有人鼓励他讲下去。片刻之后，伊戈尔先生举手示意停车，引着众人走到山坡上，随意徜徉。菲耶索莱的群峰与他们之间，凹下去一片空谷，貌似一座大剧场，四周是层层梯田，薄雾中橄榄树随处可见，那条路沿着空谷的边缘延伸过去，似乎就要越上平原中兀然耸立的一岬。那里潮湿而荒凉，密布着灌木丛，间或有一两棵树，可在约莫五百年前，就是这个山岬深深吸引了阿莱西奥·巴尔多维内蒂。这位勤勉却鲜为人知的大师登临其上，或许带着画者的专业目光，或者纯粹是为了登山的乐趣。立于其巅，放眼远眺，阿诺河谷与远处的佛罗伦萨映入眼底，这些景色后来皆入其画作，虽然算不上传神。不过，他当时具体站在哪个位置？这是伊戈尔先生此刻渴望解答的问题。拉维希小姐天性喜好抬杠，也为此激动起来。

然而，即便是出发前特意看上几眼，要把巴尔多维内蒂的画作记在脑子里也并非易事。山谷中雾气渐浓，也为他们解答问题的努力平添了难度。

众人从一片草丛跳到另一片，一方面生怕掉了队，一方面又渴望各走各的。到后来，大家还是分成了几组。露西紧跟着巴特利特小姐和拉维希小姐；艾默生父子回头与车夫们费劲地交谈起来；两位牧师照理说最有共同语言，于是成了一组。

两位年岁稍长的女士很快揭下了面具。二人窃窃私语起来，声音清晰可闻，露西已经习惯了，听她们聊着，说的居然不是巴尔多维内蒂，而是刚才的旅程。巴特利特小姐路上问起乔治·艾默生的职业，他回答说是在"铁路上"工作。她很后悔问了这么个问题。事先根本没料到，他的回答如此令人尴尬，早知道当初就不问了。毕比先生机敏地岔开了话题。她希望，自己那一问没有太伤着他。

"铁路上！"拉维希小姐惊呼道。"哦，真该死，我居然没想到！当然应该在铁路上了！"她兴奋得止都止不住。"他就是个标准的搬运工嘛，就是，就是东南铁路上的那种。"

"埃莉诺，小声点儿，"巴特利特小姐扯了一下兴奋不已的同伴。"嘘！那父子俩会听到的。"

"我可停不下。别管我，我偏要做恶人。搬运工……"

"埃莉诺！"

"别担心，肯定没事儿的，"露西插嘴道。"那父子俩听不到的，即便听到了，也不会在乎。"

拉维希小姐闻言怫然不悦。

"霍尼彻奇小姐可是一直在听哦！"她着恼地说道。"去！去！你个淘气丫头！一边儿去！"

"哦，露西，我真觉得，你该和伊戈尔先生待一起。"

"这会儿上哪儿找他们去？况且我也不想跟他们一块儿。"

"伊戈尔先生会生气的，这一趟原本也是为了你。"

"求求你，我还是愿意跟你们在一起。"

"不行，我和你表姐意见一致，"拉维希小姐说，"这就像学校聚餐，男孩儿女孩儿要分开才成。露西小姐，你必须得走。我们要谈些高深的话题，你听了不合适。"

可那姑娘就是犟着不走。佛罗伦萨之行即将结束之际，唯有身处自己并不在意的人当中，她才感到自在。拉维希小姐就是这类人，而巴特利特小姐这会儿也是这类人。她后悔不该引起她们注意；她那番话惹恼了二人，看来她们下了决心要赶她走。

"真是好累啊。"巴特利特小姐说。"哦，真希望弗雷迪和你妈妈能在这儿。"

巴特利特小姐的兴头完全给自己的责任感取代了。露西也对景色失去了兴趣。安全达到罗马前，任它是什么，都不能提起她的兴致。

"那么你就坐下来吧。"拉维希小姐说。"瞧瞧，我多有先见之明啊。"

她满脸堆笑地掏出两张方形雨布，那是游客的常备品，用来垫在潮湿的草地或冰凉的大理石台阶上。她在一块上坐下来；问题来了，另一块给谁坐呢？

"露西，你还犹豫什么，露西。坐地上我没问题的。我的风湿病好多年都没犯了。觉得不对劲，我会站起来的。要是我让你穿着这身白衣裙坐在湿地上，想想看，你妈妈会怎

89

想?"说着她便重重地坐到一处看似特别潮湿的地上。"好了，都安排妥了！我这条裙子虽说薄一些，可它是褐色的，也不怎么显。坐下来啊，亲爱的；别太顾着别人了；你该多考虑自个儿。"她清了清嗓子。"你别紧张，我没着凉。就是有点儿咳嗽，都两三天了。不关坐在这儿的事。"

　　要解决这个窘境，看来只有一个办法了。五分钟后，露西终于败给了那块雨布，起身离开，去找毕比先生和伊戈尔先生了。

　　车夫们正仰八叉躺在车里，用雪茄烟熏着坐垫呢。先前犯事儿的那个家伙是个干瘦的年轻人，皮肤给日头炙烤得黑黢黢的，见露西走上前去打招呼，便起身相迎，像房东一样礼貌有加，又像亲戚般从容自然。

　　"在哪儿？[1]"露西斗争了半天才开口问道。

　　他的脸陡然间生动起来。他当然知道这是在哪儿，毕竟也不是太远。他抬手指点着，胳膊平着挥了大半圈。他想，他知道这是哪儿吧。他用指尖戳戳前额，然后伸向她，仿佛刚刚提取出来的信息就在指间充溢着，清晰可见。

　　看来光问在哪儿是不够的。"牧师"意大利语该怎么说呢？

　　"好心的先生们在哪儿？[2]"她终于憋出一句来。

　　好心的？形容这些高尚的人，这个词显得不够分量。他给

1　原文为意大利语。

2　原文为意大利语。

她看了看自己的雪茄。

"一个——小个子，[1]"她试探着又问了一句。"雪茄是不是毕比先生送你的，那两人中矮些的那个？"

像往常一样，她又说对了。那人将马拴到树上，踢了几脚让它安静，回头掸掸车上的灰尘，撸撸头发，扶正帽子，整整胡须，不到半分钟时间，已经收拾停当，准备好为她引路了。意大利人天生就是好向导，似乎整个地球就展开在他们面前，不是地图，而是张棋盘，上面每个棋子、每个方格的变动，他们都时刻关注着。找地方谁都会，可找人却是上天赋予的本事。

路上他只停了一次，为她采了些美丽的紫罗兰。她着实开心地表示感谢。有这么个普通人陪伴，整个世界变得美好而简单。她也第一次感受到了春意。他抬起手优雅地指点着；这儿漫山遍野都是花草，好多紫罗兰；她想不想饱览一番？

"可那些好心人呢？[2]"

他鞠了一躬。当然，先要找到好心的先生们，然后再观赏紫罗兰。他们轻快地穿过灌木丛，越往前，灌木丛越发稠密起来。他们接近了山岬边缘，四周的景色渐渐清晰起来，不过致密的褐色灌木丛把景色分割成无数碎片。他一边专心抽着雪茄，一边扯开柔软的枝条。从乏味当中解脱出来，令她内心雀跃。每一步、每根枝条对她都很重要。

1　原文为意大利语

2　原文为意大利语。

"哎，那是什么声音？"

背后的树林里传来人声。那是伊戈尔先生的声音吗？他耸耸肩。意大利人的无知有时比他的见识更令人瞠目。她无法让此人明白，他们兴许错过了伊戈尔先生。前面的景色终于豁然出现，她清晰地看到了河流、山丘、金色的原野。

"终于到了！[1]"他高呼道。

就在这一刻，她一脚踩空，尖叫着从树丛中跌落下去，登时给光与美围裹住，落在一处开阔的土坎上，放眼望去，尽是紫罗兰。

"勇气！"她的同伴站在上方六英尺处高叫道。"勇气与爱情！"

她没有回应。脚前方，地势陡得沉下去，一道斜坡映入眼帘，紫罗兰溪流般、小河般、瀑布般奔泻而下，蓝色浇灌着山坡，围着一株株树干旋转着，最后在谷底汇聚成小潭，蔚蓝色的泡沫点缀在茵茵绿草间。那里，花势已缓，脚下的土坎才是那涌泉的源头，美从这里喷涌而出，灌溉着大地。

土坎边上如蓄势待发的泳者的，正是那好心人，而她前来找寻的并不是他；他独自一人，没有同伴。

听到有人，乔治转过头，一时间，怔怔地望着她，仿佛她是从天堂坠落下来的。他看到，她的脸焕发着喜悦的光；他看到，蓝色的花浪拍打着她的裙裾。上方的灌木丛已经闭合。他

---

1 原文为意大利语。

快步上前，吻了她。

　　没等她开口，也没等她哪怕有一丝感觉，便听到有人叫道："露西！露西！露西！"前面现出巴特利特小姐褐色的身影，这充盈着生命的寂静给打破了。

第七章　众人归来

整个下午，上山下山时，大家都在玩着某种说不清道不明的游戏。那游戏是什么，参与者谁与谁一边，露西花了很久才慢慢弄明白。伊戈尔先生与他们碰头时眼中满是狐疑。夏洛特止不住地东拉西扯，令他颇为反感。艾默生先生望来看去找儿子，就有人跟他说该去哪儿找。毕比先生拿出一副中立者的热忱态度，于是被委以招呼大家集合回家的任务。一种犹疑不安、惶惑无助的气氛在众人中弥散开来。这一路上，潘神[1]就在众人间，不是那位已经埋葬了两千多年的大潘神，而是那位小潘神，有他在，人们之间就会生出意外的尴尬，野餐的安排到头来便不遂人愿。毕比先生跟大伙儿走散了，随身带来的茶食盒，本打算突然拿出来，让大家高兴高兴的，到头来却只好冷冷清清自己一个人享用。拉维希小姐找不到夏洛特，露西寻不着伊戈尔先生，艾默生先生把乔治弄丢了，巴特利特小姐掉

---

1 潘神，希腊神话里的牧神，众神传信者赫尔墨斯的儿子。名字的原意是一切。掌管树林、田地和羊群的神，有人的躯干和头，山羊的腿、角和耳朵。他的外表后来成了中世纪欧洲恶魔的原型。潘神喜欢吹排箫，因为排箫能催眠。潘生性好色，经常藏匿在树丛之中，等待美女经过，然后上前求爱。

了一块儿方形雨布，而法厄同则是这场游戏中的输家。

最后这一点无可否认。他抖抖索索地爬上驾驶座，将衣领竖起来，煞有介事地说马上就要变天了。"得赶紧走，"他跟众人说。"那位先生得自个儿走回家了。"

"这么远？那不得走好几个钟头啊。"毕比先生说。

"是要啊！我劝了他的，叫他别犯傻。"他不愿跟大家打照面；或许先前吃了瘪，让他觉得脸丢大了。只有他是全靠直觉、技艺高超地玩着那游戏，其他人却只用了一点点智力。只有他隐约猜到是怎么回事，也明白自己对之寄予何等希望。只有他弄懂了五天前露西从那垂死之人口中获得的信息。泊瑟芬半辈子是在冥界里度过的，她也弄得懂。这些英国人就弄不懂了。他们懂得慢，等到懂了，或许已经太迟。

赶车人的想法哪怕再有道理，恐怕也很难影响到雇主的生活。他算是巴特利特小姐最硬的对手了，可是说到威胁，他还远远构不成。一旦回到城里，他、他的洞察力与见识再也烦不着这些英国女士了。当然，想想就叫人极不痛快；她可是看到了树丛里他那颗黑脑袋的；或许在小酒馆里他会将那事儿添油加醋渲染一番。可话又说回来，小酒馆跟我们又有何干？客厅才是最危险的地方。马车一路奔着西沉的太阳去，巴特利特小姐满脑子都是起居室里的各色人等。露西坐在她身边；伊戈尔先生坐对面，试图抓住她的眼神；虽说不敢肯定，他总觉得哪里不对劲。大家又聊起了阿莱西奥·巴尔多维内蒂。

雨与夜色同时降临。两位女士紧紧蜷缩在一柄遮不了风、挡不了雨的小阳伞下。空中划过一道闪电，头辆车中的拉维希小姐本就紧张，这下便尖叫出声。接着又一道闪电，露西也叫起来。伊戈尔先生很职业地跟她说："勇敢些，霍尼彻奇小姐，要有勇气和信仰。要我说啊，如此可怖的风雨雷电，几乎算得上是亵渎神明了。难道我们真的以为，这满天的乌云、放肆的雷电表演之所以存在，就是为了毁灭你我吗？"

"不是啊——当然不是——"

"即便是从科学的角度看，给雷劈中的概率也是微乎其微。钢制餐刀是唯一有可能吸引电流的东西吧，不过也在另一辆车上。再说了，我们至少比走路要安全得多得多。勇敢些，——勇气和信仰。"

露西感到，在毯子下表姐的手善意地按了一下自己。有时，我们迫切需要同情的表示，便顾不得细究这表示的实意，也管不了日后回报时，需付出多少。巴特利特小姐的肌肉动得恰是时候，比之数小时的教导与盘问，获得的好感要多得多。

两辆马车走到了佛罗伦萨市中心，停了下来，这时她又重复了这个动作。

"伊戈尔先生！"毕比先生唤道。"我们想你帮个忙。能帮着翻译一下吗？"

"乔治！"艾默生先生叫道。"问一下你们的车夫，乔治走的是哪条道儿。那孩子也许迷路了。他也许会送命的。"

"去啊，伊戈尔先生！"巴特利特小姐说道。"别问我们的车夫；问他没用的。快去帮一下可怜的毕比先生，他都快疯了。"

"他也许会送命的！"那老人高叫道。"他也许会送命的！"

"这副样子够典型的。"牧师边说边下了马车。"面对现实的时候，这种人无一例外都会崩溃。"

"他知道什么吗？"牧师刚一走，露西便低声问道。"夏洛特，伊戈尔先生知道多少啊？"

"他不知道，最最亲爱的，他什么都不知道。不过，——"她指指车夫，"他可是一点不落的都知道。最最亲爱的，要不？要不就？"她掏出钱包来。"跟下层人纠葛在一起真是可怕。他什么都瞧见了。"她拿起旅行指南，敲了敲法厄同的背，说道："可别声张啊！"接着递过去一法郎。

"好嘞！"他应声接过钱去。这天对他来说就算结束了，与平日无异。可露西只是凡人，并非神仙，也就难免对他失望了。

前面路上响起了爆炸声。原来，空中的电车线为雷所击，一根大支架也跌落下来。若是先前没停车，也许就给砸中受伤了。众人都认为走了大运，堪称奇迹；友爱与真诚本就能令生活中的每一刻美好而充实，此刻更是洪水般奔涌而出，恣意横流。他们下得车来，相互拥抱。原谅他人曾经的卑下行径令人高兴，被他人原谅同样感到开心。一时间，众人感受到善的巨大可能性。

年岁稍长的几人片刻工夫便恢复了常态。即便是最动情的那一刻，他们也明白自己有些失态，哪里还像是绅士、太太。拉维希小姐估摸着说，当时即使是没停步接着赶路，也未必会出事。伊戈尔先生嘴里念念有词，小声祈祷着。可车夫们就不同了，接下来的几里路，他们一边沿着漆黑肮脏的街道驱车前行，一边不停地向树妖和圣徒倾诉。露西也对着表姐诉说衷肠。

"夏洛特，亲爱的夏洛特，快亲亲我。再亲一下。只有你才懂我啊。你早就提醒我多加小心。可是我，我还以为自己越来越懂事儿了呢。"

"亲爱的，可别哭了。这得慢慢来，急不得的。"

"我还那么又犟又蠢的，你不知道，我真是蠢透了。那次在河边，——噢，可是，他没有死吧，他该不会死吧，会不会啊？"

这念头搅扰了她满腔的悔意。要说风暴最为肆虐的，该是他们行来的这条道，可既然她亲历了险境，自会觉得他人也定是同样的遭遇。

"肯定不会的。我们总该祈祷不会发生那样的事儿。"

"他真是——我想他定是吃了一惊，我先前也很吃惊的。可这次怪不了我，你可得相信我啊。我就那么一滑，就掉进紫罗兰花丛里了。不过，我可不想扯哪怕一丝谎。这也有点点怪我。我满脑子都是蠢念头。你知道吗，那天空是金色的，满地都是蓝色，一瞬间，他看上去像是书里的人。"

"书里的？"

"哎呀，就是英雄啊、神祇啊什么的，那些女学生的蠢念头。"

"那后来呢？"

"后来？夏洛特，后来你不都知道吗？"

巴特利特小姐默不作声。确实，该知道的她都知道了。她也算明白些事理，于是满是爱怜地把表妹扯到怀里。一路往家赶，露西不停地深深叹息，止都止不住，身子也随之不断地战栗。

"我只想把实情道出来，"她轻声说道。"可要做到绝对真实，怎么那么难啊。"

"最最亲爱的，别折磨自个儿了。等你平静些再说。睡觉前到我屋里来咱们再好好聊。"

于是二人手攥着手回到了城里。这姑娘看到众人个个情绪归于平复，大为惊讶。风暴已经止歇，艾默生先生也不再为儿子过分担忧。毕比先生的情绪恢复如常，伊戈尔先生又对拉维希小姐板起了冷脸。她唯一感到摸得透的只有夏洛特——夏洛特的外表下藏着多少洞见与爱啊。

这自我剖白的机会简直就是种奢侈，她几乎是在幸福中度过了漫长的前夜。心中虽萦绕着当天所历之种种，更多却是盘算该如何描述它们。纷至沓来的感触，瞬间鼓动的勇气，阵阵莫名的喜悦，神秘莫测的怨艾，都该小心翼翼地摆到表姐面前来，二人当会秉着崇高的信任，将它们理个清楚，弄个明白。

她心道："总算能把自己搞搞清楚了。我再不会给没头没脑、莫名其妙的事情搞得心烦意乱了。"

艾伦小姐央她弹一曲，给她硬着脖子挡了回去。此刻，音乐在她看来不过是小孩子的玩意儿。露西紧挨着表姐坐着；她可真够有耐心的，正听人家没完没了地讲丢行李的故事。那故事刚一落音，她便打开话匣子，讲起自己的经历。这番耽搁令露西几欲发狂。她想着去打断，或者无论如何让故事讲快点儿，却未能得逞，待到巴特利特小姐终于找回了行李，夜已深沉，她用平时那种略带责备的温婉口气说道："好了，亲爱的，什么也别说了，我准备睡觉了。来我房间吧，我给你好好通通头。"

她严肃地关好门，摆好藤椅让女孩儿坐下来，然后问道："你看该怎么办？"

女孩儿对这问题毫无准备。她根本没想过还得做些什么，只打算将自己的情感一点不落地表露出来。

"该怎么办呢？最最亲爱的，这事儿只有你能定夺。"

黑漆漆的窗上，雨水恣意流淌着，宽敞的房间潮湿而冰冷。五斗橱上，巴特利特小姐的小帽子边，一豆烛火摇曳着，将奇幻鬼魅的烛影投到上好闩的门背面。暗夜中，有街车呼啸而过，露西早已拭干了泪水，却依旧感到莫名的哀愁。她抬眼望去，天花板上，狮身鹰首兽与巴松管影迹模糊，颜色莫辨，恰似欢愉的魅影。

她终于开口道："雨差不多下了四个小时了。"

巴特利特小姐没有理会这句话。

"你有什么法子让他闭嘴吗？"

"你是说车夫？"

"我的好姑娘，不是啊；是乔治·艾默生先生。"

露西听罢，在屋里来来回回走起来。

"我搞不明白，"她终于又开口了。

她当然明白啦，只是再也不想无所保留地道出真相。

"你有什么好办法，让他别跟人家说呢？"

"凭我的感觉，到处乱说，他是绝不会的。"

"我也希望把他往好处想啊。可遗憾的是，这种人我早就见识过。自己的那些风流事儿，他们极少是秘而不宣的。"

"那些风流事儿？"露西叫出声来。听到风流事儿还不止一桩，她惊得脸都扭曲起来。

"可怜的孩子，你难道认为这在他是头一次吗？过来听我讲。我是从他自己的话中猜到的。你还记得吗？那天午饭时，他跟艾伦小姐争辩起来，说什么喜欢一个人，就让喜欢另一个人多了一个理由。"

"我记得的。"露西说。当时，那番争论她深以为然。

"好了，我也不是什么老道学，也没必要说他是个邪恶的青年，可明摆着他上上下下、里里外外都透着粗俗。若是你觉得没问题，我们也可以把这点归咎于他糟糕的出身与教育。然而，这对我们的麻烦于事无补。至于该怎么应对，你有主意吗？"

露西脑海中突然闪过一个念头，若是能早点想到，而且依它而动的话，兴许已经大功告成了。

"我建议直接跟他谈。"她说道。

巴特利特小姐一声惊呼，显然吓得不轻。

"是这样，夏洛特，你的好我绝不会忘掉。可是，就像你说的，这是我自个儿的事。是我和他的事。"

"那么，你打算去央求他、去乞求他不要声张吗？"

"当然不。这事儿并不难。无论你问什么，他只要回答是或者不是，然后不就得了吗？我以前挺怕他，现在一点都不。"

"可是亲爱的，我们怕他，怕他伤害你。你年纪轻，没经验，之前周围都是些好人，根本想不到男人能坏到什么程度，他们会残忍到羞辱一个女人且以此为乐，若是没有其他女性护着她、围着她的话。就比如今儿个下午，我没及时赶到的话，谁知道会怎么样？"

"我也不敢想。"露西郁郁地说。

觉得她声音有些不对，巴特利特小姐又问了一遍，语气变得激烈起来："我没及时赶到的话，会怎样呢？"

"我也不敢想啊。"露西再次回道。

"他侵犯你的时候，你原本会如何回击呢？"

"我当时来不及想，然后你就来了。"

"这我知道，可是，你难道不想告诉我你会怎么做吗？"

"我应该会——"话说了一半就硬憋了回去。她踱到雨水淋漓的窗前，朝黑暗的夜努力地看去。她想不出自己当时会如何反应。

"别站在窗户那儿，亲爱的，"巴特利特小姐说。"会给街上的人看到的。"

露西依言而动。她给表姐捏在手里了。一开始她就给定了个自轻自贱的调子，想要调过来已经不成了。至于她的建议，也就是跟乔治直说，来搞妥那件扯不清的事儿，二人谁也没有再提。

巴特利特小姐悲从中来。

"唉，哪有真正的男人啊！你和我，我们就两个女的。毕比先生是指望不上了。还有伊戈尔先生，不过也靠不住。慢，还有你兄弟啊！他虽然年纪轻，可我知道，姐姐遭人欺负他可不会答应，一定会狮子般跳起来。谢天谢地，骑士风范还未绝迹，还有男人懂得尊重女性。"

她边说边褪下几枚戒指来，整整齐齐摆在针垫上。然后朝手套里吹了口气，接着说："现在赶早班火车有些仓促，不过总得一试。"

"火车？"

"去罗马的火车啊。"她挑剔地看着那双手套。

表姐的决定说得轻描淡写，露西接受时也没多做争辩。

"去罗马的车几点开？"

"八点。"

"贝托里尼太太会不痛快的。"

"那我们也没办法。"巴特利特小姐回道；其实她已经知会过房东太太了，只是不想说罢了。

"她定会收我们整个星期的膳食住宿费。"

"我想她会那么做。不过，等到了维斯一家住的旅馆，我们会舒服得多。那里的下午茶难道不是免费提供的吗？"

"是免费的，不过红酒另付。"说完这话，她便一动不动，陷入了沉默。她疲惫的双眼中，夏洛特的身影跳动着、胀大着，恰好似梦境中的鬼影魅形。

时间紧迫，二人赶紧动手收拾衣物，好赶上开往罗马的列车。听了这番警示后，露西便在两间房之间跑来跑去忙开了；借着烛光打点行装令她颇觉郁闷不便，也就没太注意心中那丝隐隐的不安。夏洛特人很现实，却缺乏才干，此刻跪在空箱子边，徒劳地试着将大小不同、厚薄各异的书籍往里塞。她叹了两三口气，因为弯腰久了脊背疼痛，也因为虽已人情练达，怎奈年齿渐长，老之将至。那姑娘走进屋来，正听到叹气声，霎时间情感翻涌，至于为何，她终究不会明白，只觉得若是能获得或给予一些仁爱，那烛火会愈发明亮，行装会打点得愈发顺利，而人世愈发会是个幸福的所在。这冲动的情绪并非今日才有，却从未如此强烈。她跪倒在表姐身边，一把将她搂在怀里。

巴特利特小姐也温柔而热切地搂住了她。可她不是个蠢女人，心里跟明镜似的，知道露西不爱她，而是需要去爱别人，此刻碰巧是她罢了。因此，二人沉默良久后，她再度开口，那语气不免令人心生芥蒂。

"最亲爱的露西，不知道你会不会终有一天原谅我？"

露西立刻警觉起来，往日的苦涩经历告诉她，所谓原谅巴特利特小姐意味着什么。她冲动的情感缓和下来，抱得也没那么紧了，她说："亲爱的夏洛特，此话何意啊？听你的意思，好像我有什么要原谅你似的！"

"那可就多了，而且我也有很多需要原谅自己的地方。我很清楚，每次我都弄得你不开心。"

"那可没有啊——"

巴特利特小姐扮演起她钟爱的角色：一个未老先衰的殉道者。

"噢，有的！我觉着，我们的旅行远非我期望中那般圆满。我早该知道它不会的。你需要个懂你的人为伴，她应该更年轻、更坚强。我就太无趣了，也太老派，只配给你打点收拾行装。"

"快别——"

"唯一令我安慰的是，你遇到了志趣相投的朋友，能经常留我一人在家。我有些过时的看法，认为女士该这么做、该那么做，可我希望没有过多地强加给你。无论如何，对于这两间房，你有自己的处理方式。"

"你不该说这些的。"露西柔声说道。

她仍旧抱有一线希望，希望自己与夏洛特能全心全意地相亲相爱。二人默默地接着收拾行李。

"我挺失败的。"巴特利特小姐一边说，一边鼓捣着露西的、而不是自己的箱子带。"没能让你开心快活，也没能完成你母亲的托付。她对我真是慷慨啊，事情搞得这么糟，我都没脸见她了。”

“哪里啊，母亲都明白的。又不是你的错，才惹了这个麻烦，而且也没那么糟。”

“当然是我的错，而且就是很糟嘛。她不会原谅我的，她完全有理由。就比方说，我有什么权利跟拉维希小姐交朋友？”

“你太有权利了！”

“我来这儿全是因为你，哪能有这样的权利？若说我惹你不痛快是真的，那么我对你不闻不问也是真的。你跟你母亲说起来时，她就会跟我一样看得清清楚楚。”

露西怕把事情闹大了，于是说：“有必要让我妈知道这些吗？”

“可你不是什么都跟她讲的吗？”

“我想那是一般情况下吧。”

“我可不敢破坏你们母女间的信任，那信任可是神圣的。除非你觉得那件事儿不能告诉她。”

如此失品之事这姑娘哪里肯做。

“我自然应该跟她讲的。不过，要是万一她责怪于你，我保证不会告诉她，我肯定不愿那么做的。我绝不会跟她或者其他任何人讲那事儿。”

她这番保证令二人冗长拖沓的交谈戛然而止。巴特利特小姐迅捷有力地亲了她的脸颊，说句晚安，然后让她回了房间。

原先的麻烦暂时隐退到幕后。自始至终，乔治的行为都似一个无行之辈，或许最终这就是世人对他的定论吧。不过当下，她既不想为他脱罪，也不愿予以谴责；她不想做出任何评判。就在要对他下结论的当口，表姐的声音横插进来，自那刻起，巴特利特小姐便成了主角。即便到了这会儿，透过房间隔墙的缝隙，仍能听到她在长吁短叹。她这人啊，从来都不懂得谦恭，总是一根筋，不知道变通。她就像一位伟大的艺术家，辛勤地创作，有好一段时间，确切地说，有好多年，她的画作看不出任何意义来，可是到最后，它给那姑娘呈现出一幅完整的世界图景：无爱无欢，青年们径直奔向毁灭，撞得头破血流才明白过来；处处皆是屏障，凡事预先防备，虽然可以避祸消灾，却也令人羞惭汗颜。这世界似乎与美好无缘；要得出这样的论断，不妨看看屏障之后小心谨慎的人们。

世上迄今为止最刺痛人心的伤害正让露西饱受煎熬：人家堂而皇之地耍个手段，便把她一腔真诚、对爱与同情的渴求给利用了。这种伤害不是说忘就能忘掉的。她再也不会随随便便表露自己，免得在人家那儿碰个冷脸。这等伤害也许会对心灵造成灾难性的影响。

门铃响了，她跳起来冲向百叶窗，可还未到便犹豫起来，继而转回身来，吹熄了蜡烛。结果是，她看见有人冒雨站在楼下，而他虽然仰着头，却没看到她。

回房间的路上，他会经过她的门口。她突然蹦出个念头，既然尚未更衣，何不溜到走廊上，跟他简单地说一句，说他起床前自己就会走了，他们之间那非同寻常的交道也算过去了。

她是否有胆这么做，最终也没得到证实。就在节骨眼上，巴特利特小姐打开了自己的房门，只听见她说："艾默生先生，麻烦你去客厅一下，我跟你有话说。"

没过多久，他们的脚步声回来了，又听到巴特利特小姐说："晚安，艾默生先生。"

他疲惫粗重的呼吸声是唯一的回答；护花使者完成了她的使命。

露西大叫道："那不是真的。那不会都是真的。我不要糊里糊涂过日子。我想一下子变老才好。"

巴特利特小姐敲了敲墙壁。

"赶紧上床睡吧，亲爱的。能多休息就多休息。"

第二天一早，二人动身去了罗马。

第二部

第八章　中世纪风格

风之角的客厅里，窗帘拉得严严实实，为的是新地毯免受八月阳光的戕害。那窗帘结实厚重，长可及地，透过来的光柔和而斑驳。若是有位诗人在场的话，许会吟诵道："生活宛如彩色琉璃穹顶"，或者把窗帘比作水闸，放下来挡住了来自天堂的恼人洪流。窗外，耀眼的日光汹涌如海；窗内，那辉煌虽亦可见，然而已甚为缓和，为人所能接受。

客厅里坐着两个人，让人瞧着就舒服。其一是个十九岁的男孩儿，正在研读一本袖珍解剖学手册，间或瞥一眼放在钢琴上的一块骨头。天气酷热，书上字太小，人体骨架又绘得极为可怖，他时不时在椅子里前俯后仰，喘息哀叹着。他妈妈一边写信，一边不住地念给他听。她几次三番起身，上前去轻轻撩开窗帘，于是一束阳光流泻到地毯上，与此同时她说道，他们还在那儿。

"哪儿哪儿不是都是他们啊？"叫作弗雷迪的男孩儿说；他是露西的兄弟。"跟你说，我看着都想吐。"

"那拜托，能不能别吐在我客厅里？"霍尼彻奇夫人训道，她打算顺势借了他的话头，来治治孩子们出言粗鄙的毛病。

弗雷迪没挪窝，也没吱声。

"我感觉就要有眉目了，"她说道，虽然迫切地想了解儿子对当下的情形的看法，却不好直截就问，觉得那样做有失分寸。

"是时候做决定了。"

"塞西尔又向她求婚了，真好啊。"

"这都第三次了，没错吧？"

"弗雷迪，这话可够损的哈。"

"我可没想损他。"他接着说，"可我怎么觉得，露西应该早就跟他摊过牌了，就在意大利那会儿。女孩儿家怎么处理这种事我不晓得，可是当时她肯定没有严词拒绝，否则也没必要再说一次了。我也说不清楚，反正这件事儿从头到尾都让我怪不舒服的。"

"你真觉得不舒服，亲爱的？这就怪了！"

"我觉得——算了算了。"

他又埋头去看书了。

"听一下我跟维斯太太写的，我说：'亲爱的维斯夫人。'"

"我知道，妈，你跟我说过了。写得蛮好的，挺风趣。"

"我说：'亲爱的维斯夫人，塞西尔征求过我的意见，希望我同意；只要露西愿意，我没有不高兴的。只是，——'"她顿了一下，"我觉得太搞笑了，塞西尔居然跑来请求我同意。他一向不拘礼法的，才不拿父母放在眼里呢，这样那样的。可是到了节骨眼上，他没我可是寸步难行。"

"没我也不成。"

"你?"

弗雷迪点点头。

"你什么意思?"

"他也问过我同意不同意。"

她大声叫道:"这人真是够怪的!"

"为什么呀?"儿子反问道;他可是未来当家的。"为什么就不该问我的意见?"

"露西她们女孩子的事情你又知道什么?你究竟是怎么答他的?"

"我跟塞西尔讲,'娶她不娶她,与我何干!'"

"瞧瞧,这话多管用啊!"不过,她自己的答复,虽然没这样冲,也大差不差。

"让人头疼的就是,"弗雷迪话刚开了个头,便又拿起书,至于是什么让人头疼,他不好意思说。霍尼彻奇夫人走回窗边。

"弗雷迪,快过来。瞧那儿,他们还没走呢。"

"能不能别那样偷看啊?"

"偷看!我自个儿的窗户,不能朝外看?"

话虽这么说,她还是转身回到写字台边,经过儿子身边时,说道:"还在看322页啊?"弗雷迪哼了一声,向下翻了两页。一时间,二人默然无语。窗帘的那一边,很切近的地方,窃窃低语声不绝如缕,长长的交谈久未止歇。

"让人头疼的是：我不小心跟塞西尔讲错了话，简直尴尬极了！"他紧张地吞了口唾沫。"我说'同意'他还觉得不够；我真的同意了，确切地讲，我说的是'我无所谓'，可他还是不满意，一心想知道，我会不会乐得找不到北。他原话大概是这样：若是他娶了露西，对她、对风之角来说，难道不是件天大的喜事儿吗？这还不算，他执意要我回答，说我的答复会让他更有底气。"

"但愿你没有冒冒失失回复他，亲爱的。"

"我说'不，不是的！'"男孩子咬着牙说。"这不！他顿时就慌了手脚。可我哪里忍得住，只想那么说。除了'不'还能怎么说。他当初就不该问我。"

"你这孩子啊，可真够荒唐的！"母亲叫道。"你觉着自己很高尚，眼睛里揉不得沙子，其实啊，不过是狂妄自大招人嫌。你觉得塞西尔这样的人会在意你说什么吗？一点都不。真希望他给你个嘴巴子。你怎么敢说'不'！"

"哎哟妈妈，您可千万别激动！我说不出'是'，当然要说'不'了。我当时是笑着说的，显得并没那个意思，塞西尔也跟笑了，笑过就走了，应该是没事儿的。可我还是觉得开罪他了。哦，别说了好吗？让我能干点儿正事，好吗？"

"不行，"霍尼彻奇太太回道，一副凛然的口气，似乎心下早有定夺。"我可不能装哑巴。他们二人在罗马的那些事儿你都知道的；你也知道他为何到我们这儿来，可你却故意出言不逊，一门心思要赶他出去。"

"这我可是冤透了！"他恳切地说。"我只不过表示不喜欢他。我并不恨他呀，只是不喜欢而已。我担心的是他会跟露西讲。"

他神情黯然地瞥了一眼窗口。

"听着，我还蛮喜欢他的，"霍尼彻奇太太道。"我认识他妈妈；他人善良聪明，家底又厚，人脉又广——哎，你也没必要踢钢琴吧！他人脉很广。你不喜欢听，我就偏要再念叨一遍：他人脉很广。"她停顿片刻，好像是在练习那番颂词，不过脸上依旧带着不满的神情。她接着补充道："而且还举止优雅。"

"前不久我还挺喜欢他呢。之所以不喜欢了，我想啊，是因为露西回家的头一个礼拜就给他搅得一团糟；还因为毕比先生的几句话，没头没脑的。"

"毕比先生？"他母亲问道，一边试图掩饰好奇心。"我不明白这跟毕比先生有何关系。"

"你晓得，毕比先生很古怪的，谁也别想知道他葫芦里卖的什么药。他说，'维斯先生真是个理想的单身汉。'我觉察到话里有话，就问他此话怎讲。他说，'哦，他很像我——最好保持距离。'我再问时，他就不肯说了，可他的话却让我犯了寻思。自从追求露西后，至少他就没那么讨人喜欢了，我也说不清这是为什么。"

"你永远都说不清，亲爱的。可我就能。你是妒忌塞西尔，因为他，露西可能没工夫给你织丝绸领带了。"

这番解释貌似在理，弗雷迪勉强能接受。可他脑海深处却

115

隐藏着一丝疑虑。不喜欢塞西尔，难道是因为他夸自己运动天赋高，夸得太露骨？还是因为塞西尔总是顺着自己，让人很厌烦？实际上，塞西尔这种人是从来不肯买别人的账的。弗雷迪没有意识到自己的洞察力如此深刻，就此打住，没往下想了。一定是他妒火中烧的缘故，否则他不会因为上述愚蠢的原因而不喜欢那人。

"听听这么写行吗？"他母亲唤道。"'亲爱的维斯夫人：塞西尔刚刚征询了我的意见，只要露西愿意，我没有不开心的。'然后我在上面又加了一句，'我跟露西也是这样讲的。'我得把信再抄一遍——'我跟露西也是这样讲的。可似乎露西拿不定主意，况且，如今年轻人应该自己做决定。'我这么写，是怕维斯夫人觉得我们老派。她经常去听讲座，好让头脑跟得上时代，可她床下却总是厚厚一层浮灰毛絮，电灯开关处也是女佣的黑指印。那套公寓的情形可够吓人的——"

"假如露西嫁给了塞西尔，她是会住公寓呢，还是住在乡间？"

"别瞎吵吵，把我都打断了。说到哪儿了？哦，对了——'年轻人应该自己做决定。我知道露西喜欢令郎，因为她跟我无话不谈，他头次求婚的事儿就是她从罗马来信告诉我的。'不好，最后这点听上去有些倨傲，我得把它划掉，就到'因为她跟我无话不谈'这儿。要不要把这句也划掉呢？"

"那就划掉吧，"弗雷迪说。

霍尼彻奇太太没听他的，把那句给留下了。

"好了，就这样写了。'亲爱的维斯夫人：塞西尔刚刚征询了我的意见，只要露西愿意，我没有不开心的，我跟露西也是这样讲的。可似乎露西拿不定主意，况且，如今年轻人应该自己做决定。我知道露西喜欢令郎，因为她跟我无话不谈。不过我并不知道——'"

"小心！"弗雷迪叫出声来。

窗帘给人拉开了。

塞西尔的第一个举动就令人恼火。他无法忍受霍尼彻奇家的怪毛病，为了保护家具宁可坐在黑地里。他本能地把窗帘一扯，让它们顺着横杆滑开去。阳光涌进来。窗外现出一个露台，许多别墅都有这样的露台，两侧树木蓊郁，上面摆着张乡野风味的小座椅，还有两个花坛。不过，由于风之角建于山坡之上，俯瞰着萨塞克斯郡威尔德地区，与其他别墅相比，这露台自别有一番景致。露西正坐在那张座椅上，就好似坐在一张绿色魔毯的边缘，而那魔毯就悬在空中，下方是颤抖不已的尘世。

塞西尔走进屋来。

故事近半，塞西尔才出场，有必要立即为读者诸君介绍一番。他颇具中世纪风格，像尊哥特式雕像，身材高大，线条优雅，双肩抱拢，似有意志力做支撑，脑袋微仰，略高于平视的角度，一副吹毛求疵的样子，活像是法国大教堂守大门的圣徒像。他受过良好的教育，天赋出众、身体健全，却始终陷在某个恶魔的掌握之中；现代人称这恶魔为自命清高，而中世纪的

117

人眼光不够锐利，误认为它乃克己苦行，因而对之顶礼膜拜。若说希腊雕像意味着悠游享乐，哥特雕像则意味着独身自守，或许毕比先生说的正是这个意思。弗雷迪对历史与艺术一窍不通，可当他想不出塞西尔会买谁的账时，兴许表达的也是同样的意思。

霍尼彻奇太太把信留在写字台上，起身径直走向她的年轻朋友。

"哦，塞西尔！"她朗声道。"哦，塞西尔，快告诉我！"

"约婚夫妇。[1]"

众人急切地盯着他。

"她答应我了，"他说道。这句话是用英语说的，那音调令他满面红晕、笑逐颜开，而且更像是个凡人。

"不要太好了，"霍尼彻奇太太说道，弗雷迪也伸出一只沾满化学药剂的黄手来。他们恨自己不懂意大利语，因为表达许可与惊愕时，我们英国人的语汇只适合小场合，对付大场面恐怕就难以胜任。我们不得不把话说得朦胧而具诗意，抑或令听者联想到圣经语言。

"欢迎你成为我们家庭的一员！"霍尼彻奇太太边说边挥手指点那些家具。"今天真是个大喜的日子！我坚信你会让我们亲爱的露西幸福的。"

"我也希望是这样，"年轻人回答道，眼睛却瞟向天花板。

1　此处为意大利语。

"我们这些做妈的——"霍尼彻奇太太傻笑着说，可旋即惊觉到，自己不仅扭捏造作，而且过分煽情，啰里吧嗦，而自己平生最恨这些。怎么就不能像弗雷迪那样？那孩子僵立在屋子正当中，一脸愠怒。别说，还挺帅的。

眼见大家在没话找话，年轻人朗声唤道："我说露西呀！"

露西站起身来。她穿过草坪，冲众人浅笑着，仿佛要邀他们打网球。瞧见弟弟脸色不对，于是双唇微启，将他揽入怀里。他开口道："稳住啊！"

"难道不亲我一下吗？"她母亲问道。

露西也亲了她。

"要不，你把大家引到园子里，把事情的来龙去脉都跟霍尼彻奇太太讲讲？"塞西尔提议道。"我呢，就留在这儿，要告知我母亲。"

"我们跟露西走？"弗雷迪问道，似乎在等待命令。

"是的，你们跟露西去。"

他们来到屋外，阳光灿烂明媚。塞西尔目送他们穿过露台，走下台阶，消失在视野里。他晓得他们一路下去，会经过灌木丛，路过网球场和大丽花圃，最后去到菜园子，那里，在土豆和豌豆的陪伴下，大家会讨论他的终身大事。

他恣意地笑起来，点上一支烟，回想这一路走来，是如何终致功德圆满的。

认识露西已有数年，一直当她是个普通女孩儿，碰巧喜好音乐。他依然记得在罗马时，那个下午，她与那讨嫌的表姐突然降临，弄得他颇为被动，这还不说，居然还命他带着去游览圣彼得教堂。那天，她就像个典型的游客：嗓门颇高，举止粗鄙，因为旅途辛劳而两腮深陷。然而，意大利令她有了某种神奇的变化，赋予她光彩，同时，也给了她影子，而后者他更为看重。没过多久，在她身上，他发现了一种迷人的含蓄。她宛如达·芬奇画中的女性，迷人的不是她，而是她不愿透露的东西；它们肯定不属于这凡世；达·芬奇笔下的女性绝没有"故事"，那太过庸俗了。露西每天都在成长，真的令人赞叹！

就这样，最初礼貌却倨傲的态度悄然而变，虽未生出强烈的爱意，至少也深深地搅动了他的内心。在罗马那会儿，他已经暗示她，两人也许算得上般配。让他甚为感动的是，明白了他的意思后，露西并未决然而去。她的拒绝温和而明确，而接下来，令人心烦的是，对他的态度一如既往，并无分别。三个月后，在意大利边境，遍野鲜花的阿尔卑斯山上，他直截了当地用传统的语言再次求婚。他益发觉得她宛如达·芬奇的画中人；奇岩怪石的阴影衬托出她晒得黝黑的容颜，听完他表白，她转过身去，就立在他与阳光之间，背后是一望无垠的平地。他与她并肩走回家，并无一丝羞愧，根本不像个遭到拒绝的求婚者。关键的东西并未动摇。

如今，他又一次求婚，她的态度同样温和而明确，不过这次接受了他；她没有扭捏作态地解释，为何要一拖再拖，只是说她爱他，会尽全力让他幸福。他母亲也会高兴的，跨出这步是听了她的建议，他定要写封长信跟她汇报一番。

他扫了眼手，怕万一沾到了弗雷迪的化学品，然后走向写字台。他看到"亲爱的维斯夫人，"后面有多处被划掉，便缩回身去没往下看，犹豫片刻后，换了个地方坐下，拿起铅笔在膝头写了张字条。

他又点上一根烟，与头一根相比，这根似乎没那么舒服；他边抽边开始盘算，该如何让风之角的客厅独具特色。坐拥如此美景，这客厅本该是熠熠生辉的，可却满是托特纳姆法院路[1]的痕迹。他几乎可以想象出，舒布莱特公司和马普尔公司[2]的送货车停到门前，卸下这张座椅，那排漆得锃亮的书橱，还有那张写字台。说到写字台，他想起了霍尼彻奇太太那封信。信他是不想看的，这种事儿从来诱惑不了他；尽管如此，说不担心也是假的。如今她写信跟母亲谈论他，这事儿怪也要怪自己，谁让他这次向露西求婚前，先去争取她的支持；他就是想觉得，其他人嘛，不论是谁，都赞成他，所以这才去询问他们同意与否。霍尼彻奇太太算是客客气气，不过说到底，态度不够积极，至于弗雷迪嘛——"他就一孩子，"他思忖道。"我代表的一切，他都嗤之以鼻。他怎么可能愿意我做他姐夫呢？"

这霍尼彻奇家算是个体面的家庭了，不过他慢慢感到，露西在这家人中是个异数，也许吧，他还没完全想好，也许该尽快带她进一个志趣相投的圈子里去。

"毕比先生到！"女佣叫道，接着便将夏日街新上任的教区

1　伦敦中心的一条商业街，有数家家具店在此经营。
2　托特纳姆法院路上的两家家具公司。

长引了进来；先前，露西从佛罗伦萨写信来，对他赞不绝口，所以一到任，他就和这家人熟络起来了。

塞西尔不冷不热地跟他打了招呼。

"我是来喝茶的，维斯先生。你觉得会有茶给我喝吗？"

"我觉得有啊。这里别的不说，吃的是一定有的——别坐那椅子，小霍尼彻奇留了根骨头在上面。"

"嚯！"

"我懂，"塞西尔说，"我懂，也不知道霍尼彻奇太太怎么会不管的。"

正因为把那骨头与马普尔公司的家具分开看，塞西尔并未意识到，二者若放到一处考虑，会让这客厅焕发出他所希望的那种生气。

"我来是喝茶听八卦的。这难道不是新闻吗？"

"新闻？我不明白您的意思，"塞西尔说，"新闻？"

毕比先生继续闲扯着，他带来的新闻完全是另一类。

"来的路上，我碰到了哈利·欧特威爵士，我敢说，我可是头一个知情人。他刚从弗莱克先生手里买下了锡西与阿尔伯特！"

"此话当真？"塞西尔说，努力要回过劲儿来。他犯了多么可怕的错误啊！一位牧师与一位绅士谈起他订婚的事儿，也会采取如此轻率的态度吗？不过他依然不动声色，虽然也问起锡西与阿尔伯特是何许人，却依旧认为毕比先生是个粗鲁的家伙。

"这个问题问得可不该啊！来风之角都一个星期了，还没见到锡西与阿尔伯特，那不就是教堂对面的那两栋半独立别墅吗？！我要跟霍尼彻奇太太讲，要好好数落数落你。"

"论到地方事务，我可是蠢得出奇。"年轻人无精打采地说。"甚至搞不清教区委员会与地方政府委员会有何分别。或许也没有分别吧，或许这些个名字我都搞错了。我到乡下来，就是会会朋友，瞧瞧风景。是我不够用心。只有在意大利和伦敦，我才觉着活着不是在受罪。"

人家对锡西与阿尔伯特兴趣索然，让毕比先生颇感不快，便决定换个话题。

"是这样，维斯先生，我不记得了，您是做哪行的啊？"

"我没有具体的行当，"塞西尔答道。"这又是一个证据，证明我很颓废。我的生活态度嘛，很容易遭人诟病，我觉得只要不影响别人，我想做什么就有权做什么。我知道，我应该去赚别人的钱，或是投身某些我毫不在意的事，可是不知为什么，一直没办法着手去做。"

"你实在是很幸运啊，"毕比先生说，"能拥有闲暇，真是很难得。"

他的声音有股促狭的味道，可是要坦然地作出回应，他还做不到。正如所有有正经行当的人一样，他也觉得别人都该有份正常的职业。

"很高兴您对我投赞成票。面对一个身心健康的人，比如弗雷迪·霍尼彻奇，我都觉得汗颜。"

"哦，弗雷迪人不错，不是吗？"

"的确令人敬仰。让英国成为如今这番面貌的，就是他这种人了。"

塞西尔都搞不懂自己了。为什么偏偏在今天，自己跟什么都过不去，而且止都止不住？他决定要调整好心态，便热切地问起毕比先生母亲的情况来，虽然并不怎么关心那位老太太；接着，又大赞牧师本人，夸他思想自由，于哲学、科学都抱有开明的心态。

"其他人去哪儿了呢？"毕比先生听罢问道。"晚祷前我可是一定要喝茶的。"

"我猜，安妮根本没告诉他们你在这儿。打你到这个家的头一天起，就得适应用人们的特点。安妮的毛病是，明明跟她讲清楚了，还要问'您说什么'，而且走路总是踢着椅子腿儿。玛丽的毛病嘛，我一时想不起来了，不过也挺要命。要么我们去花园找找？"

"玛丽的毛病，我倒是知道，她总把撮箕落在楼梯上。"

"尤菲米娅的毛病呢，就在于她不肯，说什么都不肯，把羊脂切到足够小。"

二人拊掌大笑，气氛益发融洽起来。

"弗雷迪的毛病是——"塞西尔意犹未尽地说。

"哦，他的毛病可就多了。除了他妈，没人能记得全。霍尼彻奇小姐毛病不算多，你说说看有哪些？"

"她没毛病。"年轻人认真而严肃地说。

"我很赞同。目前是没有。"

"目前？"

"别误会，我可不是玩世不恭啊，只是在想我那套得意的理论，哦，是关于霍尼彻奇小姐的。她琴弹得那么棒，生活呢却那么静，这合理吗？我隐隐觉得，有一天，这两方面她都会非同凡响。她意志中那些密封的隔间会打破，音乐与生活会融汇一处。到那时，我们看到的她，要么至善，要么至恶，或者，她太过非凡，已经超越了通常的善与恶。"

塞西尔觉得这位仁兄颇有些意思。

"那么，你认为就生活而言，目前她还不够出色？"

"是这样，必须得说，我之前只遇到她两次，第一次在唐桥井，那会儿她并不出色，第二次是在佛罗伦萨。我来夏日街后呢，她就一直外出。你在罗马和阿尔卑斯山上见过她，对吧？哦，我倒忘了，你早就认识她。她在佛罗伦萨也不怎么出色，不过我一直盼着她能出色起来。"

"您说的是哪方面呢？"

二人谈得越发投机，于是相携到露台上漫步。

"我轻而易举地就能告诉你，她接下来会弹什么样的曲调。我有种直觉，她已经找到了翅翼，而且打定主意要使用它们。我的意大利日记中有一幅漂亮的画，可以给你看看，画的是霍尼彻奇小姐，她是风筝，线牵在巴特利特小姐手里；下一幅画中，那根线就会断掉。"

那幅素描的确在他日记里，却是后来在艺术的眼光观照下补画的。当时，他也暗地里扯了几下那风筝的线。

"那根线还没断吗？"

"没有断。霍尼彻奇小姐或许已经飞上去了，只是我没看到，不过，巴特利特小姐跌倒的话，我应该会听说的。"

"那根线已经断掉了。"年轻人的声音低沉而颤抖。

他立刻意识到，宣布订婚的方式尽有那自负、荒唐、可鄙的，却哪个也没法儿跟他比。他暗骂自己，怎么这么喜欢用隐喻呢；该不会让人以为他自比恒星，而露西一飞冲天，为的是能够着他？

"断掉了？此话怎讲啊？"

"我是说，"塞西尔生硬地回道，"她就要嫁给我了。"

牧师品到某种苦涩的失落感，口气中不免也带出些来。

"不好意思，这我得道歉！你跟她这么近的关系，我可不曾料到，否则也不会那么不着调地乱讲一通。维斯先生，你当时该拦着我的。"正说着，他在花园的那一头看到了露西；没错，他真的很失望。

塞西尔的嘴角拉了下来，他盼着的当然是人家的道贺，而不是道歉。世人对他的行为就是这样的反应吗？当然，总的来说，他对这世界嗤之以鼻；有思想的人皆应如此；这乃是风致高标的试金石。然而，对在这世上遇到的一连串事情，他又不失敏感。

有时他也会粗鲁蛮横。

"抱歉惊到您了。"他没油没盐地说。"露西的选择怕是入

126

不了您的法眼吧。"

"哪里的话。不过你倒是真该拦住我。我认识霍尼彻奇小姐没多久，说不上有多了解。或许我不该碰到个人就毫无顾忌地议论她；跟你议论当然也不应该。"

"您觉得自己说了什么唐突的话吗？"

毕比先生打起精神来。维斯先生真有两下子，能把人逼到至为恼人的境地里。他给逼得要祭出他这行的特权来才能应付。

"没有，我可没说什么唐突的话。在佛罗伦萨我就预见到，她那风平浪静的童年一定得结束了，结果真就结束了。我当真是隐约感到，她或许会迈出非同凡响的一步，结果她真迈出了那一步。既然我讲开了，你也就别拦着我，她懂得了爱一个人意味着什么，有人会跟你说的，这是尘世生活给我们上的最伟大的一课。"这会儿，他该朝走过来的三个人挥挥帽子了，他也并未省掉这个动作。"她是通过你才弄懂的，"即便他的声音依旧带着牧师说教的口吻，此刻也满是恳切与真诚。"你可要保证，她的这份认识会给她带来益处。"

"多谢哈！ [1]"塞西尔说道；对牧师他可没什么好感。

"您听说了吗？"霍尼彻奇太太一边费劲地爬上花园的坡，一边高声叫道。"哦，毕比先生，您听到消息了吗？"

弗雷迪这会儿变得和蔼可亲，用口哨吹着《婚礼进行曲》。

1　Grazie tante，此处为意大利语。

年轻人很少对既成事实吹毛求疵。

"当然听说了！"他叫出声来。他望着露西，当着她的面，再也摆不出牧师的样子来；即便行，也不无歉意。"霍尼彻奇太太，我会履行我的分内之事，只不过我生性过于腼腆。我想求神降所有福祉给他们，庄严的、欢快的，大的、小的。我希望他们作为夫妻、作为父母，一生都能极其良善，极其幸福。现在我想讨杯茶喝。"

"你讨的可正是时候，"这位太太回嘴道。"在风之角你怎敢如此正儿八经？"

这句话让他摸准了调儿，便不再提什么庄严的善行，也不再用诗歌或圣经的语言来为这个场合增辉了。这下，众人没谁再敢正儿八经，即便想也做不出来了。

婚约这件事可非比寻常，无论众人如何议论，早晚都能弄得人欢天喜地、心存敬畏。离开了这个场合，独自回到房间，不光毕比先生，即便是弗雷迪，心里都不免再生出疑虑来。不过身在其中，彼此一处，二人打心里觉得高兴。婚约有种奇异的力量，让人身不由己口中称贺，心下欢喜。在重要性上，能与之相提并论的，只有某些异教神庙施加给我们的力量。站在庙外，我们心存抵触与轻蔑，至多就是感慨满怀；进得庙内，虽然满眼的圣徒神祇皆非我类，但若有笃信之人在场，我们亦会真心膜拜。

就这样，整个下午的惶惑与疑虑都烟消云散，众人重振精神，欢坐一处，用起茶点来。说他们虚伪吧，他们也不自知，况且这种虚情假意很可能落到实处，变作真情实感。安娜每端上一个盘子，那郑重劲儿，仿佛盛着的就是婚礼礼品，这令众人情绪高昂。她脚磕碰到客厅门之前，冲大家嫣然一笑，惹得众人跟着笑起来。毕比先生啧啧称赞着。弗雷迪妙语连珠，称塞西尔为"败将"[1]：这是对"未婚夫婿"的家传双关语。霍尼彻奇太太富富态态，满脸喜庆，一看就会是位疼女婿的丈母娘。至于露西和塞西尔，既然庙给他们修好了，也就加入了这欢快的仪式，不过，一如虔诚的朝拜者该做的那样，两人正等待为他们开启更为神圣的欢乐殿堂。

1　Fiasco，意为"大败"，与 fiance（未婚夫）谐音，故曰"双关"。

第九章　露西是件艺术品

婚约达成几天后，霍尼彻奇太太命露西携她的"败将"，去参加邻里举办的小型园会；明摆着，她打算让人瞧瞧，自己女儿要嫁的男人，多么拿得出手。

塞西尔岂止是拿得出手啊，简直就是卓尔不群；他身材颀长，与露西并肩而行，露西同他讲话时，那张清瘦白皙的面庞热切地回应着，这番景象真是令人艳羡。人人见了霍尼彻奇太太，都道贺一番，虽然我觉着这犯了社交忌讳，可她却欣然接受，甚至不过脑子地将塞西尔引见给几位刻板无趣的孀居贵妇。

用茶点时，发生了个小插曲：一杯咖啡给打翻了，泼在露西鲜亮华美的真丝裙上，虽然露西故作无所谓，她母亲可着了急，赶忙拉她进屋里去，找个心细的女佣来处理一下。她们去了一刻，留下塞西尔来应付那几位寡妇。她们返回时，见他颇有些意兴阑珊。

"这样的聚会你常参加？"坐车回家的途中他问道。

"哦，有时候吧。"露西说，她玩儿得挺尽兴的。

"乡下的社交活动就是这样的？"

"差不多吧。妈妈，是这样的吧？"

"社交活动啊，那可多了，"霍尼彻奇太太说道，这会儿，她正努力回忆某件裙装的下摆样式。

见她心不在焉的，塞西尔凑过去对露西讲："叫我看啊，真的是恐怖至极，简直就是灾难，不是什么好兆头。"

"把你一个人撂在那儿，真是不好意思。"

"我说的不是这个，是那些个恭喜贺喜的话。真让人糟心，婚约竟成了所有人的事儿，成了个儿不管的地儿，随便一个外人，都可以把一肚子俗不可耐的矫情话朝它吐。那些个老太太一直都在傻笑！"

"我觉着，也只能硬着头皮挺过去。等到下次别人订婚，就没人理我们了。"

"我是说啊，他们整个儿是态度有问题。订婚这词儿本来就够讨厌的了，况且那是人家的私事，外人就该少掺和。"

然而，即便是那些傻笑的老孀妇个个都有错，可从种族延续的角度来看，她们还是对的。祖先的魂灵透过她们微笑着，为了塞西尔与露西的婚约而欢欣，因为地球上生命的延续得到了保证。可对塞西尔与露西而言，婚约锁定的完全是另一件事，那就是自己的爱情。因此，塞西尔颇为恼火，而露西也明白，他发火也是情有可原。

"是够烦人的！"她说。"你就不能逃去打网球吗？"

"我不打网球的，至少不在公开场合打，免得给左邻右舍错误的印象，觉得我热爱体育。我留给人家的印象，应该是个

意大利化的英国人 [1]。"

"意大利化的英国人?"

"他是魔鬼的化身! [2] 你知道这谚语吗?"

她不知道。而且,用在这么个年轻人身上也不合适。他不过是跟母亲在罗马度过了一个平静的冬天。然而自订婚后,塞西尔常常摆出一副见多识广、满不在乎的样子,实际上却全不是那么回事儿。

"也罢,"他说,"人家看不惯我,我又能怎样。我和他们之间呢,有些跨不过的隔阂,我也只能坦然接受。"

"我想谁都有自己的局限性吧。"露西很有哲理地说。

"可有时这局限是强加给你的,"塞西尔说道;从她这句话中他看出来,自己的处境她并不大懂。

"怎么个强加法呢?"

"你看,用篱笆把自己围起来,跟人家用篱笆把你关外边,还是有区别的,不是吗?"

她思忖片刻,然后表示没错,的确是有区别。

"区别?"霍尼彻奇太太突然警觉起来,失口叫道。"我看没什么区别。篱笆不就是篱笆嘛,再说竖在同一个地方,能有什么两样。"

"我们说的是人的想法,"塞西尔说,给她打断了令他颇为不快。

1　原文为 "Inglese Italianato"。

2　原文为意大利语。

"亲爱的塞西尔，你看啊，"她把双膝分开，将牌盒架在腿上，"这是我。这是风之角。这个格局里别的位置是其他人。人家心里怎么想都不打紧，关键是篱笆就设在这儿。"

"我们说的可不是真篱笆。"露西笑道。

"哦，我懂了，亲爱的，你们在谈诗。"

她平静下来，身子向后靠去。露西怎么笑得出来，塞西尔感到很纳闷。

"我可以告诉你们，有个人没有设你们说的那种'篱笆'，"她说。"那就是毕比先生。"

"一个不设篱笆的牧师，就是个无法自卫的牧师。[1]"

对人家说的话露西反应是慢些，可也足以察觉人家的用意。塞西尔的文字游戏她没搞明白，可那背后的情绪她却抓个正着。

"你难道不喜欢毕比先生吗？"她若有所思地问道。

"我绝没说过这话！"他叫了出来。"我认为他远高于那些平庸之辈。我只是否认——"他又回到篱笆的话题上，洋洋洒洒地高论一番，甚是精彩。

"说到这儿，有个牧师我很讨厌，"她说道，想表示自己也有同感。"那人倒真是竖起一道篱笆，端的是可怕至极，他就是佛罗伦萨的英国牧师伊戈尔先生。举止欠妥也就罢了，要命的是，那人打骨子里就不真诚，不光势利，而且极端自负，说

1　原文此处为文字游戏：A parson fenceless would mean a parson defenceless.

了很多刻毒的话。"

"说了什么话呢？"

"他说，贝托里尼公寓的一位老者杀了自己太太。"

"这也未可知啊。"

"不可能！"

"怎么就不可能？"

"他老人家再厚道不过了，这个我敢打包票。"

她那女性逻辑令塞西尔哑然失笑。

"你可别笑，这事儿我仔细琢磨过。对于真相，伊戈尔先生向来避重就轻，巴不得别人都一头雾水才好。说什么那老人'间接地'谋害了妻子，就当着上帝的面儿。"

"别激动，亲爱的！"霍尼彻奇太太不以为意地说。

"论做人，牧师本该是我们的榜样，可他居然肆意毁人清誉，这还了得！我敢说，那老人之所以遭人白眼，差不多全是他在作怪。人家都觉得他鄙俗不堪，可哪儿有这么回事儿！"

"可怜的老头子！他叫个什么来着？"

"哈里斯。"露西不假思索脱口而出。

"但愿哈里斯太太这个人根本就不存在。"她母亲说道。

塞西尔心领神会地点点头。

"伊戈尔不是很有修养的那种牧师吗？"

"我哪知道。我讨厌他。我听过他大谈乔托。真讨厌。卑劣的天性任什么都遮不住的。我恨死他了。"

"哦我的天哪，孩子！"霍尼彻奇太太说。"你都吓死我了！有什么要大喊大叫的？再不准怨恨牧师，你和塞西尔都给我记着。"

他面露微笑。露西对伊戈尔先生的道德声讨嘛，的确哪里有些不对劲儿，就好比是西斯廷教堂穹顶上出现了达·芬奇的画作。[1]他很想暗示她，作为女性，她的天职在别处；女性的力量与魅力隐在神秘里，而不在激愤的言辞中。不过，也许激愤的言辞代表着活力：虽然有损于她的美丽，却展现出活泼的生命。过了片刻，他带着些许欣赏的眼光，打量着她涨红的面庞与激动的手势。他克制住自己，没去压制这青春源泉的涌动。

自然环绕着他们；他想，自然是最平常的话题了。他赞美松林、欧蕨杂生的幽潭、绛红叶片点缀其间的越橘丛、结实美观的收费公路。户外天地他并不熟悉，偶尔会犯常识错误。说到落叶松四季常青时，霍尼彻奇太太就撇了撇嘴。

"我认为自己很幸运，"他最后说道。"在伦敦时，我觉着自己绝不会住到别处去。如今在乡下，我也有同样的感觉。毕竟，我打心底觉得，生活中至为精彩的是鸟树云天，生活在其中的人也定是最美好的。可说实话，他们十之八九并未留意这一切。作为伙伴嘛，乡下绅士和乡下农人都不合适，二者虽各不相同，却一样无趣至极。然而，他们与自然有种默契，是我们城里人所不具备的。您怎么看呢，霍尼彻奇太太？"

霍尼彻奇太太身子一凛，笑了笑。她一直没在听。硬塞在

---

[1] 那上面的画作是米开朗琪罗的。

135

马车前座上的塞西尔心中着恼，决定再也不说什么趣事了。

露西也没用心听。她眉头紧皱，依旧满脸怒容，他敢断定，那是义愤填膺的结果。面对八月的林间美景，她竟视而不见，叫人好不神伤。

"'下来吧，姑娘，从那座高山上，'[1]"他吟诵到，膝盖触碰到她的膝盖。

她脸又一红，问道，"什么高山啊？"

> "'下来吧，姑娘，从那座高山上，
>
> （牧羊人在唱，）
>
> 那高处有何欢愉，
>
> 除了山色恢宏壮丽？'

我们就听霍尼彻奇太太的话吧，别再记恨什么牧师了。这是什么地方啊？"

"当然是夏日街啦。"露西回过神来，说道。

树木朝两侧分开，现出一片三角形坡地，芳草茵茵，两侧点缀着美丽的村舍，坡顶是一座新建的石头教堂，朴拙中透着贵气；顶板覆盖的尖顶也姿态迷人。毕比先生的家宅靠近教堂，地势与村舍高低相仿。附近还有几栋大宅，不过为林木遮

1　此句与下面的诗句，选自英国维多利亚时代大诗人丁尼生的《公主》，原文为三句，此处其中第三句疑为塞西尔误引，与原文有别，此处为"In height and in the splendour of the hills?"而原文为"In height and cold, the splendour of the hills?"

蔽。这番景致颇似瑞士阿尔卑斯山中景色，而不像是闲适之地的圣所与中心。不过此地也有两处败笔：两栋丑陋的别墅；就是塞西尔赢得露西的那天下午，哈利·欧特威爵士购得的那两栋，当时作为大新闻，差点抢了塞西尔订婚一事的风头。

"锡西"是其中一栋的名字，"阿尔伯特"是另一栋的。树影掩映的花园门上，花体字的别墅名依稀可辨；门廊额上，随着门拱的半圆曲线，这名字又以印刷体大写的形式再次出现。"阿尔伯特"住了人，幽曲的花园里，天竺葵、半边莲姹紫嫣红，点缀其间的贝壳磨得锃亮。小窗皆挂着诺丁汉花边窗帘，素净闲雅。"锡西"空置待租。多金中介公司的三块广告牌没精打采地倚在栅栏上，昭告着这个明摆着的事实。别墅的小径野草丛生，巴掌大的草坪上盛开着黄色的蒲公英。

"这地方真给毁了！"两位女士一字一顿地说。"再不是以前的夏日街了。"

马车经过时，锡西的门开了，走出位绅士来。

"停车！"霍尼彻奇太太叫道，用阳伞碰了一下车夫。"是哈利爵士。我们现在就得弄弄清楚。哈利爵士，快把这房子给拆了吧！"

哈利·欧特威爵士就没必要费笔墨描写一番了，他来到车前，说道："霍尼彻奇太太，我原本也想，可是不行啊，我可不能把弗莱克小姐赶出去。"

"怎么样，我早就说了吧？签合同前就该让她搬走的。她还是像她外甥在那会儿不交房租吗？"

"我又有什么法子？"他压低声音道。"一个老太太，那么难缠，再说，大半时间又卧床不起。"

"撵她出去啊。"塞西尔斗胆进言。

哈利爵士叹了口气，阴郁地看着两栋别墅。人家早提醒过他，弗莱克先生居心叵测，也许在开工建造前，他该把这块地买下来；可他感觉迟钝，拖拖沓沓。他对夏日街有多年的感情，无法想象它给人肆意破坏。直到一天，弗莱克太太铺下基石，红白色砖结构的房子幽灵般拔地而起，他才大吃一惊。他拜访了本地建筑商弗莱克先生，那人最讲道理，令人敬重，也承认用瓷砖铺屋顶更有艺术效果，可也指出，石板瓦更划算。然而，他也大胆提出异议，科林斯柱不该像水蛭一样紧贴弓形窗窗框，说就他而言，他喜欢在别墅正立面加一些浮雕效果的装饰。哈利爵士暗示到，若是可能的话，柱子不但要起结构作用，也要起装饰作用。

弗莱克先生回答说，所有柱子都已订好了，还补充道，"柱顶造型各不相同，有的是叶间潜龙，有的接近爱奥尼亚风格，还有一个是弗莱克太太的姓名缩写，每个都不一样。"这是因为他拜读过罗斯金的大作。他自己的别墅想怎么整就怎么整；只是，在哈利爵士购买前，他把一个动不了的姑妈塞进其中一栋里。

这番交涉无功而返，没讨得半点便宜，令这位倚车而立的爵爷满心悲苦。他未能履行对地方的职责，也成了地方的笑柄。他钱是花了，可夏日街仍旧乱七八糟，毫无改观。为今之计，就是为"锡西"寻一位可意的租客，一位邻居街坊都满意的人。

"租金低得简直荒唐，"他跟大家说。"也许我这个房东很好说话吧。不过这栋房子的大小挺尴尬，农家住嫌太大，跟我们差不多的人家又嫌太小。"

塞西尔一直在琢磨，是该鄙视那别墅呢，还是因为鄙视别墅也捎带上鄙视哈利爵士。看起来，后一种冲动更能带来成就感。

"你该马上找个租客，"他不怀好意地说。"要是个银行职员的话，会觉得这里简直是天堂的。"

"那可不！"哈利爵士兴奋地说。"我担心的就是这个，维斯先生。不该来的人都会给引来的。如今的火车比以前方便多了，不过在我看啊，这可是要命的事。现如今有了自行车，就算离火车站五里路，也没什么大不了啊？"

"那这个职员可得要费老劲了，"露西说。

论到明目张胆搞恶作剧，塞西尔倒非常在行，他马上应和说，下中产阶级的体格提升的速度真够惊人的。露西瞧他在嘲弄这位和善的邻居，便出言制止。

"哈利爵士！"她朗声叫道，"我倒有个主意。您不在乎人家是老小姐吧？"

"亲爱的露西，那再好不过了。你认识什么老小姐吗？"

"认识啊，在国外遇到的。"

"是有教养的淑女吗？"他试探性地问。

"那是一定，而且目前也没固定的住处。上星期我还收到她们的信，两位小姐姓艾伦，一位叫特丽莎，另一位叫凯瑟琳。我是说真的，不开玩笑。她们两个挺合适的。毕比先生也认得她们。要不我让她们跟您写信联系？"

"那敢情好！"他叫道。"这不，问题解决了！真是太好了！这样更划算，请你告诉她们，这样做她们还更划算，就不用付中介费喽。哦，那些中介！瞧他们介绍来的人，真够呛！有个女的，我给她写了封信，你知道的，我得摸摸底，我问她是什么家世背景，她却回信说愿意预付房租。我难道在乎这个？我探了探几个保人的底细，结果是大失所望，不是坑蒙拐骗之徒，就是声名狼藉之辈。唉，那些个糊弄人的家伙！过去这一周啊，丑陋的事情我可是没少见。看着人模人样的，张口就骗人！亲爱的露西，明着骗人啊！"

她点点头。

"要我说啊，"霍尼彻奇太太也凑过来，"根本别理露西，也别理什么家道败落的老小姐。那种人我太知道了。我最不待见的就是这类人，先前啊过过好日子，到哪儿都带着祖上传下来的老物件儿，把个房子搞得老气横秋的。说起来是挺惨，可我宁愿把房子租给往上走的人，不愿给那些走下坡路的。"

"我想我明白你的意思，"哈利爵士道。"不过，你说的也没错，她们的境遇是挺惨的。"

"艾伦小姐才不是那种人呢！"露西喊叫道。

"谁说的，她们就是那种人。"塞西尔说。"虽然没见过她们，可我敢说，她们搬到这儿来根本不合适。"

"别听他的，哈利爵士，他这人讨嫌死了。"

"讨人嫌的是我，"他回答道。"我就不该拉着年轻人诉苦。可我确实很担心，欧特威夫人呢，也只会叮嘱我要万分谨慎，话是没错，可也于事无补啊。"

"那么，要不要我跟艾伦小姐去封信？"

"拜托拜托！"

霍尼彻奇太太朗声道："慢着！她们一定会养金丝雀的。哈利爵士，金丝雀可得小心，它们会从笼子缝里把籽儿吐出来，会把老鼠招来的。反正只要是女人，就得留神。房子只能租给男人。"

闻听此言，哈利爵士的目光又犹疑起来。"真的嘛——"他喃喃道，虽然知道她说的在理，可也不便附和，失了绅士风度。

"男人不会在喝茶时搬弄是非。一喝醉也就打住了——舒舒服服躺下来睡一觉，啥都忘了。即使他们言行粗鄙，也仅限于圈子里，绝不散布出去。换了是我，就租给男人，当然，他得干净齐整。"

哈利爵士的脸腾地红了。听人家毫不吝啬地赞美男性，他和塞西尔都感到浑身不自在。即便不修边幅的男人已经排除在外，他们也觉得受之有愧。他建议霍尼彻奇太太若有时间，可以下车来亲自视察一下"锡西"。她倒是很乐意。她本来可是注定一世穷困，只配住这样的房子的。她一向喜欢家居布置，活儿不多就更好了。

露西正要跟母亲去，塞西尔一把拉住了她。

"霍尼彻奇太太，"他说，"要不我们先走路回去，您慢慢看？"

"没问题！"她由衷地说。

哈利爵士似乎也乐得摆脱他们。他会意地冲他们笑笑，说："啊哈！年轻人，年轻人！"然后赶过去开门。

"真是俗得没救了！"还没等二人走远，塞西尔就冲口而出。

"噢，塞西尔！"

"我忍不住啊，想不讨厌那人都没办法。"

"他说不上聪明，可人还真不错。"

"哪里啊，露西，乡下生活所有糟糕的东西他身上可是一样不缺。若是在伦敦，他会比较收敛。他会参加一个没脑子的俱乐部，他太太会组织些个没脑子的餐会。可是在这里，他俨然就是一尊小神，一副彬彬有礼、高人一等的派头，装得很有审美修养，所有人，甚至连你妈妈，都给他蒙住了。"

"你说的都很对，"露西说，虽然有些快快不乐。"可我想不通，这，这真有那么重要吗？"

"没有比这更重要的了。哈利爵士就代表着那种园会的本质。哦，天哪，我真的很气愤！我真希望他给那别墅招个粗俗的房客——某个俗不可耐的女人，连他自己都受不了。什么上流人士！秃脑袋、缩下巴的，好不丑陋！不说他也罢。"

露西倒巴不得这样呢。塞西尔若是不喜欢哈利·欧特威爵士和毕比先生，那么，对她至关紧要的人就能保证不被他嫌弃？就说弗雷迪吧，他既不聪明，也不内秀，还不漂亮，谁敢打包票说塞西尔不会冷不丁来一句，"你都没办法不讨厌弗雷迪"？若是那样，她该作何回应呢？除了弗雷迪，她还来不及想别人，光他就够让人担心的了。唯一能宽慰自个儿的是，塞西尔认识弗雷迪也有些日子了，二人处得还算愉快，也许最近几天有些不对付吧，不过也可能一下子就过去了。

"我们走哪条路啊？"她问他。

他们置身于大自然当中；她觉得，大自然是最简单的话题了。夏日街深藏在林间，她在一条小径与大路的分叉口停下来。

"是有两条路的吗？"

"穿得这么漂漂亮亮的，还是走大路明智些。"

"我可宁愿穿林子，"塞西尔压着心中的火气说；他整个下午都这样，露西不是没注意到。"这是为什么呀，露西，你老是挑大路走？你知道吗，自从订婚后，你从没有陪我到田野里或树林中走过。"

"没有吗？那今儿就走树林吧。"露西说道。他这么异怪，令她吃了一惊，不过没多想，过后他肯定会解释的；让她怀疑自己的意图可不是他的习惯。

她在前头引路，走进了沙沙作响的松林，果不其然，刚走出十几步，他就来解释了。

"我以前以为，跟我待在室内你会更自在些，不过这个想法应该是错的。"

"室内？"她回应道，完全给搞蒙了。

"是啊。或者最多在花园里，或是大路上。从未在如此真实的乡野里。"

"哦，塞西尔，你葫芦里究竟卖的什么药啊？我从来就没有你说的那种感觉。说得我好像是女诗人什么的。"

"我不知道你是不是。我把你跟一种风景联系起来了，某种类型的风景。你为什么不把我同房间联系起来呢？"

她沉思片刻，继而笑道："你可知道你是对的吗？我是知道的。我一定是个女诗人吧。每次想到你，总是在屋子里。真是奇怪啊！"

他似乎很恼火，这令她吃惊不小。

"敢问，你说的屋子是客厅吗？看不到风景？"

"是呀，我觉着看不到风景。这有什么吗？"

"我倒宁愿你把我跟户外联系到一起。"他语含责备地说。

她再次问道，"哦，塞西尔，你葫芦里究竟卖的什么药啊？"

眼见等不到解释，而且这话题又太艰深，不适合姑娘家，于是她决定撂下不谈了，引着他继续朝密林深处走去。但凡遇到特别美丽或者自己熟识的树木，便驻足观赏。自从家人允许她独自外出散步后，她就把夏日街与风之角之间的林子摸了个透。弗雷迪还是个红脸儿娃娃时，她就在林子里跟他玩捉人游戏；如今虽然去过意大利了，这林子并未失去它的魅力。

不一会儿，二人来到松林间一方空地上；又是一小片绿茵茵的山间草地；与先前的不同，它遗世而独立，中央拥着一泓浅塘。

她高声叫道："是圣湖！"

"为什么这么叫它？"

"我也记不得了。我想是从哪本书里看来的。现下只是个小池塘，不过你可看见流过它的那条小溪？你看啊，大雨过后，水会大量流下来，一时半会儿也流不走，这池塘便扩得很大，很漂亮的。弗雷迪以前在这儿游水，他可喜欢这儿了。"

"那你呢？"

他想说的是，"你喜欢这儿吗？"可她却梦游般地回答道："我也在这儿游水的，后来给发现了，闹得沸沸扬扬的。"

换作别的时候，他也许会大吃一惊，因为在内心深处，他是很保守的。可是这当口儿？他这一刻崇拜的是新鲜空气，觉得她单纯得令人敬佩，心下也自欢喜。他看她立在塘边，如她所言穿着鲜亮，让他一时觉得，仿佛是一朵盛开的花朵，虽然没有叶子，却在万绿丛中勃然怒放。

"你是给谁发现的？"

"夏洛特，"她喃喃说道。"她到家里来做客。夏洛特，——夏洛特。"

"可怜的姑娘！"

她沉重地笑了笑。他有个想法，迄今为止都不敢提，可此刻却似乎顺理成章。

"露西!"

"哦,我们该走了。"她回答道。

"露西,我想跟你提个要求,此前我还从未提过。"

听他说得郑重其事,她大方而友善地走过来。

"你说吧,塞西尔。"

"到现在还从没有——即便是在草坪上你答应嫁给我那天,也没有——"

他窘得不住四下观望,生怕有人在看。一下子,他的勇气跑没影儿了。

"什么呀?"

"到现在我还没有吻过你呢。"

她臊了个大红脸,仿佛他提的是多不要脸的要求。

"没有——你是没有。"她结结巴巴地说。

"那我问你——现在可以吗?"

"当然可以了,塞西尔。你先前就可以啊。你知道,我又不能主动。"

在这美妙的一刻,除了荒谬,他却什么都没有感觉到。她的回答欠着些什么,撩开面纱的动作有些公事公办的味道。靠近她时,他还抽空在想,要能缩回去该多好。触到她时,他的金色夹鼻眼镜滑下来,夹在了二人中间。

这次拥抱就此打住了。他实在觉得很失败。激情应该是无法抗拒的。它应该不顾俗礼,也不该有所顾忌,让所有的斯文优雅都见鬼去吧。首先，当你有路权的时候，就不该再请示能不能通过。他为何不能像苦力或劳工那样做，——不，像任何一个站在柜台后面的年轻人那样做？他重新设想了这个场景。露西鲜花般立在水湄，他冲过去揽她入怀，她挣扎抗拒，然后乖乖顺从，事后一直赞他是个男人。因为他笃信，女人服的是有男子气概的人。

此番交手后，二人默默地离开了池塘。他想等她开口说上几句，好透露出内心的想法。终于，她开口了，语气严肃，倒很符合两人的此时的心情。

"他姓艾默生，不是哈里斯。"

"你说的是谁呀？"

"那位老人啊。"

"哪位老人？"

"我跟你提过的，就是伊戈尔先生对他很失礼的那位。"

这便是他们之间最亲密的一次谈话，可此时的他又怎能知道呢？

第十章 幽默的塞西尔

塞西尔打算将露西从她那个社交圈拯救出来；那圈子兴许不是最棒的，可比起祖上传给她的那个，还算体面得多。她父亲是位富裕的本地律师，此地刚被开发那会儿，便建了座宅子来投资，取名风之角，随后却爱上了这里，最终移居于此。不过他婚后不久，当时的社交风气便有所转变。别人家的宅子大都建于陡峭的南坡山脊处，还有一些建在坡后的松林里，或在丘陵北边的白垩屏障旁。这些宅子大都比风之角宽敞，住着来自伦敦的移居者，而非小地方的人，他们误以为霍尼彻奇一家是贵族苗裔。对这种误会，他总表现得诚惶诚恐，而他妻子却是坦然受之。"我真不明白，这些人是怎么想的，"她说，"可对孩子们来说，这是件幸事。"她四处交际拜访，人们也对她热情回应，即便最终发现他们并不是什么贵族，人们也依然喜欢和她打交道，与从前并无二致。霍尼彻奇先生去世时，他们一家终于在那个社交圈站稳了脚跟，这个成绩令他颇为满意，而坦诚的律师是不会鄙视这种满足感的。

不过，这社交圈只是在他力所能及范围内最好的。无疑，相当一部分移居者都很乏味，从意大利回来后，露西深切地感受到了这点。迄今为止，她毫不犹豫地接受了他们的理想，即他们的天生富足，虔诚的宗教信仰，以及对纸袋、橘皮和烂瓶子的厌恶。作为一个十足的激进分子，露西学会了带着厌恶的情绪去谈论郊区生活。若她费心设想一下，生活之于她就是和一群有着相同喜恶，既富裕又快乐的人待在一起。在这个圈子里，人们思考、结婚、死去。而在这圈子外，有的是穷人俗物想挤破头加入他们，就像伦敦的雾气试图穿透松散的灌木丛，浸入北部丘陵的缝隙一样。可在意大利，人人都被平等的温暖包围着，阳光之下，这种对生活的认识消失了。她的思绪扩展开来。她觉得没有什么人是她不能喜欢的，社交障碍虽然毫无疑问不可消除，但也并非无法逾越。你可以像跳入一个亚平宁[1]农夫的橄榄园一样越过那障碍，而那农夫将会很乐意见到你。她回来后对事物的看法已大有改观。

塞西尔也有所转变。意大利确实激发了他，但他并未变得更宽容，而是变得更易怒。他看出当地社交圈的狭隘，却并未轻描淡写地说一句"这有什么大不了？"而是生出反感来，企图用一个他认为宽广的社交圈取而代之。他没意识到千百种点点滴滴的礼仪细节已逐渐在露西心里产生了一股温情，这让她十分尊奉自己所处的环境，以至于尽管看到它的缺点，内心却不愿完全鄙视它。他也没意识到更为重要的一点：如果说这个社交圈配不上她，那么任何社交圈都可说配不上她。她已经达

1　亚平宁是自 1804 到 1814 年第一法兰西帝国的一个区域，现属意大利。它以亚平宁山脉命名。

到仅靠私人交流便可满足的阶段。她的确很叛逆，但并非他所理解的那种，她渴望的不是一间更宽敞的起居室，而是和她所爱的人平起平坐。因为意大利给了她最无价的财富：她自己的灵魂。

她正和米妮·毕比一起玩蹦球游戏，米妮是教区长的侄女，只有十三岁。这游戏相当古老而体面，玩时将网球高高地打到空中，令其越过球网，不断弹跳。一些球打到了霍尼彻奇太太身上。剩下的没有击中。这句话看起来很混乱，但是更能说明露西当时的心态，因为她正同时试图和毕比先生交谈。

"噢，这事简直令人讨厌，一开始是他，然后是她们。没人知道她们想要什么，而且每个人都很讨厌。"

"但她们现在真的要来了，"毕比先生说。"前几天我写信给特蕾莎小姐，她之前跟我打听，肉店老板多久来一次，我回她说每月一次，她听说后，定是相当满意的。总之她们要来了。今早我收到了她们的信。"

"那两位艾伦小姐，我定是不会喜欢的！"霍尼彻奇太太嚷道。"就因为她们又老又蠢，大家就得说，'她们多好啊！'我讨厌她们把'如果''但是''还有'之类的话挂在嘴边。可怜的露西，你瞧她瘦得跟张纸似的，不过那也是她自找的。"

毕比先生看着那纤瘦的身影在网球场上蹦蹦跳跳，大喊大叫。那是因为塞西尔不在场。他要在场，就没人玩蹦球了。

"呃，要是她们来了……别，米妮，别碰'土星'。""土星"是个开了线的网球，转动时，中间像是有道圆环。"要是她们来了，哈利爵士会让她们二十九号前搬进去，也会把粉刷天花板的条款划掉，免得让她们紧张，此外，还会加上合理磨损的条款。那个不算。我跟你说了别拿'土星'。"

"只玩蹦球的话，'土星'还能凑合。"弗雷迪喊道，并和她们一起玩了起来。"米妮，你不用听她的话。"

"'土星'弹不起来。"

"'土星'弹性够好了。"

"不，它不行。"

"再怎么说，也比'美白魔'[1]弹性好。"

"嘘，亲爱的，"霍尼彻奇太太说。

"可你瞧瞧露西，口里抱怨'土星'，手里却攥着'美白魔'，正准备击球呢。去！米妮，冲过去，用球拍打她小腿，打她小腿！"

露西跌倒了，"美白魔"从她的手中滚落。

毕比先生捡起球说："请注意，这只球叫'维多利亚·克罗波那'。"但他的纠正丝毫没有引起注意。

弗雷迪很有煽动小女孩的本事，不消半分钟，便把米妮从一个彬彬有礼的小女孩变成了一个无法无天的捣蛋鬼。塞西尔在屋里听到了他们的动静，尽管知道不少新鲜事儿，可他并没有下楼去讲给大家听，生怕自己在混乱中受伤。他不是个懦夫，必须忍受痛苦时，他不比哪个差，但他不喜欢年轻人的肢

1　白魔（White Devil），一部复仇悲剧，由英国剧作家约翰·韦伯斯特于 1612 年创作。下文的维多利亚·克罗波那是剧中人物。

体冲撞。瞧他多有远见啊！楼下的动静自然是以惨叫告终了。

"艾伦小姐要能看见这一幕，那该多好！"毕比先生由衷慨叹道。此时，露西正照顾受伤的米妮，而自己却给弟弟拦腰抱起。

"谁是艾伦小姐？"弗雷迪气喘吁吁地问道。

"锡西别墅的下一任租客。"

"好像不对吧——"

这时，他脚下一滑，大家都无比舒服地滚倒在草坪上，一时无语。

"有什么不对？"露西问道，而弟弟的头正枕在她腿上。

"哈利爵士的租客可不姓艾伦。"

"乱说，弗雷迪！你根本什么都不知道。"

"你才乱说呢！我刚才见到哈利爵士了。他对我说：'呃哼！霍尼彻奇，'"——弗雷迪的模仿能力并不出众——"'呃哼！呃哼！我总算找到了几个颇-为-心-仪的租客。'我说，'真有你的，老伙计！'伸手拍了拍他后背。"

"就是说租出去了嘛。不就是两位艾伦小姐吗？"

"才不是呢。好像是姓什么安德森。"

"噢，天呐，还不够乱的吗！"霍尼彻奇太太嚷道。"你发现了吗，露西，我总是一语中的！我就说了，不要瞎掺和锡西别墅的事。我向来说得准，准到我自己都觉得不好意思了。"

"还不是弗雷迪又犯糊涂。他以为谁谁租了房子，可却连人家姓什么都搞不清。"

"谁说我搞不清。我可是记得呢。姓艾默生。"

"姓什么？"

"艾默生。随你赌什么我都奉陪。"

"哈利爵士真是个墙头草，"露西静静地说。"我瞎操个什么心。"

然后她仰面躺下，凝望着万里无云的天空。毕比先生是越来越欣赏她了，他轻声对侄女说，要是碰到什么不如人意的琐事，像露西这么表现才算恰当。

霍尼彻奇太太正为自家本事沾沾自喜，听到新租客的名字才回过神来。"是叫艾默生吗，弗雷迪？你可知道这家叫艾默生的家世如何？"

"是否跟哪个艾默生家族沾亲带故，我可不晓得。"弗雷迪反驳道，他可是个开明派。就像他的姐姐，也像多数年轻人一样，他自然而然地被平等的观念所吸引，然而，无可否认的是，这世上的确存在着地位高低不等的艾默生，这令他颇为烦恼。

"我相信他们是值得交往的人。好吧，露西。"露西这时又坐了起来。"我看到你对你母亲一脸不屑的样子，认为她是个势利小人。但这世上确实有人值得交往，有人不值得，若硬要假装没这回事反而显得做作。"

"艾默生这个姓挺普通的呀，"露西说。

她侧头凝视着。坐在岬角上，放眼望去，只见一座座松树覆盖的山岬渐次降低，一直延伸到威尔德。沿着花园愈往下行，这一侧的景观便愈发光辉壮丽。

"弗雷迪，我刚才只是想说，我相信他们跟哲学家艾默生[1]并非沾亲带故，那可是个让人受不了的家伙。请问，这回答你还满意吗？"

"哦，是的，"他嘟囔着。"你也会满意的，因为他们是塞西尔的朋友。所以，"他故意刻薄道，"你和村里人可以放心登门拜访，大可不必担心安全问题。"

"塞西尔？"露西惊叫道。

"别这么粗鲁，亲爱的，"他母亲平静地说。"露西，尖着嗓子叫可不好。注意啊，可别又染上一个坏毛病。"

"可是，难道塞西尔——"

"他们是塞西尔的朋友，"他重复道，"而且是颇-为-心-仪的租客。'呃哼！霍尼彻奇，我刚给他们拍了电报。'"

她从草地上站起身来。

这事儿令露西颇受打击。毕比先生很是同情她。她原以为，在艾伦小姐的问题上，让她碰壁的是哈利·奥特威爵士，所以她就像个好女孩那样忍了。可如今，她听说这事儿她的爱人也有份儿，她便有了理由"尖叫"。维斯先生喜欢捉弄人，甚至比捉弄更糟糕，居然以坏人好事为乐，真够恶毒的。了解这一点的教区长，比平常更加关切地看着霍尼彻奇小姐。

她惊呼道："等等，艾默生一家，塞西尔的朋友，不可能

---

[1]　哲学家艾默生，指的是拉尔夫·沃尔多·爱默生（1803—1882），生于波士顿，美国哲学家、文学家。

是那家人，怎么会呢？！"这番话在教区长看来并不意外，他反而觉得这是个机会，趁她恢复冷静的当口儿，转移一下话题。话题的转移如是这般："你是说在佛罗伦萨遇到的艾默生一家？不，我觉得不会是他们。他们跟维斯先生完全是两种人，八成做不了朋友。哦，霍尼彻奇太太，没有比他们更古怪的了！怪到不可思议！不过，说心里话，我们还是挺喜欢他们一家的，不是吗？"他向露西征询到。"还记得那紫罗兰事件吗？他们采了许多紫罗兰，把艾伦姐妹房里的花瓶插了个满，一个没落下，没错，就是没租到锡西别墅的那两位。可把两个小老太太搞蒙了！两人真是又惊又喜。每次提起这事儿，凯瑟琳小姐那叫一个得意，一张口便会说，'我姐就喜欢花儿'。她们发现，房内触目之处皆是蓝色，瓶瓶罐罐花团锦簇。末了她会说，'那么做也太失礼，不过漂亮是真漂亮。'这事儿还真不好说。没错，就为这个，一想到佛罗伦萨的艾默生一家，我就不免想到紫罗兰。"

"你的'败将'这回可算是拿住你了，"弗雷迪评论道，并未注意姐姐的脸已涨得通红。她简直没法恢复平静。毕比先生倒是看在眼里，急忙接着扯开话题。

"我说的艾默生一家就父子俩，那儿子是个帅小伙，不过算不得出众。我觉得他人不蠢，只是太嫩了点儿，总是很悲观，另外还有一些小毛病。我们特别喜欢他父亲，人很可爱，感情那叫一个丰富，可居然有人说，他太太就是给他谋害的。"

换作平时，毕比先生才不会跟着人家嚼舌头，这回为了替露西遮掩，却也只能出此下策。于是，那些乱七八糟的流言蜚语，只要想得起，他便照搬过来。

"谋害了他妻子？"霍尼彻奇太太说。"露西，别走啊！接着玩球啊。说真的，那贝托里尼公寓定是极怪异的。此前我还听说那里出了个凶手。夏洛特到底怎么想的，偏偏要住那儿？还有，什么时候真得跟夏洛特讲讲，叫她住过来。"

毕比先生不记得还有个凶手，便委婉地暗示，女主人可能搞错了。察觉到他话里有话，霍尼彻奇太太一下子激动起来。同样的事儿也曾发生过，是在另一个游客身上，她听人家讲过的，这点绝对没错。只是那人的名字她记不起来了。叫什么来着？噢，到底叫什么？她双手抱膝，苦思冥想。好像是萨克雷小说里某个人物的名字。她敲敲自己女家长那威严的额头。

露西问她弟弟塞西尔是否在家。

"噢，别走！"他喊道，伸手去抓她的脚脖子。

"我一定得走，"她严肃地说。"别闹了。你总这样，一玩儿起来就不管不顾的。"

正要离开众人，却听到她母亲高声叫道"哈里斯！[1]"，本来宁静的空气竟颤抖起来，似也提醒她，谎是说过了，却还未及圆回来。何况还是那般无脑的谎言，可她的心绪却给搅得纷乱，直将塞西尔的朋友艾默生一家与一对不伦不类的游客联系

---

1 威廉·梅克比斯·萨克雷（William Makepeace Thackeray, 1811 — 1863）是一位与狄更斯齐名的维多利亚时代的英国小说家。霍尼彻奇太太也许将其作品《亨利·埃斯蒙德（传记回忆录）》里的主人公亨利（昵称哈利）和哈里斯混淆了。

起来。迄今为止，她总是有话直说，不懂遮掩。看来，以后可要谨慎些，而且，一定要说实话？反正，无论如何不能说谎。她匆匆往花园上方走去，仍然满脸羞得通红。她确信，只需塞西尔的一句话就能抚慰她。

"塞西尔！"

"嗨！"他喊道，从吸烟室的窗户里探出身来，看起来兴致勃勃的。"我正盼着你来呢。我听到你们在下面的玩闹声了，但我这里的乐子更多。我，即使是我，也为喜剧女神打了一场漂亮的胜仗。[1]乔治·梅瑞狄斯说得对，喜剧和真理还真是一码事。我，即使是我，也为令人烦恼的锡西别墅找到了租客。别生气！别生气！听我说完后，你就会原谅我的。"

他的脸神采奕奕时，还是很有吸引力的，她荒谬的预感瞬间给打消了。

"我听说了，"她说。"弗雷迪跟我们说的。你真过分！看来我得原谅你。想想看，我前前后后一通折腾，却是瞎忙活！的确，艾伦姐妹俩是有些乏味，我宁愿和你的好朋友们做邻居。但是你不该这样戏弄人。"

"我的朋友？"塞西尔大笑道。"且慢，露西，最好笑的还在后面呢！你过来呀。"但她仍站在原地。"你知道我是在哪儿遇到的这令人心仪的租客的吗？上周我去看我妈，在国家美术馆遇到的。"

1　引自乔治·梅瑞狄斯的《一篇关于喜剧和漫画精神用途的散文》。

"竟然在那儿，这可怪了！"她不安地说。"真叫人不可思议。"

"就在翁布里亚画派[1]陈列厅。我们根本就不认识。他们对路加·西诺雷利[2]颇为倾心，真是挺傻的。但不管怎样，我们攀谈起来，他们真是让我有点儿，怎么说呢，耳目一新的感觉。他们去过意大利。"

"且慢，塞西尔——"

他兴高采烈地继续说。

"聊天的时候，他们说想租一座乡村别墅，父亲会长住那里，儿子周末才去。我想，'何不借此好好羞臊哈利爵士一番！'于是，我便要了他们的地址，以及一位住伦敦的保证人的名字，我觉得，他们应该不是什么坏人，这真挺好玩儿的，然后我写信给那保证人，想弄清——"

"塞西尔！怎么能这样，这么做不公平。况且，八成我以前遇到过他们——"

他压下了她的话头。

"哪有什么不公平！为了惩戒势利眼，怎么做都不能说不公平。那老人对整个邻里都会是个大大的福音。哈利爵士说什么'家道中落的淑女们'，真叫人恶心。我早就打算找时间给

1　翁布里亚画派是指以意大利中部的乌尔宾诺、佩鲁齐等为主要地点的画派。翁布里亚画派也与当时其他画派一样重视科学的自然主义，而同时以擅长构图和描绘充满诗意的自然风景而独具一格。

2　路加·西诺雷利（Luca Signorelli，1445—1523年）意大利文艺复兴画家，以按比例缩放的透视图、精确描绘的人体结构著称。

他上一课。相信我，露西，不同的阶级应该融合一下，过不了多久，你也会跟我一样想的。不同阶级间应该通婚，而且要全方位地融合。我相信民主——"

"算了吧，你才不信呢，"她厉声说，"你根本不知道什么是民主！"

他盯着她，再次觉得，她不像达·芬奇画中的人物。"不，你才不懂！"

她的脸毫无艺术感，就像一个撒野的泼妇。

"这不公平，塞西尔。都是你，全都是你的错。我为艾伦姐妹跑前跑后，你却来拆台，让我丢人现眼，你有什么权力这样做！你说要羞臊哈利爵士，可你想没想过，这是在牺牲我？我认为，你这么做是对我大大的不忠。"

说罢，她愤然离去。

"就这脾气！"他扬了扬眉毛，心里想。

不，这比坏脾气还要糟，简直就是势利。露西一旦觉得，取代艾伦小姐的，是他那些有趣的朋友，她才不会在乎呢。他隐隐觉得，这两位新租客或许颇具价值，能给人带来教益。他会对那个父亲宽容以待，也会引那沉默的儿子开口。为了喜剧女神，也为了真理，

他会把他们带到风之角。

第十一章　在维斯夫人陈设齐全的公寓里

喜剧女神虽也能把自己的事儿料理妥当，却并不介意维斯先生来搭把手。对她而言，将艾默生父子带去风之角，确是一个不错的主意，于是便慨然促成了这桩美事。哈利·奥特威爵士签了合同，与艾默生先生见了面。不出所料，对于房东，后者大失所望。同样不出所料的是，两位艾伦小姐愤愤不平，郑重致信露西，认为别墅租与他人，她难辞其咎。为了欢迎新房客，毕比先生前后张罗，务使他们开心畅意。他跟霍尼彻奇太太讲，新房客一到，务必要弗雷迪即刻登门拜访。说到底，哈里斯先生虽是始作俑者，却一向不甚强势，凭她的神通，足以令其垂下头颅，为人忘却，终致身死。

露西从光明的天堂落到了凡间，那里有着山峦，便存在阴影。露西最初陷入了绝望，但转念一想，此事实在无甚大碍，心情便平复下来。既然她已订婚，艾默生父子便不大会令她难堪了，他们搬来附近，自己也不必介怀。况且，塞西尔喜欢带谁来这里，那是他的权利。因此，他带艾默生父子来，大家也无异议。但如我所说，这需要一番思考；这事原本没什么，可对她来说，却相当严重，且相当可怕，盘桓在心头，挥之不去。女孩儿的想法，可真令人摸不着头脑。令露西高兴的是，对维斯夫人的拜访如期而至。新租客搬进锡西别墅的时候，她已安稳地坐在伦敦的公寓里了。

"塞西尔，亲爱的塞西尔，"到伦敦的那一晚她低声呢喃着，依偎进他的怀中。

塞西尔也有些动情。他瞧得出，露西心中渴望的火焰已被点燃。看来，她究竟是个女人，渴望得到关心；她对他充满依恋，因为他是个男人。

"那么你是爱我的了，小家伙？"他喃喃道。

"噢，塞西尔，我爱你，我爱你！我不知道没了你该怎么办。"

几天过去了。露西收到了巴特利特小姐的来信。两姐妹的关系已经淡了许多，八月份分别后，便再未通过信。这冷淡自夏洛特所谓"逃往罗马"始，在罗马期间则进一步加剧，令人颇感惊诧。究其原因，这位同伴在中世纪风的佛罗伦萨时，不过是不相投契，到了古典气息浓烈的罗马，就变得令人恼火了。尽管夏洛特在古罗马广场[1]表现得十分无私，但即便是比露西更温和的人，也会觉得那是一种折磨。有一次在卡拉卡拉

1　古罗马广场（拉丁语：Forum Romanum）位于意大利罗马帕拉蒂尼山与卡比托利欧山（Collis Capitolinus）之间，它是古罗马时代的城市中心，包括一些罗马最古老与最重要的建筑。

浴场[1]，二人甚至怀疑，还能不能继续结伴同行。露西说自己要去和维斯一家同游。维斯夫人是她母亲的熟人，所以这么安排也无不妥，而巴特利特小姐却回道，她早就习惯给人突然抛下了。好在最后什么都没发生，可冷淡的关系至今并未改善，而且，对于露西而言，打开信读到以下内容时，这冷淡益发加深了。信是从风之角转寄过来的。

唐桥井

九月

亲爱的露西，

　　终于有你的消息了！拉维希小姐在你们那一带骑自行车兜风，但不确定你是否欢迎她登门拜访。在夏日街附近，她的车胎给扎破了，等待补胎的时候，她愁眉苦脸地坐在那个美丽的教堂庭院里，突然对面的门开了，她惊讶地看到，那年轻的艾默生走了出来。他说他父亲刚租下那栋房子，还说不知道你就住在附近（？）。他连一杯茶都没请埃莉诺喝。亲爱的露西，我很担心，就他过去的所作所为，建议你对你母亲、弗雷迪还有维斯先生一五一十说清楚，这样他们就不会让他上门等等。那件事可真不幸，我敢说你已经跟他们讲过了。维斯先生非常敏感。记得过去

1　卡拉卡拉浴场（拉丁语：Thermae Antoninianae，意大利语：Terme di Caracalla）是一个位于罗马的古罗马公共浴场，建于公元212年到216年，卡拉卡拉统治罗马帝国期间。其遗址如今为一个旅游胜地。

在罗马时，我常常惹他心烦。对这整件事，我深感不安，除非提醒了你，否则我会心神不宁的。

相信我，焦虑但爱你的表姐，

夏洛特

露西恼火地回复道：

比彻姆宅，伦敦西南区

亲爱的夏洛特，

劳你劝告，多谢。艾默生先生在山上失态时，你要我保证不告诉妈妈，怕她怪你没始终守在我左右。我一直遵守那个承诺，如今也不可能告诉她。我已经对她和塞西尔说了，我在佛罗伦萨遇到过艾默生父子，他们都是正人君子，我确实这么认为，至于他没邀请拉维希小姐喝茶，八成是他自己根本就不喝茶。要喝茶，她应该去教区牧师那儿碰碰运气。就目前状况而言，我不便小题大做，否则就太荒谬了，我想你应该明白。若是艾默生父子听说我对他们大有微词，他们就会自觉重要，而事实恰恰相反。我喜欢那位老人，期待再次见到他。至于他儿子，再见面时我会为他而不是自己感到难过。塞西尔认识他们；塞西尔很好，前几天还谈到了你。我们预计一月份结婚。

关于我的情况，拉维希小姐不可能跟你说很多，因为我根本就不在风之角，而是在这儿。请别在信封外面再写"亲启"的字样，没有人会私拆我的信件。

爱你的，

露西．M.霍尼彻奇

保密的缺点就在于：我们会失去对事物的分寸感。我们无法分辨，自己保守的秘密是否重要。露西和她的表姐试图掩盖的会是件严重的事情吗？严重到一旦塞西尔发现，便会毁了他的生活？抑或那不过是件他可以一笑置之的小事？巴特利特小姐认为是前者。也许她是对的。现在，它变成天大的事了。若是夏洛特不掺和，露西本可以婉转地告诉母亲和爱人，那样的话，它依旧会是件小事。"是艾默生，而不是哈里斯"，就在几个星期前，她还可以轻描淡写地说。二人此刻正笑谈某位学生时代令塞西尔神魂颠倒的漂亮小姐。就在这当口，她几欲向塞西尔吐露那事。然而，浑身上下别扭的感觉，让她话到嘴边又咽了回去。

在这个人们纷纷离去的大都会里，她和她的秘密待了十天。他们参观了一些以后会非常熟悉的景致。塞西尔认为，尽管整个社交圈的人都去了高尔夫球场或猎场，让她了解一些社交准则并没什么坏处。天气很凉爽，这对她也没有什么坏处。即便在这高尔夫和狩猎的季节，维斯夫人还是设下晚宴，请来的客人清一色是名人孙辈。饭菜虽然差强人意，但席间的谈话却有种俏皮的倦怠感，这给露西留下了深刻的印象。似乎这些人对一切都已厌烦。他们兴致勃勃地攀谈，未几便觉兴味索然，优雅地陷入缄默，听到众人同情的笑声后，便再次振作起来。在这种氛围中，贝托里尼小旅馆和风之角显得同样粗糙不堪，露西似乎看到，她的伦敦生涯将会令她与过去所喜爱的一切生出些许隔阂。

名人孙辈们请她弹钢琴。

她弹奏了舒曼。哀怨凄美的旋律甫一沉寂，塞西尔便喊道："现在来一曲贝多芬吧。"她摇了摇头，再次弹起了舒曼。旋律响起，魅力中透着无奈；它断断续续，从摇篮到坟墓并非一气呵成。支离破碎的乐句中，颤动着缺憾引发的悲哀，这悲哀常常源于生活，却非艺术，而听众们的神经也为之震颤。她在贝托里尼的小钢琴上弹奏时可不是这样的，而她从意大利回来时，毕比先生也不曾自言自语，说她"舒曼弹得太多"。

客人们散去后，露西便回房就寝。维斯夫人在客厅里踱来踱去，和她儿子谈论这次小规模聚会。维斯夫人是个好人，但像许多人一样，她的个性已在伦敦社会中沦陷了，因为周旋于人群中需要有坚强的意志。命运划给她的圈子太过巨大，令她不堪重负。她才智有限，不足以应付走马灯般变换的社交季、城市和男人；即便面对塞西尔，她也是一副生硬刻板的态度，仿佛面对的不是一个，而是一群恭顺的儿子。

"得让露西成为我们中的一员，"她说道；每说完一句话，她都敏感地扫视周围，直到再开口时，才放松紧绷的双唇。"露西越来越棒了，真是越来越棒。"

"她的演奏一向很棒。"

"是啊，可她正在摆脱霍尼彻奇家的坏毛病，霍尼彻奇家的人其实挺出色的，不过你知道我的意思。虽然她也说仆人怎么说，也问厨娘布丁怎么做，但总归比以前少了。"

"她以前那么做，其实是受了意大利人的影响。"

"也许吧，"她低声说道，脑海中想起对她而言代表着意大利的那座博物馆。"的确有可能。塞西尔，你明年一月一定要把她娶进门。她已经是我们中的一员了。"

"但她的音乐!"他叫道。"她那风格!我想听贝多芬，她却偏要弹舒曼，其实我挺傻的。今晚这场合适合弹舒曼。舒曼才是正确的选择。你知道吗，妈妈，我们的孩子一定要接受露西那样的教育。在纯朴的乡下人中长大，浑身充满朝气，再去意大利学习如何变得细腻，然后，直到那时才回到伦敦。我才不买伦敦教育的账呢!"他突然顿住，想起自己受的便是伦敦教育，随后他得出结论，"不管怎么说，那对女人没什么好处。"

"让她成为我们中的一员吧，"维斯夫人重申一遍，然后去上床睡觉了。

瞌睡渐渐爬上来，突然间，露西的房间里响起一声惊叫，噩梦中的惊叫。露西当然可以摇铃唤女仆，但维斯夫人觉得，自己去更显得体贴。她看到女孩手捂着脸，坐得笔直。

"真对不起，维斯夫人，我老是做梦。"

"噩梦?"

“不是的，就是梦。”

老太太微微一笑，吻了下她，真切地说道：“你真该听听我们刚才是怎么谈论你的，亲爱的。他从未像现在这样爱慕你。多梦梦这个吧。”

第十二章

这是个周六的下午，豪雨初过，阳光灿烂，一切生机勃勃，虽已是秋天，却透出青春的气息。一切优雅的事物都欣欣向荣。汽车经过夏日街，只扬起些许微尘，难闻的汽油味迅速散入风中，取而代之的，是湿漉漉的桦树或松树的清香。毕比先生俯身在教区长住宅的院门上，惬意地享受着这悠闲的生活。弗雷迪就在他身边，同样俯身门上，抽着一个悬吊式烟斗。

"我们去叨扰一下对面的新房客怎样？"

"嗯。"

"也许你会觉得他们挺有趣的。"

弗雷迪从未觉得同类有趣过，于是便说，新房客刚刚搬来，可能有点儿忙什么的。

"我们还是该去叨扰他们一番，"毕比先生说。"你不会失望的。"他拉开门闩走了出去，穿过三角形的绿草坪，闲庭信步来到锡西别墅。"你们好啊！"他冲敞开的门里高声叫道，同时瞧见里面乱七八糟的。

一个低沉的声音回答道，"你好！"

168

"我带了个人来看你们。"

"我马上下来。"

通道被一个衣橱挡住了，搬运工人没法儿把它搬上楼。毕比先生艰难地绕过它。客厅里堆满了书。

"这些人很爱读书吗?"弗雷迪低声问道。"他们是读书人吧。"

"我想他们知道怎样读书，这本事可了不起。让我瞧瞧，都有什么书。拜伦。果不出所料。《西罗普郡少年》，没听说过。《众生之路》[1]，也没听说过。吉本。哟呵! 亲爱的乔治还读德语书。嗯，嗯，叔本华、尼采，还有这些个。看来，你们这代人知道自己想要什么，霍尼彻奇。"

"毕比先生，快看呀，"弗雷迪惊讶地说道。

衣柜的檐板上写着一行字，"所有要求着新装的企业均不可信"[2]，一看就不是专业人士的手笔。

"说得对。这多有意思呀! 我喜欢这句话。肯定是那位老爷子的杰作。"

"他还真是个怪人!"

"你也觉得是吧?"

不过，弗雷迪到底像妈，觉得不应该这样糟蹋家具。

"还有这些画儿!"牧师激动地走来走去，嘴里不停地念叨

1　英国维多利亚时期的重要作家塞缪尔·巴特勒的代表作。

2　引自梭罗《瓦尔登湖》第一章，和原文略有出入。原文为: "我说你得提防那些规定要穿新衣服的企业，尽可不必提防穿新衣服的人。"

着。"是乔托的作品，肯定是在佛罗伦萨买的。"

"跟露西的一模一样。"

"哦，说到露西，她在伦敦过得还愉快吧？"

"她昨天才回来。"

"想来玩儿得还挺开心？"

"是挺开心的，"弗雷迪答道，顺手拿起一本书。"她和塞西尔好得蜜里调油一般。"

"这就好。"

"我要是没这么蠢该多好，毕比先生。"

毕比先生没有理睬他这句话。

"露西过去也很蠢，差不多跟我现在一样。不过，我妈觉得现在完全不一样了。如今的露西什么书都会去读的。"

"你也一样。"

"我只读医学书。不是读后可以做谈资的书。塞西尔正在教露西意大利语，他说她琴弹得很棒。她的演奏里有很多我们从未注意到的东西。塞西尔说——"

"他们究竟在楼上干什么？艾默生——我想还是下次再来吧。"

乔治跑下楼，一言不发地把他们推进了房间。

"容我介绍一下你的邻居，这位是霍尼彻奇先生。"

话音刚落，年轻人特有的冲动便令弗雷迪语出惊人。或许是因为害羞，或许是出于善意，又或许是觉得乔治的脸该洗上一洗。无论是何原因，他竟然张口道，"你好啊，一起去游泳吧。"

"哦，好啊，"乔治无动于衷地说。

一旁的毕比先生瞧在眼里，觉得很是好玩。

"你好啊？你好啊？一起去游泳吧。"他轻笑道。"这样跟人打招呼，我是闻所未闻，简直妙极了。不过恐怕只能发生在男人之间。你能想象如下的场景吗？一位女士介绍另两位女士认识；后者中的一位对另一位说，'你好啊？一起去游泳吧？'然而，你却跟我说，男女是平等的。"

"我是说男女应该平等，"老艾默生先生一边说，一边缓步走下楼梯。"下午好，毕比先生。我说的是，男女应该成为同志，乔治也是这么想的。"

"难道要让女士们同我们平起平坐吗？"牧师问道。

"你们说，"艾默生先生继续道，脚下却没停，"伊甸园是过去的事儿，其实它还没到来呢。等到有一天，我们不再鄙视自己的肉体，我们便能进入伊甸园了。"

毕比先生说，关于伊甸园出现的时间，自己从未发表过任何看法。

"我没说在别的方面，但在这方面我们男人比女人强。我们不像女性那样厌恶自己的身体。不过，在男女成为同志前，人类是进不了伊甸园的。"

"我说，到底去不去游泳了？"弗雷迪低声说；听到二人大谈哲学，心下不禁惊恐起来。

"我曾经笃信，人类定要回归自然。但倘若我们从未与自然相伴，又何谈回归自然？现在的我相信，我们必须发现自然。一次次征服自然后，我们方能返璞归真。这是我们的传统。"

"我介绍一下，这位是霍尼彻奇先生，你应该记得，之前在佛罗伦萨时见过他姐姐。"

"你好啊？很高兴见到你，也很高兴你要带乔治去游泳。很高兴你姐姐婚期将至。婚姻是一种责任。我相信她会幸福的，因为我们也认识维斯先生。那可真是位好心人。他只是在国家美术馆偶遇我们，却主动帮我们张罗，找到了这么舒服的房子。不过，我希望没弄得哈利·奥特威爵士不高兴。此前我没遇到什么思想开明的地主，于是很想比较一下他与保守派对狩猎法则的态度有何不同。哦，这风吹的！这天很适合游泳啊。你们这地方真不错，霍尼彻奇！"

"一点儿都不好！"弗雷迪嘀咕道。"我希望，我妈说的，若能有此荣幸，定要，或者说按照礼数，登门拜访。"

"拜访，我的小伙子？是谁教给我们这些繁文缛节？拜访你祖母去吧！听听这松林里的风声！你们乡下真是个好地方。"

毕比先生赶紧出来打圆场。

"艾默生先生，他会来拜访你们，我也会来的。其后不出十天，你或你儿子定要回访的。我想你已经意识到，回访一定是十天之内。昨天我帮你修楼梯不算拜访。他们下午去游泳也不算。"

"是啊，去游泳吧，乔治。你们几个东拉西扯地瞎磨蹭什么？记得带他们回来喝下午茶。再带些牛奶、蛋糕还有蜂蜜回来。出去散散心对你有好处。乔治上班的时候太卖力。说他身体不错，我才不信呢。"

乔治低下头，脸色阴沉，满身灰尘，散发出刚搬动家具的人才有的怪味。

"你真想去游泳吗？"弗雷迪问他。"跟你说啊，那不过是个小池塘。我敢说，你平时游泳的地方应该比这好得多。"

"想去啊，我不是已经说了'想去'吗？"

毕比先生觉得，有义务帮一下他年轻的朋友，便带头走出了房子，来到松林里。真是心旷神怡啊！有那么一小会儿，老艾默生先生的声音追随着他们，送上美好的祝愿，外加智慧的哲言。旋即那声音沉寂下去，只听见和风拂过蕨丛和树木的声响。毕比先生可以保持沉默，却无法忍受别人缄口不语，眼见两位同伴均不开口，此次出游似乎将以失败告终，于是只好打开话匣子，絮絮叨叨起来。他谈起了佛罗伦萨。乔治不苟言笑地听着，无论赞同还是反对，都微微做出坚定的手势，那手势与头顶上树冠的摆动同样令人费解。

"真是太巧了，你们竟然碰到了维斯先生！你有没有想到，会在这里遇见贝托里尼公寓里所有的熟人？"

"真没想到。还是拉维希小姐告诉我的。"

"我年轻时总想写一部《巧合史》。"

反应很是冷淡。

"说实话，巧合比我们想象的要少得多。比方说，你们想想看，这会儿你们在这儿并非纯属巧合。"

此时乔治开始说话了，让他松了口气。

"这就是巧合。我已经想过了。这是命运。一切都是命运。命运聚我们在一起，又将我们分开，聚了又散。十二阵风[1]吹着我们，我们什么都决定不了。"

"你根本没好好想过，"牧师说。"艾默生，且听我的忠告：别把什么都归结为命运。别说'这事儿我没干'，因为十有八九你干过。我倒要问问你，你头一次见到霍尼彻奇小姐和我是在哪儿？"

"意大利。"

"你在哪里遇见了霍尼彻奇小姐的未婚夫维斯先生？"

"国家美术馆。"

"当时你正在观赏意大利艺术。这不就是了。而你呢，却满嘴都是什么巧合与命运。你自然会去寻找有关意大利的东西，我和朋友们也是如此。因此，我们再次碰面的概率便大大提高了。"

"我到这儿是命运的安排，"乔治不为所动。"不过，说是意大利安排的也行，只要你开心就好。"

眼见这样谈话太过沉重，毕比先生便轻巧地转移了话题。他对年轻人有着无限的宽容，也无意轻慢乔治。

"不管怎样，我的《巧合史》还是要写的。"

1　十二阵风，古希腊哲学家亚里士多德在他的气象学（公元前 340 年）中引入了十到十二个风系统。

一阵沉默。

为了将此话题做个了结，他补充道："你们搬到这儿，我们都很高兴。"

沉默依旧。

"到了到了！"弗雷迪叫道。

"噢，太好了！"毕比先生朗声道，一面擦拭着额上的汗水。

"池塘就在里面。能再大些就好了。"他抱歉地说。

三人爬下一道滑溜溜铺满松针的坡。池塘就汪在那里，四周环绕着绿色的小丘。虽只是个小池塘，却足以容纳人的躯体，纯净的水面倒映着天空。刚下过几场雨，塘水淹没了周围的草地，看上去颇似一条翠绿的小径，诱使他们的脚走向池塘中央。

"跟一般的池塘比，它算是很棒的了，"毕比先生说。"因为它小而歉疚，那大可不必。"

乔治找了块儿干的地方坐下来，恹恹地解开了靴带。

"那一大片柳兰多美啊！我喜欢柳兰的种子[1]。这种香草叫什么来着？"

没人知道，似乎也没人在乎。

"瞧，植被突然间就变了。这一小片是软绵绵的水生植物，

---

[1] 柳兰（rosebay willowherb）的花授粉后结出细长类似油菜豆荚的果子，每个豆荚里有300—600颗种子。成熟后豆荚炸开，种子长满了蜘蛛网似的白色毛绒，可随风吹到很远的地方。

而两边却是坚韧或脆硬的陆生植物：石南、欧蕨、越橘，还有松树。多美啊，太美了！"

"毕比先生，你不打算游泳吗？"弗雷迪边脱衣服边喊道。

毕比先生可不打算游泳。

"这水太舒服了！"弗雷迪大叫一声，跳进水里。

"不就是水嘛，"乔治喃喃道。他先湿了湿头发，明眼人一看，便晓得他兴致索然；接下来，他随着弗雷迪踏入这神圣之地，一副不以为意的样子，就仿佛他是座雕像，而池塘不过是桶肥皂水。活动肌肉是出于必要。保持清洁也是出于必要。毕比先生望着他们，望着柳兰种子在他们头顶上结队起舞。

"啊噗，啊噗，啊噗，"弗雷迪朝两个方向各游了两下，便给芦苇缠住了，或是踩进了塘泥里。

"值得下水吗？"另一个人问道；他立在池塘边的水中，颇似一尊米开朗琪罗的雕像。

塘缘突然塌陷了，还未及思量这个问题，他便跌了进去。

"嘻嘻，噗，我吞了只蝌蚪；毕比先生，池水太棒了，简直舒服极了。"

"水还不赖，"乔治说；跌进水塘的他这会儿冒出头来，水珠在阳光下飞溅。

"水太棒了。毕比先生，你也下来吧。"

"啊噗，酷啊。"

毕比先生向来开明，只要有可能，他都会同意的。他觉得很热，于是环顾四周，并未发现附近有教区居民，四下里都是挺拔高耸的苍松，在蓝天的映衬下，彼此招呼致意。多么壮丽的景色！汽车和乡村神父[1]的世界消失得不见踪影，唯剩池水、天空、常青树与风，这些事物，即便是四季流转也无法改变其一二，更遑论人类的侵扰？

"我不妨也下水一试。"很快，他的衣服成了草地上的第三堆，对池水的美妙他亦赞不绝口。

那池水无甚特别，也不很丰盈，正如弗雷迪所言，人在其中，仿佛是在蔬菜沙拉里游泳。三位先生在齐胸高的水中打转，颇似《诸神的黄昏》[2]中的林泉三仙女。然而，也许因为雨水带来清新之感，或是因为太阳散发辉煌热力，抑或因为其中两位青春年少，另一位颇具年轻心性，无论是何原因，他们身上发生了某种变化，将意大利、植物学和命运抛在了脑后，恣意玩耍起来。毕比先生和弗雷迪打起了水仗，连带着也泼了乔治，只是没敢太放肆。他没怎么吭声，这令二人有些心虚，生怕冒犯了他。然而随即，他身上所有的青春力量爆发了。他笑着冲二人猛扑过去，朝他们泼水，躲开还击，用脚踢，用泥扔，将他们逐上了岸。

"来啊，绕着池塘跑啊，看你追得上！"弗雷迪叫道，阳光

---

1 乡村神父，在圣公会和罗马天主教会以及一些路德教派中，乡村神父是神职人员，他主持"乡村教育"（通常被称为教区）；在一些英格兰教会教区，乡村神父已正式更名为地区院长。

2 《诸神的黄昏》原文德语 Götterdämmerung，WWV 86D 是理查德·瓦格纳第四部、也是最后一部以"尼伯龙根的指环"为题的歌剧。此处作者为了戏谑三个人在池塘中的形象，而将他们比作歌剧中的人物。

下二人你追我赶；乔治抄了条近路，小腿弄得脏兮兮的，只得再次跳进池塘清洗。这当儿，毕比先生也跟着跑起来，那一幕着实令人难忘。

跑着跑着身上干了，便又跳进池塘凉快凉快。他们在柳兰和欧蕨丛中扮起了印第安人，然后再次入水洗洗干净。这期间，三小堆衣物矜持地躺在草地上，宣布着："不，我们才是最重要的。缺了我们，凡事皆无从开始。最终，但凡肉体皆会求我们襄助。"

"射门！射门！"弗雷迪扯着嗓子喊道。他抄起乔治的衣服，扔在一根假想的门柱旁。

"又不是橄榄球，"乔治反驳道，一脚踢散了弗雷迪的衣物。

"进了！"

"进了！"

"传球！"

"仔细我的表！"毕比先生失声叫道。

衣服飞散开来。

"仔细我的帽子！快别，够了，弗雷迪。快穿上衣服。听我的，别闹了！"

然而，两个年轻人闹得昏了头，白花花的身体一闪一闪没入树林中，弗雷迪腋下夹着神父的马甲，乔治湿漉漉的头上戴着神父的软呢宽边帽。

"够了！"毕比先生回过神来，想这毕竟是在自己的教区里，于是朗声叫道。紧接着，他的声音变了，仿佛每棵松树都是一位乡村神父。"嗨！别闹了！我看到有人过来了，你们俩！"

叫嚷此起彼伏，在斑驳的泥地上一圈一圈震荡开来。

"嗨！女士们好！"

说到底，乔治与弗雷迪并非举止文雅之辈。况且，他们并未听到毕比先生示警，否则的话，他们本可以避开霍尼彻奇太太、塞西尔和露西。这一行人正打算下山拜访老巴特沃思太太。弗雷迪腋下的马甲掉在他们脚边，他人呢，则一头扎进欧蕨丛中。乔治和他们来了个脸对脸，他大叫一声，转身沿着通向池塘的小路仓皇逃窜，头上依旧戴着毕比先生的那顶帽子。

"我的天哪！"霍尼彻奇太太失声叫道。"那些倒霉的家伙是谁啊？哎，亲爱的，不要看！可怜的毕比先生，你也在！这究竟怎么一回事儿啊？"

"快到这边来！"塞西尔命令道。他向来以为，女人该由他领导和保护，至于领向何方、为何保护，他并不知晓。话音才落，他便带着她们走向弗雷迪席地而坐借以藏身的欧蕨丛。

"哦，可怜的毕比先生！那掉在路上的，该不是他的马甲吧？塞西尔，那是毕比先生的马甲。"

"不关我们的事，"塞西尔瞥了一眼露西，说道。她整个人给太阳伞遮住了，显然一副"关切"的样子。

"我猜啊，毕比先生定是跳回了池塘里。"

"这边请，霍尼彻奇太太，走这边。"

她们随他走上堤岸，努力做出一副紧张却若无其事的表情，遇到这种场合，女士原是该这样的。

"好了好了，我是藏不住了，"前面不远处传来一个声音，弗雷迪那张雀斑脸和雪白的肩膀从欧蕨叶中探了出来。"我总不能给踩到，对吧？"

"我的天呐，亲爱的，竟然是你！跑到这儿来洗澡，真荒唐！在家洗多好啊，冷水热水的，还不够舒服？"

"妈，你听我解释啊，人总得泡澡，总得弄干身子，要是还有个人——"

"亲爱的，不用说，你总是对的，可这会儿没你辩白的份儿。过来，露西。"她们转过身去。"哦，你瞧瞧，别看别看！哦，可怜的毕比先生！又一个倒霉的——"

毕比先生正爬出池塘，水面上漂浮着几件贴身衣服。而乔治，那个厌世的乔治，正冲弗雷迪喊，说是抓住了一条鱼。

"而我呢，我可是吞了一条，"欧蕨丛中的弗雷迪回应道。"吞的是蝌蚪，这会儿还在我的肚子里扭呢。我要死了。艾默生，你个混账东西，你穿了我的内裤。"

"嘘，亲爱的，"霍尼彻奇太太说，她觉得，是时候收起震惊的样子了。"别的先不说，身子可要好好擦干才是。伤风感冒怎么来的？都是因为没擦干。"

"妈，赶紧走吧，"露西说。"别唠叨了，快走啊。"

"你好！"乔治喊道，女士们再次停下脚步。

他那副神态，仿佛自己已经穿着停当。他光着脚，赤裸着上身，在阴翳的树影衬托下，显得容光焕发，风神隽秀。他喊道："你好，霍尼彻奇小姐！你好啊！"

"回个礼啊，露西。赶紧回个礼。这是谁啊？换了是我，就会回个礼。"

霍尼彻奇小姐冲乔治点头致意。

天黑后，塘水缓缓流走，持续了整整一夜。翌日清晨，池塘缩小到原来的规模，不复昨日的神采。而昨日那一切，是对热血与自由意志的召唤，是瞬逝却永恒的祝福，放射着神性的光辉，散发着迷人的魅力，那一刻，它便是啜饮青春美酒的圣杯。

第十三章　巴特利特小姐的锅炉为何如此令人厌烦

这样的碰面，这样的点头致意，天知道露西演练过多少遍！不过，那演练向来发生在室内，还辅以某些道具；这仅是我们的想象，却也合情合理。谁又能料到，她与乔治竟会在文明丢盔卸甲的场合下再度相逢，且看那铺满阳光的草地上，外套、硬领、靴子散落一地。她心目中的艾默生，大约有点害羞，有点病态，有点冷淡，还多少有点粗鲁。这些她都有思想准备。但无论如何都没料到，他居然这般快活，以晨星般耀眼的欢呼问候她。

这会儿她坐在屋子里，同老巴特沃思夫人喝下午茶，一边心里感叹道，人生的际遇真是说不准，什么都无法预先排演。一旦布景中出现瑕疵，不满表现在观众脸上，继而众人蜂拥着冲上舞台，那么，我们精心排演的动作就变得毫无意义，或者说，充满了始料未及的意义。"我会跟他点头致意，"她曾想。"但不会握手。那样才合适。"她点头过了，也致意过了，可对方是谁呢？是众神，是英雄，是女学生的蠢念头！她是越过面前那堆给世界添堵的垃圾点头致意的。

她心里这么想着，表面上却要使出浑身解数应付塞西尔。

这又是一次订婚后的串门，真叫人头疼。巴特沃思太太想瞧瞧他，而他却不愿给她瞧。他不想听她谈论绣球花，也不想知道为什么这花到了海边会变色。他无意加入慈善组织会社[1]。有的问题本可用"是"或"不是"搪塞过去，可一旦给问得心头火起，他便会较上劲，回答起来妙语连珠，滔滔不绝。此时，露西便会安抚他的情绪，出言帮他打圆场；她能这么做，将来的婚姻生活定会和谐美满。人无完人，婚前发现对方的瑕疵，总比婚后发现要好。事实上，巴特利特小姐虽未诉诸言辞，却已告诉这位姑娘，生活中无事可称完美。露西虽不喜欢这位老师，却认为她讲的道理颇为深刻，于是便将它用到了自己爱人身上。

"露西，"她们到家时，母亲问道，"塞西尔该不是有什么问题吧？"

她这么一问，令人嗅到一丝不祥之感。此前，霍尼彻奇太太的表现一向既宽厚又克制。

"还好啊，没什么的，妈，他没事儿。"

"也许是累了吧。"

露西也就顺着台阶下：或许他是有点累了。

"否则，"母亲将固定帽子的别针一一扯下，心中的不快愈演愈烈。"否则我没法解释他的表现。"

"说实话，跟巴特沃思夫人聊天挺累的，你是这个意

1　慈善组织会社（Charity Organization Society）是一家慈善组织，1869 年成立于英格兰，旨在协调组织百余名志愿者救济贫困人民。

思吧？"

"你这想法是从塞西尔那儿来的吧。小时候你可黏她了，你得伤寒那会儿，她对你照顾得还要怎么好。不说了，人都是这样。"

"我帮你把帽子收起来好吗？"

"人家前后也就问了半个小时，他只需要礼貌地回答，这很难吗？"

"塞西尔对人都是高标准，"露西吞吞吐吐地说，知道这下有麻烦了。"这是他追求的东西。也就因为这个，他有时看起来……"

"一派胡言！高尚的追求若是让年轻人粗鲁无礼，那还是趁早放弃吧。"霍尼彻奇太太说着，把帽子递给她。

"可是妈妈！你对巴特沃思夫人也有不耐烦呀，我亲眼见过的！"

"绝不是他那样。有时候她烦得我想拧断她的脖子。可再怎么也不是他那样。不是的。塞西尔从来不顾场合的。"

"顺便说一句，我一直没告诉你。在伦敦的时候，我收到了夏洛特的一封信。"

话题转移得太过幼稚，霍尼彻奇太太气不打一处来。

"塞西尔从伦敦回来后，好像看什么都不顺眼。无论什么时候，只要我一开口，他便皱眉蹙额的，别以为我没看见，露西，别跟我说没有。没错，我不懂什么文学艺术，没什么思想，对音乐也一窍不通，但客厅家具又不是我拿的主意。你父亲既然已经买了，我们就得将就着用，这点还烦请塞西尔务必记清楚。"

"我，我明白你的意思，塞西尔这么做当然不对。他是很失礼，但并不是故意为之；他曾经跟我解释过，令他不悦的是物，一见到丑陋的物件，他便容易心绪烦乱。他失礼是失礼，但并不针对人。"

"那弗雷迪唱歌，是物还是人？"

"你总不能指望音乐品味高雅的人同我们一样喜欢滑稽小调吧。"

"不喜欢可以出去啊？为什么偏要坐在那儿，难受得扭来扭去，一副不屑的样子，扫大家的兴？"

"评价一个人呢，切不可有失公允。"露西吞吞吐吐地说。某种东西让她变得心里发虚；在伦敦时，论到如何替塞西尔辩护，她已驾轻就熟，而此时，同样的辩解说出口，却显得苍白无力。两种文明发生了冲突，对此塞西尔早就有过暗示，而目睹冲突，她目眩魂摇、惶惑无措，仿佛整个文明背后发出的光芒令她睁不开眼睛。什么有品位、没品位，不过是挂在嘴边的说法，就像不同款式的衣服；乐声穿过松树，渐渐消散，惟余轻声细语，此时，歌与滑稽小曲并无二致。

霍尼彻奇太太换好衣服，准备用晚餐，露西却甚为尴尬，一动没动。虽然她时不时说上一两句，却已于事无补。明摆着，塞西尔就是要人家觉得他傲慢，而且他还做到了。露西呢，只盼着这麻烦能换个时候来，至于为何，她自己也说不出。

"亲爱的，快去换衣服！你会迟到的。"

"好吧，妈妈。"

"别光说'好'人却不动，赶紧。"

她听话地起身便走，走到楼梯平台的窗边时，却郁郁寡欢地徘徊不前。窗口朝北，几乎看不到什么风景，也望不到天空。松树像冬天里那样近在眼前。你会把那扇窗与抑郁联系起来。给什么具体的问题困扰着，她说不清楚，可却叹气道，"噢，天哪，我该怎么办，我该怎么办？"她觉得，其他人的表现都非常糟糕。而且，她也不该提到巴特利特小姐的信。必须倍加小心，母亲很是好奇，可能会问信里写了什么。噢，天哪，她要是问，我该怎么办？正在这时，弗雷迪蹦蹦跳跳地上楼来，表现糟糕的人又多了一位。

"听我说，那些人真是太棒了！"

"亲爱的宝贝，你可真烦人！你干吗要带他们去圣湖游泳呢，那地方多扎眼啊。你去也就算了，其他人呢，多尴尬啊。别再胡闹了。你可别忘了，这地方已经在城郊之间了。"

"快说说，下周有什么活动吗？"

"就我所知，没有。"

"那我就请艾默生父子周日一起打网球。"

"噢，弗雷迪，换了是我，我就不请，眼下都一团糟了，还请什么请。"

"网球场有什么问题吗？是草坪上那几处隆起吧，他们不

186

会在意的，况且我还订购了新球。"

"我是说，最好别请他们。我可是当真的。"

他一把抓住她的胳膊肘，玩闹似的带着她沿着走廊跳起舞来。她装作不介意，但内心只想大发雷霆地尖叫。走向盥洗室的塞西尔瞥了他们一眼，而抱着成堆热水罐的玛丽给他们挡了道儿。就在此时，霍尼彻奇太太打开门，说道："露西，你们瞎闹些什么！我有话跟你讲。你才前是不是说夏洛特有信来？"话音刚落，弗雷迪便溜之大吉。

"是啊。不好意思我真得走了。再说，我还得换衣服呢。"

"夏洛特还好吧？"

"还行。"

"露西！"

这倒霉的女孩儿转身回来。

"你这个习惯可不好，别人话才讲了一半，你就心急火燎地要走。夏洛特提到她的锅炉了吗？"

"她的什么？"

"你不记得了？她的锅炉十月份得拆下来检修，浴缸水箱要清理干净，此外，还有各种杂七杂八的麻烦事儿。"

"夏洛特那些个麻烦事，我哪能都记得，"露西郁闷地说。"如今你对塞西尔老大意见的，我自己的麻烦事儿还不晓得会有多少呢。"

闻听此言，霍尼彻奇太太按说该大光其火，但她却忍住了，只是说："过来吧，大小姐，谢谢你帮我收好了帽子，亲我一下吧。"虽然没什么是完美的，可那一刻露西觉得，她的母亲、风之角以及斜晖下的威尔德简直再完美不过了。

生活中的小摩擦便这样烟消云散了，这是风之角的常态。一旦社交机器无望地卡住，无法继续转动，在这紧急关头，便会有某个家庭成员给它滴一滴油。对他们这些小伙俩，塞西尔满是鄙夷，也许他是对的吧。再怎么说，他们毕竟不是自家人。

晚餐七点半开始。弗雷迪草草做完祷告，众人将沉重的椅子拉近桌边，开始用餐。所幸男人们都饿坏了，因此，布丁上来之前，没有发生任何意外。这时，弗雷迪说："露西，艾默生是怎样一个人？"

"我是在佛罗伦萨遇见他的，"露西说，希望这个回答能蒙混过关。

"他是个聪明人，还是个老实人？"

"这个你得问塞西尔，是他把人带来的。"

"他是个聪明人，跟我一样，"塞西尔说。

弗雷迪狐疑地看着他。

"在贝托里尼时你们交情如何？"霍尼彻奇太太问道。

"噢，交情谈不上。我是说，我和他们还有点儿交道，夏洛特则是半点儿交道都没有。"

"噢，这倒让我想起——你一直没说，夏洛特信里写些什么。"

"就是些鸡毛蒜皮呗，"露西说，寻思能不能不说谎就吃完这顿饭。"还有就是，夏洛特有个讨嫌的朋友，骑车漫游时路过我们夏日街。她想知道，这人是否来看望过我们。谢天谢地她没来。"

"露西，这么说话真的很刻薄。"

"她是个小说家，"露西的回答甚为巧妙。这话足够机智，因为最令霍尼彻奇太太光火的便是女人鼓捣文学。无论正在聊什么，一听到女人搞文学，她便会转而痛斥那些靠出书沽名钓誉的女人，难道她们该做的不是照顾家庭和子女吗？她的态度很明确："倘若有书必须得写，就让男人去写吧。"就此话题她长篇大论了一通，弄得一旁的塞西尔直打哈欠，弗雷迪用李子核玩起了"要么今年，要么明年，要么现在，要么永不"的游戏[1]，而露西则不露痕迹地火上浇油。不过，很快大火就熄灭了，一群幽灵在黑暗中聚集起来。幽灵太多了。最初的幽灵，那脸颊上的一吻，当然早已魂销魄散；有个男人曾在山上吻过她，对此她可以淡然处之。但它却招来了一个幽灵家族，包括哈里斯先生、巴特利特小姐的来信、毕比先生对于紫罗兰的记忆，或这或那，定会当着塞西尔的面扰乱她的心神。这会儿来光顾的，是巴特利特小姐的幽灵，形象栩栩如生，令人不寒而栗。

"我一直在想夏洛特的那封信，露西，她还好吗？"

"我把它撕了。"

1　源自一首儿歌，"要么今年，要么明年，要么现在，要么永不"一般被认为是在回答一个人是否会结婚。

"她没说她怎么样吗？信是怎样的口气？还高兴吗？"

"嗯，是的，我觉得还算高兴；不，不怎么高兴，我觉得。"

"嗯，如果是这样，问题一定出在锅炉上。我太清楚了，用水出了问题有多闹心。出任何别的问题，即便是肉烧坏了，都没这个糟糕。"

塞西尔一只手蒙住眼。

"我也这么觉得，"弗雷迪肯定地说；他很支持母亲，但支持的是她的评论精神，而不是讲话的内容。

"还有啊，我一直在想，"她颇为紧张地补充道，"下周我们怎么都能挤出些地方，邀夏洛特过来住，让她舒心地度个假，等唐桥井的管子工完工后再回去。可怜的夏洛特，我有多久没见她了。"

露西的神经即便再坚强，听到这儿也挺不住了。她虽想跳起来反对，可刚刚在楼上母亲对她那么好，叫她怎么做得出。

"妈，不要吧！"她恳求道。"这行不通啊。不能为了夏洛特，别的什么都不顾吧。你瞧瞧这儿，都快挤死人了。弗雷迪有朋友周二过来，加上塞西尔，还有米妮·毕比，她怕染上白喉，你便答应她来住。这根本行不通的。"

"说什么呢！哪里行不通。"

"要么米妮睡浴室，除此别无他法。"

"米妮可以跟你一起睡。"

"别，我不想。"

"你若这么自私，弗洛伊德先生就得和弗雷迪住一间了。"

"巴特利特小姐，巴特利特小姐，巴特利特小姐，"塞西尔嘟哝着，再次用手蒙住眼睛。

"这行不通的，"露西再次强调。"我不是故意作梗，但把这房子塞得满满的，对女佣们着实不够公平。"

唉！

"亲爱的，你不就是不喜欢夏洛特嘛。"

"没错，我就是不喜欢她。塞西尔一样不喜欢她。她总搞得我们心烦意乱。你最近没见过她，自然想不到她有多讨嫌，不过有一说一，她人挺好。拜托妈妈，这是我在家的最后一个夏天了，能不能让我们过得舒心些。你就只当惯我们一次呗，别让她来好吗？"

"就是啊！就是啊！"塞西尔说。

平时的霍尼彻奇太太可没这么严肃，情绪也没这般溢于言表，她说："你们可真不厚道。你们毕竟有两个人，还有这么一大片树林可以散步，到处都是美好的东西。可怜的夏洛特有什么，水都给关了，只能面对管子工。你们还年轻，亲爱的，无论多么聪明，无论读过多少书，都无法体会到变老的感觉。"

塞西尔捏碎了他的面包。

"我得说一句，那年我骑车去看望夏洛特表姐，她待我可好了，"弗雷迪说。"不停地谢我能去看她，弄得我觉得自己像个傻瓜。还不停地忙前忙后，好让我喝下午茶时能吃上个白煮蛋，而且还要煮得恰到好处。"

"这我知道，亲爱的。她对谁都很好，我们也想回报一二，可露西偏偏不答应。"

露西偏偏要狠下心来。对巴特利特小姐好不是不可以，但一定没好果子吃。她试过太多次了，最近一次就在前不久。待人友善固然好，说不定能在天堂里积福积德，可却无法令巴特利特小姐或其他凡夫俗子心灵丰富些。她懒得多解释，只是说："我也没办法，妈妈。我就是不喜欢她。我承认，我这人挺糟糕的。"

"照你说的，你都已经跟她讲明白了？"

"怎么说呢，她偏要离开佛罗伦萨，真够愚蠢的。她手忙脚乱地——"

幽灵们又回来了；它们占据了意大利，甚至正在夺取她儿时熟知的每个地方。圣湖将不复往昔，而下个周日，即便风之角也会遭遇变故。她要如何与幽灵们较量？一时间，现实世界逐渐消失，真实的似乎唯有回忆与情绪。

"巴特利特小姐蛋煮得居然那么好，我看她一定得来喽，"塞西尔说；他心情相当不错，多亏晚餐烹制得美味可口。

"我不是说蛋煮得多好，"弗雷迪纠正道，"说实话，她都忘了把蛋从火上端下来，而我呢，吃不吃蛋向来无所谓。我只是想说，她看起来还是蛮友善的。"

塞西尔再次皱了皱眉。哦，霍尼彻奇这家人！鸡蛋、锅炉、绣球花、女仆，他们的生活里净是这些事。"我和露西可以先行离开吗？"他说道，傲慢的态度几乎丝毫不加掩饰。"甜点我们就不吃了。"

第十四章　露西勇敢地面对外部形势

巴特利特小姐自然接受了邀请。自然，她也明白自己会讨人嫌，便主动要求，有间简陋的客房就行，看不到风景也没问题，随便什么都行。她还问露西好。还有，乔治·艾默生自然也答应下周日会来打网球。

面对这种局面，露西表现得很勇敢，但就像大多数人一样，她只面对周遭的情势，却从不审视自己的内心。倘若心底有时冒出些奇怪的画面，她会认为是神经紧张的缘故。当初得知塞西尔把艾默生爷俩带来夏日街，她心里七上八下的。过去那些蠢事儿，夏洛特肯定会拿出来渲染一番，那会搞得她神经崩溃。夜里她忐忑不安。圣湖偶遇后没两天，他们便在教区长家再次碰面。跟他讲话时，他的声音深深打动了她，她多想在他身边就这么待下去。可要是她打心底这么希望的话，那该多可怕！当然，该是神经出了问题才会这么想，神经总喜欢跟我们开出格的玩笑。对于"无端的愁绪及其莫名的意味"，她也曾万分苦恼。然而，自从那个微雨的午后塞西尔跟她讲了心理学，所有这未知世界里的青春烦恼都不再神秘了。

明眼的读者一看就知道，"她爱上了年轻的艾默生。"可若自己是露西，这点便没那般显而易见。按部就班地记录生活倒是容易，实实在在地去生活却往往困惑重重，于是，"神经紧张"等用来掩盖个人欲望的陈词滥调便大受欢迎。她爱塞西尔，而乔治让她紧张。读者可愿跟她挑明，"爱"与"紧张"应该倒个个儿？

至于外部情况，她会勇敢面对的。

教区长宅邸的那次会面还算顺利。站在毕比先生和塞西尔之间，她数次不动声色地提及意大利，乔治也做出了回应。她急于表明自己内心坦然，也乐于见到乔治并无尴尬。

"这小伙真不错，"毕比先生事后说："他的青涩会随着时间褪去的。我不信任的是那种年轻人，一开始便一副挥洒自如、如鱼得水的模样。"

露西说，"他似乎心情好多了，也笑得更多了。"

"是啊，"神职人员回答道。"他正在觉醒。"

那天的情况就是这样。然而，一周时间渐渐流逝，她的防备也逐渐放下，脑海里盘桓着那个俊美的形象。

尽管该如何走写得很明确，巴特利特小姐来的时候还是出了差错。她本该在多金的东南车站下车，霍尼彻奇太太会乘车去接她。可她却跑到了伦敦和布莱顿车站，于是不得不叫了辆马车。除了弗雷迪和他的朋友，其他人都不在家，他们不得不停止打网球，足足陪了她一小时。塞西尔和露西四点钟回来了，加上米妮·毕比，这六人在山坡高处的草坪上喝下午茶，怎么看都是一个悲催的组合。

"我永远不会原谅自己的,"巴特利特小姐动不动就站起身来,弄得大家不得不劝她坐下继续喝茶。"我什么都搞得一团糟,还冒冒失失地搅扰了你们年轻人!来这儿的马车钱我一定要自己付。千万别跟我争。"

"只要是我们家的客人,这就绝对使不得,"露西说。而此时,她兄弟记忆中的那只煮蛋已变得模糊不清,他烦躁地嚷道:"露西,这事儿我跟夏洛特表姐都讲了半个小时了。"

"我不觉得自己是个普通客人,"巴特利特小姐边说边看着自己那双磨破的手套。

"那好吧,如果你坚持的话。五先令 [1],我还给了车夫一先令小费。"

巴特利特小姐打开钱包瞅了瞅,里面就几个金镑,外加几便士。有人能给她换些零钱吗?弗雷迪有半镑,他的朋友有四枚半克朗硬币。巴特利特小姐接过他们的钱,然后问道:"可这一金镑该给你们谁呢?"

"等母亲回来再说吧,"露西建议道。

"不行,亲爱的。没了我碍手碍脚,你母亲估计正好痛快地去兜个风。人人都有小怪癖,我的呢,便是有账就得结。"

这当儿,弗雷迪的朋友弗洛伊德提议与弗雷迪掷硬币,来决定巴特利特小姐那一镑的归属。这位仁兄话说了不少,但唯有这句尚值得一提。解决办法有了眉目,就连一直以炫耀的姿

---

1 英国币制系统。一英镑等于二十先令,一先令等于十二便士。半克朗等于两个半先令。

195

态喝茶看景风景的塞西尔，也感受到运气之神的巨大魅力，于是转过身来。

可这办法也未能奏效。

"算了吧，算了吧，我知道自己很悲催，总是扫人兴，但你们这么做会让我更难过的，说白了，输家的钱不就是我抢走的吗？"

"弗雷迪还欠我十五先令，"塞西尔插话道。"你把那一镑给我不就结了？"

"十五先令，"巴特利特小姐狐疑地说。"这是怎么算的，维斯先生？"

"是这样，你还不明白吗，弗雷迪付了你车钱，而你把那一镑给我，这场赌博闹剧就可以省省了。"

巴特利特小姐碰到数字就犯晕，她稀里糊涂地交出了那一镑，两个年轻人努力忍着，可终究还是咯咯笑出了声。一时间，塞西尔觉着，和同道中人一起捉弄别人，还真挺快活。这时，他瞥了一眼露西，她脸上透着隐隐的忧虑，让笑容打了折扣。等一转过年，他定要将自己的列奥纳多[1]从这些个庸俗无聊的废话中解救出来。

"可这不对呀！"米妮·毕比大叫道，这笔不公正的交易一丝一毫没逃过她的眼睛。"我不懂维斯先生为什么要拿这一磅。"

1　指列奥纳多·达·芬奇。这里塞西尔把露西比作达·芬奇的画作《蒙娜丽莎》。

"因为是十五先令加五先令呀,"他们一副严肃的模样。"十五先令加五先令,刚好一镑,不是吗?"

"可为什么——"

他们赶紧递上蛋糕,想要堵她的嘴。

"不用了,谢谢。我吃好了。可我还是不明白,为什么——弗雷迪,戳我干吗。霍尼彻奇小姐,你弟弄疼我了。哎呦!弗洛伊德先生的十先令怎么办?哎呦!不,我就是搞不懂,永远也搞不懂,那位什么什么小姐为何不自己付给车夫那一先令小费。"

"我把车夫给忘了,"巴特利特小姐涨红了脸。"亲爱的,谢谢你提醒我。一先令对吧?谁能帮我换开这半个克朗吗?"

"我去给你换,"年轻的女主人说着,决然地站起身来。

"塞西尔,把那一镑给我。给我啊,就现在。我先拿给尤菲米娅去找开,然后咱们把这事儿从头到尾捋清楚。"

"露西,露西,噢,都怪我!"巴特利特小姐想拦住她,忙不迭地跟着她穿过草坪。露西脚步轻快地走在前面,一副兴致盎然的样子。估摸其他人已经听不到了,巴特利特小姐便止住哀劝,单刀直入地问道:"你有没有跟他说那人的事?"

"没,我没说,"露西答道;转念一想,自己竟然瞬间领会了表姐的意思,都怪这舌头,真该咬下来才好。"让我想想,一金镑能换多少银币。"

她连忙逃进厨房。巴特利特小姐竟突然转换了话题,真算得上是诡异了。有时候,她说的每个字都仿佛打好了腹稿,而人家说的每个字都源于她的操控。马车啊，零钱啊，这些烦心事仿佛都是她设下的诡计，为的是对她的心灵进行突袭。

"不，我没有告诉塞西尔，谁都没讲，"从厨房走出来时她说。"我答应过你不会讲的。这是你的钱，除了两个半克朗，都是先令。你要不要数一数？现在你欠的钱可以结清楚了吧。"

巴特利特小姐立在客厅里，凝视着已经装裱起来的圣约翰[1]升天图。

"多可怕呀！"她喃喃道，"倘若维斯先生从别处听到那件事，就不止是可怕了。"

"噢，不，夏洛特，"女孩说道，她可不会束手就擒。"乔治·艾默生会守口如瓶的，除了他还有别人吗？"

巴特利特小姐思索着。"比如说，那个车夫。我看到他透过灌木丛偷看你们。你还记得吗，他嘴里衔着一支紫罗兰。"

露西微微打了个寒战。"若不多加小心，这件蠢事便会闹得我们心神不宁。一名佛罗伦萨马车夫该没法找得到塞西尔吧？"

"我们必须考虑到所有可能性。"

"噢，没问题的。"

"也许老艾默生先生知道。说真的，他肯定知道。"

"他是否知道，我并不在乎。很感谢你的信，但即便这事

---

[1] 圣约翰，耶稣十二门徒之一。传统上认为，约翰是《新约》中《约翰福音》、三封书信和《启示录》的执笔者，被认为是耶稣所爱的门徒。在天主教和东正教都公认他为圣人，其圣日为12月27日。

儿传开了，我也相信塞西尔会一笑置之的。"

"你是说他不信？"

"不，是一笑置之。"可她心里知道无法相信他，因为他希望她是纯洁无瑕的。

"那太好了，亲爱的，你最拎得清。我年轻那会儿的绅士也许跟现在的不太一样。女士肯定是不一样了。"

"那么，夏洛特！"她开玩笑地拍了她一下。"你这善良、爱替人操心的家伙。你到底想让我怎么做？当初你说'不要讲'，后来又说'要讲'。到底该不该讲啊？快告诉我！"

巴特利特小姐叹口气道："最最亲爱的，我真是讲你不过。在佛罗伦萨那会儿，我动不动就说这也不行那也不该，而你却把自己照顾得那么好，论什么都比我聪明，想想我都脸红。你永远不会原谅我吧。"

"要不，我们先回去？晚了，那帮人该把所有瓷器都打碎了。"

此时，空气中回响着米妮的尖叫声，有人正用茶匙刮她的头皮。

"亲爱的，等等——我们可能再也没有这样交心的机会了。你后来又见过那年轻人吗？"

"是的，见过。"

"在哪儿见的呢？"

"在教区长家。"

"他是怎么一个态度？"

"也没什么态度。他跟大家一样，都聊起意大利。真的没事。说真的，跟我耍无赖对他自己又有什么好处呢？真希望你也能像我一样看开这件事。夏洛特，他真的不会给我添任何麻烦的。"

"一次是无赖，终身是无赖。这是我的拙见。"

露西顿了一下。"塞西尔有天说的，我认为还挺深刻，说无赖有两种，一种是真无赖，另一种没意识到自己是无赖。"她又顿了顿，确保没传达错塞西尔的深意。透过窗户，她看到塞西尔在翻看一本小说，是从史密斯图书馆借来的新书。看来母亲已经从车站回来了。

"一次是无赖，终身是无赖。"巴特利特小姐干巴巴地坚持道。

"我说没意识到，意思是艾默生当时昏了头。我掉进那一大片紫罗兰花海里，他傻乎乎的给惊到了。我觉得不应该过多地责怪他。冷不丁看到一个人给那么美的事物簇拥着，换了谁都不会无动于衷。真的，那是很震撼的，他也因此昏了头。他不喜欢我，一点儿都不，扯那些真无聊。弗雷迪倒是很喜欢他，还请他周日过来玩儿，到时你可以自己判断。他长进了许多，不再是动不动就掉泪的样子。他在一家大型铁路公司总经理办公室做职员，不是行李搬运工！周末会去他父亲那里小住。老先生以前是做新闻的，但得了风湿病，已经退休了。好了！现在去花园吧。"她挽起了夏洛特的胳膊。"意大利的那些蠢事我们就别再提了，好不好？我们希望你能在风之角宁静惬意地过几天，别费心劳神的。"

　　露西自以为做了一番很好的说辞。不过，读者却可能发现其中一个不幸的漏洞。这漏洞巴特利特小姐有没有发现不大好说，老年人的心思可是看不透的。她也许会继续讲下去，但此时女主人进屋来，把她们打断了。大家各自解释一番，趁这个当儿，露西溜了出去。脑海中，那些形象益发鲜活地跃动起来。

第十五章　内部灾难

巴特利特小姐到后的那个周日是个响晴天，阳光明媚，那年的天气大多如此。威尔德地区秋色渐著，打破了夏天单调的绿，公园蒙上一层灰色薄霭，山毛榉现出淡淡的褐色，橡树则高举一树金黄。高处，黝黑的松林正俯瞰这变换，其本身则丝毫未改。两处村落上，都铺展着万里晴空；两处村落里，都回响着教堂钟声。

风之角的花园里空无一人，只有一本红皮书躺在砾石路上晒太阳。房子里断断续续传出些声响，是女人们准备去做礼拜。"男人们说他们不去"——"好吧，我不怪他们"——"米妮问，她要去吗？"——"跟她说，别想东想西的。"——"安妮！玛丽！帮我扣一下搭扣！"——"最最亲爱的露西，我能跟你借根别针吗？"因为巴特利特小姐早已宣称，若要去教堂，无论如何都要算她一个。

太阳沿着每日的路线越升越高，不是在法厄同，而是在阿波罗的指引下踏上了它的旅途，他能力超凡，坚定不移，至圣至明。女士们每每走向卧室窗边时，阳光便照耀在她们身上。阳光也照耀在夏日街的毕比先生身上，彼时他正微笑着看凯瑟琳·艾伦小姐的来信。阳光同样照耀在乔治·艾默生身上，他正帮父亲擦拭靴子。最后，它亦照耀在前文提到的红皮书上。这样，值得记忆的事情便一一记录在案了。女士们莲步轻挪，毕比先生心随形动，乔治也走来走去，他们的动作都投射出了影子。唯有这本书却一动不动，整个早晨都享受着太阳的抚摸，它封面微卷，仿佛是向那爱抚致意。

过不多久，露西从客厅的落地窗里走出来。一袭崭新的红裙很失败，令她显得俗丽而苍白。脖子边别着一枚石榴石胸针，手上戴着镶红宝石的戒指，那是订婚戒指。她垂目看向威尔德，微微皱起了眉头，倒不是在生气，而是像个勇敢的孩子强忍着泪水。在那片辽阔的土地上，没有他人评判的目光，她可以完全不受人指责地皱眉，打量着阿波罗与西部山丘间仅余的一线天空。

"露西！露西！那是本什么书？谁把书从书架上拿下又随手乱放啊？"

"是塞西尔一直在读的那本，图书馆借来的。"

"那也得收好，还有，别像火烈鸟一样在那儿戳着。"

露西拿起书，百无聊赖地瞥了一眼标题，《在凉廊下》[1]。她已经不读通俗小说了，所有的业余时间都花在严肃作品上，以期赶上塞西尔。真可怕，自己知道的居然这么少；即便自以为略知一二的事，比如意大利画家，其实也忘得差不多了。

---

1 《在凉廊下》，本书人物埃莉诺·拉维希的作品。

就在今天早上，她还把弗朗切斯科·弗朗西亚[1]与皮耶罗·德拉·弗朗西斯卡[2]混为一谈，塞西尔却说："什么！你不会把意大利都抛在脑后了吧！"这句话也增加了她眼中的焦灼，此时，她满怀敬意地凝视着眼前亲切的景致和花园，以及天空中那在他处几乎无法想象的亲切的太阳。

"露西，你身上有没有六便士可以给米妮？记得还要留一先令给自己。"

她赶紧进屋去找母亲，而母亲正陷入了周日惯常的忙乱中。

"今天这次捐款挺特别，具体为什么，我倒不记得了。拜托，别净弄些半便士的小毫子，丢在盘子里叮当响。一定要给米妮个闪亮亮的六便士。那孩子在哪儿啊？米妮！那本书怎么折成那样。（天哪，你真算不得好看！）快用地图集压一压。米妮！"

"噢，霍尼彻奇太太——"声音从楼上传来。

"米妮，别迟到。马来了，"她从来都说马来了，而不是马车来了。"夏洛特人呢？快上楼去催催她。怎么要这么久？又没什么好收拾的，除了衬衫，她什么都不带的。可怜的夏洛特。说到衬衫，甭提有多讨厌了！米妮！"

1　弗朗切斯科·弗朗西亚（Francesco Francia）的真名是弗朗切斯科·赖博里尼（Francesco Raibolini）（1447—1517），是意大利画家和金匠。
2　皮耶罗·德拉·弗朗西斯卡（Piero della Francesca）最初命名为 Piero di Benedetto，是早期文艺复兴时期的意大利画家。在当代，他也被称为数学家和几何学家。

异教信仰极具传染性，白喉或者宗教虔诚可没它厉害。教区长的侄女见自己要给带去教堂，老大的不情愿。和往常一样，她不明白为何要去。为何不能和那几个年轻男人坐一起晒太阳？他们这会儿现身了，嘴上不饶人地嘲弄她，而霍尼彻奇太太则出言捍卫正统信仰。正在这混乱之际，打扮入时的巴特利特小姐款步走下楼梯来。

"亲爱的玛丽安，真很抱歉，我实在找不到零钱，只有金镑和半克朗。谁能帮我——？"

"可以啊，没问题，快上来吧。天哪，瞧瞧你多迷人！这连衣裙，太别致了！我们都给你比下去喽！"

"这会儿还不穿上我压箱底的破行头，那要等什么时候才穿呢？"巴特利特小姐嗔怪道。她登上马车，背对着马坐好。马车少不了轰响一声，众人便启程了。

"再见！注意安全！"塞西尔喊道。

露西咬住嘴唇，因为他的语气含讥带讽。关于"教堂之类"的话题，二人探讨过一番，结果谁也说服不了谁。他说人应该时刻自省，而她不想这么做；她并没意识到，自省这事自己早已做过。正统的信仰若是发自内心，塞西尔是会尊重有加的，但他始终认为，诚实的信仰源自精神危机。他无法想象，这是一种与生俱来的权利，会像鲜花般朝着天空生长。尽管他每个毛孔都散发出宽容，但在这个问题上，他所说的一切都令她痛苦。不知为何，艾默生父子却与他大不相同。

做完礼拜后，她看到了艾默生父子。街边停着一溜马车，霍尼彻奇家的恰好停在锡西别墅对面。为了赶时间,他们穿过草地去上车,碰见父子在花园里吸烟。

"帮我介绍一下啊,"她母亲说。"可要是那年轻人觉得已经认识我,就不必了。"

十有八九他就是这么想的。不过,露西没管圣湖那档子事儿,还是正式介绍了双方。老艾默生先生热情地与她寒暄,对她婚期将至由衷感到高兴。她说自己也很高兴。眼见巴特利特小姐和米妮陪着毕比先生就跟在后面,她便岔开了这令人不安的话题,问他是否喜欢那所新居。

他回答说:"太喜欢了。"然而,话音里透出一丝不快,这是她从未见过的。他接着又说:"不过,听人家说,来的本该是两位艾伦小姐,是我们把她们挤跑的。女人呢,很在意这种事,搞得我挺沮丧的。"

霍尼彻奇太太不安地说:"我觉得这里面肯定有误会。"

"有人跟房东讲,我们跟别人不一样,"乔治说,似乎偏要深入这个话题。"他以为我们很懂艺术。这下他可失望了。"

"我们也在想,该不该给艾伦小姐去封信,说我们愿意把房子让出来。你怎么看?"他征求露西的意见。

"噢,快别,你们搬都搬来了,"露西轻声说。她一定不能责备塞西尔。正是因为他,才有了这档子事儿,可他的名字人们却绝口不提。

"乔治也这么说。他说两位艾伦小姐只能认倒霉了。不过这事儿做得不大厚道。"

"厚道，这世上厚道怕也就那么多，"乔治一边说，一边看着往来马车厢壁上闪烁的阳光。

"没错！"霍尼彻奇太太大声道。"这话我赞成！何必为那两位小姐大费周章？"

"善意统共就那么多，就好比阳光，总是有限的。"他字斟句酌地继续说道："无论站在哪儿，我们总会在某物上投下阴影，为了避免这样而换地方，其实毫无用处，因为阴影总会循踪而至。你该做的，是找个不会造成伤害的地方，没错，找个不会造成很大伤害的地方，然后勇敢地站在那里，面对阳光。"

"噢，艾默生先生，看得出你很聪明啊！"

"呃——？"

"我觉得你定是很聪明的。希望之前你没这么对待过可怜的弗雷迪。"

乔治眼睛里透着笑意，露西心想，他和母亲会处得很好。

"不，那倒没有，"他说。"倒是他那么对我来着。这是他的处世哲学。只不过，他是依照那套哲学去生活，而我呢，则是先画个大问号。"

"你什么意思？不，不管你什么意思，不用解释。他盼着今天下午能见到你。你打网球吗？星期天打网球你没意见吧？"

"星期天打网球，乔治不会乐意的！受过那样的教育，他是要分星期天和——"

"很好，乔治不介意星期天打网球。我也无所谓。就这么定了。艾默生先生，若是您能和儿子一起来，我们将不胜荣幸。"

老艾默生表示感谢，但她家走过去看样子着实不近，而这些日子他只能在附近稍事走动。

她转向乔治说："就这样他还说要把房子让给艾伦小姐呢。"

"就是说嘛，"乔治说着用手勾住了父亲的脖子。他那善良突然间流露出来，仿佛阳光触摸着广袤的原野，那是一抹熹微的晨光吗？毕比先生与露西原就知道他天性善良；她心里清楚，即便有各种怪癖，对情感他也从未说过半句怪话。

巴特利特小姐走了过来。

"你们可认识我家表亲巴特利特小姐？"霍尼彻奇太太愉快地说。"你们在佛罗伦萨遇到她与我女儿在一起的。"

"当然认识！"老人说，眼见就要走出花园迎接那位女士。巴特利特小姐忙不迭登上马车。站在车厢里，她郑重其事地鞠了一躬。一时间，几人仿佛又回到了贝托里尼公寓，餐桌上摆着水瓶和红酒瓶。仿佛又置身于那场争论，该不该接受那看得见风景的房间。

乔治并没有回礼。像任何男孩一样，他脸红了，感到不好意思，心里清楚这位监护人记得那件事。他说："我——要是没什么事儿，我会来打网球的。"说罢便走进屋里。也许无论做什么，他都能博得露西的好感，但他尴尬的模样却令这姑娘怦然心动。男人毕竟不是神，他们也是凡人，也会像女孩一样慌手慌脚，也会因说不清道不明的情欲备受煎熬，需要人伸出援手。她这样人家的姑娘，就打小受的教育与人生目的而言，男人的软弱都是不可想象的；然而，就在佛罗伦萨，乔治把她的画片扔进阿诺河的那一刻，她隐约感到，男人也有脆弱的时候。

"乔治，别走。"父亲叫道。他认为自己儿子愿意跟人家聊天，那可是他们的福气。"乔治今天心情蛮不错的，我敢打包票，今天下午他怎么都会去的。"

露西瞥见了表姐的目光，它默默地恳求着，令她陡然间变得无所顾忌。"是啊，"她朗声道，"真希望他能来。"言罢，她走向马车，嘴里喃喃道："那老人还不知情。我就知道不会有事的。"霍尼彻奇太太随她上了车，马车扬长而去。

对佛罗伦萨的那场闹剧，老艾默生先生依然毫不知情，对此露西颇感宽慰。不过，再怎么她的情绪也不该那般陡然高涨，就好像看到了天堂的城墙。说是宽慰，可她那股高兴劲儿却实打实过了头。回家的途中，马蹄一直在对她唱："他没说出去，他没说出去。"那旋律在她脑中扩展开来："他跟父亲无话不谈，这事儿却没告诉他。那可不是什么英雄业绩。我逃走后，他并未嗤笑我。"她抬手托着脸颊。"他不爱我。是的，不。要是他爱过，那该多可怕！但他并未对人说，以后也不会说。"

她渴望大喊一声："没关系！这永远是我们两人的秘密。塞西尔永远不会知道。"她甚至庆幸，在佛罗伦萨那最后一个漆黑的夜晚，她们在他的房间里跪着整理行装时，巴特利特小姐要她发誓保守秘密。这个秘密，无论大小，到底是守住了。

世上只有三个英国人知道此事。她之所以开心，就是因为这个吧。她感到如此安全，因而同塞西尔打招呼时，整个人异乎寻常地容光焕发。给他扶下车时，她说："艾默生父子俩人真是不错。乔治·艾默生的状态大有好转。"

"我那两位受保护人过得如何啊？"塞西尔嘴里问道，心里却并不真的关心，当初带他们来风之角接受教育的打算，他早就抛诸脑后了。

"受保护人！"她嚷道，激动得浑身有些发热。塞西尔的脑子里，人与人之间，只有封建式的关系：一边是保护人，一边是受保护人。他根本看不出，这姑娘灵魂中渴望的，是相契的伙伴之谊。

"那两位受保护人过得怎样，很快你便会亲眼看到。乔治·艾默生今天下午要来。跟他聊天不要太有趣了。只是不要——。"她差点脱口而出，"不要去保护他。"恰在此时，午饭铃响了起来，且一如既往，塞西尔对她说的不大在意。她是女人，要紧的是女性魅力，而不是词锋锐利。

午餐吃得很愉快。每到用餐时，露西心里就堵得慌，因为总要安慰什么人，不是塞西尔，便是巴特利特小姐，抑或是某个肉眼看不见的存在，它对这姑娘的灵魂低语道："眼前的这种快乐嘛，持久不了的。转过年去，你就得动身去伦敦，去招呼那些名人的孙子孙女们了。"但今天，她感到心里踏实，母亲和弟弟总会陪着她，一个坐这边，一个坐那边。太阳升起后，虽然已移动了些距离，但绝无被西山挡住的可能。午饭后，他们请她弹上一曲。那年，她曾看过格鲁克[1]的《阿米德》，于是便凭记忆弹奏了魔力花园中的乐章，那段吸引雷诺迈步上前的旋律：永恒的曙光照耀着，乐声无消无长，却像仙境中潮水不兴的大海，荡漾着微微的涟漪。这样的音乐不适合钢琴，听众开始变得躁动起来，塞西尔亦心感不满，大声喊道："行了，还是弹弹另一个花园吧，《帕西法尔》[2]里的花园。"

她合上琴盖。

耳听得母亲说："这可算不上尽心尽责哦。"

怕自己已经开罪了塞西尔，她迅速转过身来，却见乔治站在那儿。他是蹑手蹑脚进来的，没有打断演奏。

"噢，我完全没想到！"她嚷了出来，脸涨得通红，也没打招呼，便又打开钢琴。塞西尔有权听《帕西法尔》，他喜欢听什么，就该听到什么。

"我们的演奏家改主意喽，"巴特利特小姐说，似乎是在暗示，她之所以回头去弹，全是为了艾默生先生。露西一时间手足无措，甚至想不起自己想做什么。她胡乱弹了几小节《鲜花少女》[3]，随后便停了下来。

---

1 格鲁克，德国作曲家。《阿米德》是他的作品，也是作曲家自己最钟爱的歌剧。故事讲述的是在第一次十字军东征期间，女巫阿米德爱而不得自己的敌人基督教骑士雷诺的故事。魔力花园，是《阿米德》里的场景。
2 帕西法尔，是德国作曲家理查德·瓦格纳创作的最后一部歌剧作品《帕西法尔》里男主角的名字。
3 《鲜花少女》，歌剧《帕西法尔》里的一个篇章，这些少女们住在克林索尔的魔法花园里，试图引诱圣杯骑士并使他们对尘世的乐趣感兴趣。

"还是去打网球吧,"弗雷迪说,这乱七八糟的节目令他厌烦。

"好啊,我赞成,"她再次合上那架倒霉的钢琴。"你们来个男子双打可好?"

"行啊。"

"我就免了吧,谢谢。"塞西尔说。"我可不愿拖累搭档。"他从来没有想过,蹩脚的球员肯在三缺一时救场,实乃大大的善举。

"噢,来吧,塞西尔。我打得很糟,弗洛伊德打得更烂,我敢说艾默生也好不到哪儿去。"

乔治赶紧纠正他:"我打得还不错哦。"

谁听了这话都会皱鼻子。塞西尔说:"那我就更不会参加喽。"巴特利特小姐连忙接话道,"维斯先生,你说得对,千万别上场,千万别",自以为这么说能好好冷落乔治一番。

塞西尔怕,米妮却是不怕,忙不迭嚷着要参加。"反正我一个球都接不住,何怕之有呢?"然而周日毕竟是安息日,这番自荐虽出于好意,却遭到了断然拒绝。

"那么只有露西上喽,"霍尼彻奇太太说。"没别的办法了,只得靠露西。露西,快去换衣服。"

露西的安息日通常具有二重性。早上毫不伪善地遵守它,下午毫不犹豫地打破它。换衣服时她思来想去,也不知道塞西尔是否在嘲笑自己。真的,嫁给他之前,还真得好好改改,一切都要弄得妥帖。

弗洛伊德先生跟她搭档。没错，她喜欢音乐，可网球似乎好玩得多。比起架着胳膊坐在琴凳上，穿着舒适的衣服跑来跑去不要太惬意了。她再次感到音乐不过是小孩子的把戏。轮到乔治发球，他那股非赢不可的劲儿着实令她惊诧。她仍记得，在圣十字教堂的墓穴间，他如何叹息流连，觉得凡事都似乎不对劲。那不知姓名的意大利人死于非命后，他如何倚着阿诺河边的矮墙，对她说："跟你说啊，我很想活下去。"如今他渴望生活，渴望打赢网球，渴望在阳光下恣意舒展；略微西斜的太阳在她眼中熠熠闪光。他真的赢了。

啊，你看，威尔德多美啊！灿烂的原野上耸立着一座座山丘，就好像托斯卡纳平原上屹立着的菲耶索莱，而南部丘陵[1]，如果你乐意做个比较，便好似卡拉拉地区[2]的重峦叠嶂。意大利也许她已淡忘了，可在英格兰她却发现，许多东西是从前未曾注意到的。可以用新的眼光看待这幅美景，试着在不可胜数的丘壑间，发现某个小村镇，权当它是佛罗伦萨。啊，威尔德真是太美了！

然而此刻，塞西尔却非要她关注自己。他向来喜欢挑刺，今天还偏挑得在理，于是别人是否正开心，全然顾不上了。人家比网球时，他自始至终都很讨嫌，觉得手里那本小说太蹩

---

1 南部丘陵，从英格兰西部汉普郡的伊滕河谷到伊斯特本丘陵地带的比奇海德，在北侧被陡峭的悬崖所包围，从悬崖的山顶向北可以眺望整个威尔德山脉。
2 卡拉拉是意大利托斯卡纳大区马萨−卡拉拉省的一个城市，以开采白色或蓝灰色大理石著称。

脚，便忍不住要读给大家听。他在球场周围踱来踱去，朗声道："我说露西，快听听这个。分裂不定式，哈，居然连用了三个[1]。"

"真差劲！"露西只顾着答话了，球也没接住。那盘球都打完了，他还在读，没有停下的意思。书里写了个谋杀场景，每个人都该听一听，错过太可惜。弗雷迪和弗洛伊德先生打飞了球，没奈何，只得钻进月桂丛找，余下二人没说话，硬着头皮在那儿听。

"谋杀发生在佛罗伦萨。"

"挺有意思的，塞西尔！赶紧读啊。过来吧，艾默生先生，累坏了吧，快坐下歇歇。"就像她自己说的，已经"原谅"了乔治，说话时也就很注意，对他挺客气。

他纵身跃过球网，坐到她脚边，问："你，你累吗？"

"怎么会！"

"输了球，你不介意吧？"

她正要说"不介意啊"，可话到嘴边，突然觉得其实还挺介意的，于是改口道："介意啊。"随即欢快地说，"不过，没想到你打得那么好。你是背着光，而我呢，眼睛都给照得睁不开。"

"我可没说过自己打得好。"

"你怎么没说，还嘴硬。"

1　即 to 与动词原形间插入副词的不定式。

"你当时也没听。"

"你当时说的是——哼，在这个家没人会纠字眼。我们说话一向夸张，谁纠字眼，谁就会犯众怒。"

塞西尔提高声调重复道："谋杀发生在佛罗伦萨。"

露西平复了一下情绪。

"'日落时分。莱奥诺拉飞快地——'"

露西插话道："莱奥诺拉？是女主人公吗？这本书谁写的？"

"约瑟夫·埃默里·普兰克[1]。'日落时分。莱奥诺拉飞快地跑过广场，祈祷自己不会太迟。夕阳西下，那是意大利的夕阳。在奥尔卡尼亚敞廊下——我们有时称它为琅琪敞廊——'"

露西扑哧一声笑出来。"居然叫'约瑟夫·埃默里·普兰克'！没错，一定是拉维希小姐！是拉维希小姐的小说，出版时用了化名。"

"拉维希小姐？她是谁啊？"

"哦，顶糟糕的一个人。艾默生先生，还记得拉维希小姐吗？"

这个下午过得太开心了，她兴奋地拍起手来。

乔治抬起头来。"怎会不记得。我来夏日街那天正好看见她，你住这儿还是她跟我讲的呢。"

1　普兰克（Prank），该词在英语中是恶作剧的意思。

"你不开心吗？"她的意思是"见到拉维希小姐"，但看到他低头望向草地，并未回应，她忽然意识到自己那句话可能让人想偏。她看见他的头几乎靠在她膝上，觉得他的耳朵在发红。"难怪这本书这么糟糕，"她继续道，"我一向不喜欢拉维希小姐，可一想毕竟跟她有一面之缘，再怎么也该读一下。"

"如今的小说没有不差劲的。"塞西尔说。见她的注意力不在自己身上，他颇感恼火，转而拿文学来撒气，"写书的人哪个不是钻进钱眼儿里。"

"瞧你说的，塞西尔——！"

"我说错了吗？算了，普兰克的小说我就不逼你们听了。"

塞西尔这人，整个下午就像只叽叽喳喳的麻雀，语调里的起伏显而易见，不过这并没有影响到她。她沉浸于旋律与运动中，她的神经拒绝回应他的情绪，任它如何哐当响个不停。他要生闷气，那就随他，而露西却再次凝视着那颗生着黑发的头。她没打算抚摸它，可她的心却那么渴望抚摸，这感觉真奇妙。

"艾默生先生，你觉得我们这儿风景如何？"

"我从没觉得风景会有多大不同。"

"你的意思是？"

"我这么说，是因为哪儿的风景都一样，不同的只是距离和空气。"

塞西尔哼了一声，拿不准他这么说算不算语出惊人。

乔治抬头看着她，脸有些红，"我父亲说，只有一种风景算得上完美，就是我们头顶的天空，地球上所有风景不过是它蹩脚的仿品。"

塞西尔说，"我猜你父亲大概没少读但丁的书"，边说边用手指抚弄那本小说，多亏有了它，他在这番交谈中才不至于沦为配角。

"有天他对我们说，风景实际上是些扎堆的东西，一片片树，一片片房舍，一片片山丘，因此，风景都彼此雷同，就像人群一样；也就因为这个，它们对我们施加的力量，有时是超自然的。"

露西张着嘴听呆了。

"因为人群远大于组成人群的个体。一旦组成群体，就凭空多出些什么，没人知道是何原因，好比我们面前的群山，就不是一座座山凑到一起那么简单。"

他用球拍指了指南部丘陵。

"太妙了吧，这想法！"她喃喃道。"真希望能听你父亲再讲一遍，只可惜他身体欠安。"

"是啊，他身体是不大好。"

"这本书有段风景描写，那叫一个荒唐，"塞西尔说。"还说什么人分两类，说即使在小房间里，也分忘记风景的人和记住风景的人。"

"艾默生先生，你有兄弟姐妹吗？"

"没有。怎么了？"

"你刚才提到'我们'。"

217

"我是说我和我母亲。"

塞西尔砰的一声合上书。

"噢，塞西尔，你吓了我一跳！"

"我再也不逼你们听普兰克的书了。"

"我只记得我们一家三口有天去郊游，一路游到了欣德黑德[1]。一想到从前，头一个就会想起那天。"

塞西尔站起身来：这人真没教养，打完球也不穿好外套，真不是一路人。要不是露西叫住他，他就溜达着走掉了。

"塞西尔，你就念念写风景的那段嘛。"

"有艾默生先生给大家解闷，我就不必了吧。"

"别啊，赶紧念。我觉着，听人家把荒唐事大声念出来，那才真叫有趣呢。艾默生先生要是觉得我们俗，他可以走开呀。"

塞西尔觉得这话里有话，心下颇为受用。这么一说，弄得这位访客仿佛假清高，这让他心里好受了些，于是又坐了下来。

"艾默生先生，去把网球捡回来吧。"她摊开书。朗读也好，其他事情也罢，只要塞西尔喜欢，那就让他做。然而，这姑娘的心思却移到了乔治母亲身上；照伊戈尔先生的说法，她是当着上帝的面给谋杀的，而在她儿子的记忆中，她陪他一直游到了欣德黑德。

---

1 欣德黑德，地名，位于英国萨里郡。

"真的要我去吗?"乔治问。

"不,当然不是真的,"她答道。

"第二章,"塞西尔打着哈欠说。"劳驾,帮我翻到第二章。"第二章翻到了,她瞟了一眼开头几句。

她觉得自己肯定是疯了。

"来,把书给我。"

她听到自己的声音说:"这值得读吗?读出来不要太蠢吧。从来没见过写得这么垃圾的,就不该让它印成书。"

他一把将书夺了过去。

他读道:"'莱奥诺拉独坐着,陷入沉思中。面前铺展着托斯卡纳的沃野,其上点缀着欢乐的村庄。正是明媚的春天。'"

不知为何,拉维希小姐知道了此事,并用烦冗的文笔渲染一番,出版成书,让塞西尔去读,让乔治去听。

他读道:"'远处是佛罗伦萨的座座塔楼,金色的雾霭弥漫着,她坐在铺满紫罗兰的山坡上。安东尼奥悄没声地走到她背后……'"

她唯恐塞西尔看到自己的表情,于是转向乔治,却正对上他的脸。

他读道:"'他嘴里并未道出恋人表白时常有的柔情絮语。甜言蜜语非他所长,他也不为此所累。他径直一把搂过她,用他男子汉坚实的臂膀。'"

他对他们说:"我想读的不是这段,后面还有一段更滑稽。"他翻动着书页。

"我们进屋喝茶好吗？"露西说，声音中尚无丝毫慌乱。

她起身朝花园上方走，塞西尔跟了上去，乔治紧随其后。她以为避免了一场灾难，但就在走进灌木丛时，灾难还是降临了。那本书好像还没调皮够，居然给塞西尔落下了，必须回去取。给爱情冲昏了头的乔治，注定在狭窄的小道上跟她撞到一起。

"别——"她喘着气，再次被他亲吻了。

似乎进一步的举动并无可能，他便悄悄走掉。塞西尔回来了，两人独自走到高处的草地上。

第十六章　对乔治说谎

然而，自打春天起，露西开始变得成熟起来。也就是说，如今她更善于克制那些有悖世俗与常理的情感。虽然情形更为危险，但她并未被内心深处的啜泣所动摇。她对塞西尔说："我就不去喝茶了，你跟我妈说一声，我得写几封信"，然后便回屋去了。接下来她准备采取行动。她感受到了爱，也做出了回应；我们的身体索要那爱，心灵升华那爱，那是一生中最真实的东西，可它再次降临时，却成为整个世界的敌人，她必须将它扼杀。

她派人去请巴特利特小姐来。

这番较量的双方并非爱情与责任。也许从未有过这样的较量。这是真情与假意的较量，露西的首要目标是打败自己。随着她头脑变得混沌，对当时场景的记忆模糊起来，那本书中的文字也悄然退去，她再次捡起那句陈词滥调，觉得自己是"精神紧张"。她"战胜了自己脆弱的神经。"她篡改真相，忘记了事实本来的面貌。想起她已与塞西尔订婚，便强迫自己歪曲对乔治的记忆：他对她无足轻重，从来就不算什么，他的行为极为恶劣，她也从未纵容过他的欲望。谎言之盔甲是用黑暗精心

221

锻造而成的，披上盔甲的你，不但别人看不见，连自己的灵魂都看不见。没过多久，露西便披挂整齐，准备战斗。

表姐一到，她便开讲："发生了一件很可怕的事。你可知道，拉维希小姐写了本小说？"

巴特利特小姐吃了一惊，说那本书还没看过，也不知道已经出版了，而且埃莉诺按说不会乱讲的。

"书里有一个场景，讲的是男女主人公亲热的情节。这个你知道吗？"

"亲爱的——？"

"请问你知道吗？"她又问了一遍。"当时他们在山坡上，远处就是佛罗伦萨。"

"我的好露西，我都给搞糊涂了。这件事我真的一无所知。"

"书中还提到紫罗兰，我不信这会是个巧合。夏洛特，夏洛特，你怎能告诉她？我是想好了才跟你说的，一定是你。"

"告诉她什么？"她问道，越发不安起来。

"什么？就是二月份那个可怕的下午发生了什么。"

巴特利特小姐明显吓到了。"哦，露西，最最亲爱的，她该不会把那事写进书里了吧？"

露西点点头。

"不会那么容易就看出来吧。"

"当然看得出来。"

"那，那，埃莉诺·拉维希，我要跟她绝交。"

"这么说，你当真告诉她了？"

"我确实一不留神，在罗马和她吃下午茶时，就那么聊起来了，……"

"可是夏洛特，收拾行李时你是怎么答应我的？你都不让我告诉我妈，为什么偏要告诉拉维希小姐？"

"我绝不原谅埃莉诺。我那么信任她，她却背叛了我。"

"可你为什么告诉她啊？这是一般的事儿吗？"

为什么偏要跟人讲？这个问题是永恒的，所以不出意外，作为回应，巴特利特小姐只是微微叹了口气。她做错了，这点她承认，只希望没有造成伤害。她当时跟埃莉诺讲，此事绝对不能声张。

露西气得直跺脚。

"塞西尔给我和艾默生先生念的碰巧就是这段。艾默生先生听了后心绪烦乱，趁塞西尔不在，再次侮辱了我。哼！男人当真这么粗暴吗？当时我们穿过花园往上走，塞西尔刚一转背，他就那么干了。"

巴特利特小姐忙不迭一通自责悔恨。

"现在该怎么办？你能告诉我吗？"

"哦，露西，我永远也不会原谅自己，到死都不会。想想看，你将来……"

"我知道，"露西听到"将来"，面孔抽搐了一下。"我算明白了，你要我告诉塞西尔是为什么，还有你说'别人那儿'是什么意思。你知道你告诉了拉维希小姐，而她并不可靠。"

这下轮到巴特利特小姐面孔抽搐了。"再怎么说,"露西道,表姐见风使舵,令她颇为不齿。"事情已经发生了,挽回是不可能的。你弄得我很尴尬,叫我如何是好呢?"巴特利特小姐大脑一片空白。这不是以前,她无能为力。如今的她只是个客人,不是监护人,而且是个坏了名声的客人。她呆立在那儿,双手攥得紧紧的,而那姑娘则越想越恼火,这也难怪,换了谁不会这样。

"必须,必须好好教训教训他,叫他长长记性。可派谁去呢?都怨你,我现在都不能跟我妈讲,也不能告诉塞西尔,夏洛特,真是拜你所赐。我是没路走了,这样下去我会疯的。没人能帮我,我才找你来。现在缺的是一个拿鞭子的人。"

巴特利特小姐很赞成:就缺一个拿鞭子的人。

"是的,可是光赞成又有什么用。关键是该怎么办。我们女人只会絮絮叨叨。可问题是,女孩子碰到无赖到底该怎么办?"

"亲爱的,我不一直说他是个无赖吗?怎么说你都该表扬我。想当初他说他父亲在洗澡,那一刻我就觉着他不地道。"

"噢,还说什么表扬,什么谁对谁错!搞得这么糟,我俩都有份儿。这会儿乔治·艾默生还在花园里,是就这么放过他呢,还是怎么办?你告诉我。"

巴特利特小姐束手无策。消息是她走漏的,这令她甚是不安,头脑中纷繁的思绪痛苦地碰撞着。她手脚发软,挪到窗边,目光穿过月桂树影,试图找到那穿着白色法兰绒的无赖。

"当初在贝托里尼急着将我带去罗马时，你不是预备好要和他谈的吗？你就不能再和他谈谈？"

"上天入地我都愿意，——"

"还是说点而实际的吧，"露西不屑地说。"你愿意去跟他谈吗？你至少该去一下吧，毕竟是你透漏出去的，才会惹出这档子事儿。"

"埃莉诺·拉维希绝不再是我的朋友。"

说真的，夏洛特能这么说也算难得了。

"你说啊，去还是不去，去还是不去。"

"这种事情只有男士们才能解决。"

乔治·爱默生手拿网球，正朝花园走上来。

"很好，"露西说道，恼火地一摆手。"没人会帮我，那我就自己跟他说。"话一出口，她立刻意识到，表姐一开始打的就是这个主意。

"哎，艾默生！"弗雷迪在下面叫道。"你找到了那颗球了？不赖啊！要喝茶吗？"话音刚落，便有人从屋里冲上了露台。

"噢，露西，你可真勇敢！真是服了你了，——"

众人围聚在乔治周围，乔治冲她招手示意，她感到，那手势将无聊的废话、凌乱的心绪、以及开始困扰她灵魂的隐秘的渴望都一扫而空。一看到他，她的怒火便烟消云散。唉！艾默生父子都是好人，只是他们自成一格。她努力克制住血液中的冲动，开口道："弗雷迪带他去餐厅了。其他人正走去下面的花园。快来，我们赶紧把这事了了。快来呀，你当然要跟我一起在屋里。"

"露西，你真打算这么做吗？"

"你怎么会问这么可笑的问题？"

"可怜的露西——"她伸出手。"无论我到哪儿，似乎只会带来不幸。"露西点了点头。她想起佛罗伦萨那最后一晚：收拾行李、那只蜡烛、巴特利特小姐的托克帽映在门上的影子。她不想再次被怜悯之心缚住手脚，于是避开表姐伸过来试图安慰她的手，率先走下楼去。

"尝尝果酱，"弗雷迪说，"味道真不错。"

餐厅里，身材高大的乔治走来走去，头发乱蓬蓬的。见她走进来，便停下脚步，说道："嗐，没什么可吃的。"

"你下去找那些人吧，"露西说。"夏洛特和我会好好招呼艾默生先生的。妈妈在哪儿？"

"她在客厅里写信呢，周日的惯例。"

"好吧。那你去吧。"

他唱着歌走了。

露西坐到桌旁。巴特利特小姐吓得要死，忙抓过一本书假装读。

露西不打算多费口舌，单刀直入道："艾默生先生，这种事我不能容忍，就连跟你说话，我都做不到。赶快离开这儿，只要我还住这里，就永远别再踏入一步。"她的脸憋得通红，指着门口。"我讨厌争吵，请吧。"

"什么——"

"没得商量。"

"可我不能——"

她摇了摇头。"拜托，快走吧。我不想叫维斯先生进来。"

"你该不是说，"他完全无视巴特利特小姐的存在，说道："你该不是真要嫁给那个人吧？"

这话令人始料不及。

她耸了耸肩，仿佛厌倦了他的粗鄙。"简直是荒唐，"她不动声色地说。

话音未落，便给他峻切的声音压了下去："你怎能和维斯一起生活。这人只能做普通朋友。他是混社交圈、说漂亮话的人，跟谁都无法亲密无间，尤其是女人。"

这句对塞西尔性格的剖析，令人眼前一亮。

"哪次和维斯聊天，你不感到心力交瘁？"

"我根本不想讨论——"

"别，我是问你感觉过累吗？倘若只谈论物，譬如一本书，一幅画之类的，他这种人还算过得去，可一涉及人，谁都受不了。这就是为什么即便现在弄得一团糟，我也要大声说出来。失去你怎么说都是个沉重的打击，但只要是个男人，就要敢于牺牲幸福，倘若你的塞西尔是另一种人，我根本不会说这些话，也绝不会如此不管不顾。可当初在国立美术馆遇见他时，就因为我父亲读错了几个伟大画家的名字，他便厌恶地皱了皱眉。后来他把我们带到这儿，我们发现他是为了戏弄一位友善的邻居。他骨子里就是那样，对人这种最神圣的生物，他都敢大肆捉弄。再后来，我见到你和他在一起，还发现他以保护人自居，教导你和你母亲该对什么感到震惊，可该不该感到震惊，应由你们自己决定才是啊。这再次显出他的本色。他甚至不敢让女人自己做决定。他这种人，会让欧洲退化一千年。他生命中的每一刻都用来教导他人，告诉你如何才迷人，什么才有趣、怎样才淑女，告诉你男人眼中的女人是个什么样。而你呢，偏偏是你，只听他的、而不是自己的声音。后来在教区长家再次遇到你们时，依旧是老样子，而今天整个下午依然如此。因此，不是"因此吻了你"，那么做全都因为那本书，我挺后悔，怪就怪自制力不够强。可我不觉得丢脸，也不打算道歉。但这举动却吓到了你，而你或许并没注意到我爱你。否则你怎么会叫我走，漫不经心地处理这么大一件事儿？不过也就因为这个，因为这个我决定要和他斗。"

露西想到一句绝妙的回应。

"艾默生先生，你说维斯先生要我什么事儿都听他的。恕我直言，你也染上了同样的毛病。"

他接过这蹩脚的指责，然后略加渲染，便令人对它终生难忘。他说："没错，我是染上了同样的毛病。"他无力地坐下，仿佛突然间疲惫不堪。"说到底我跟他一样粗鲁。这种驾驭女人的欲望，它埋藏得很深，男人和女人得携手战胜它，才有望重返伊甸园。说实话，我确实比他更懂得如何爱你。"他想了想，继续说："是的，我的确更懂。即使把你抱在怀里，我也希望你有自己的想法。"他向她张开双臂。"露西，快啊，这么聊只是浪费时间，快到我这儿来，就像春天时一样，到时候我会跟你解释的，保证会有耐心。自从那个人死后，我一直很在意你。没你的话，我活不下去。'不好，'我想，"她要嫁给别人"。然而我又遇见了你，那时满世界都是潺潺的流水和明媚的阳光。看见你穿过树林，我一下子明白了，没什么比你更重要。我就叫起来。我渴望生活，渴望把握属于自己的幸福。"

"那维斯先生怎么办？"露西说，她依旧波澜不惊，颇值得称许。"他就不重要吗？我爱塞西尔，不久便会嫁给他，这也不重要吗？你是说，这是无关紧要的小事？"

然而，他双臂越过桌子伸向她。

"请问你这番表演意欲何为？"

他说："这是我们最后的机会，我将竭尽全力。"仿佛其余该做的努力都已做过，此刻他转向巴特利特小姐，而她坐在那儿，背对暮色苍茫的天空，仿佛不吉之兆。他说："你若明白的话，就不会再次阻拦我们。"他说，"我曾经陷入黑暗，除非你愿意去理解，否则我将重陷黑暗。"

她没有回应。她那窄而长的头前后摇摆，仿佛要摧毁一些隐形的障碍。

"我这么做是因为年轻，"他波澜不惊地说，从地板上捡起球拍，准备离开。"是因为心里有底，露西真的在乎我。关键在于，爱情与青春之所以重要，是因为二者关乎智性。"

两个女人默默注视着他。她们知道，他最后这句话是胡说八道，可是，说完后他会不会就此离开呢？这个无赖、骗子，会不会尝试更具戏剧性的收场？不会的，显然他已心满意足。他起身离去，小心翼翼地关上了前门。透过大厅的窗户，她们目送着他走上大路，接着爬上屋后布满枯萎蕨类植物的山坡。她们紧绷的嘴终于放松，憋不住偷乐起来。

"噢，露西，快过来；噢，这人真糟糕！"

露西毫无反应，或者至少还未来得及反应。"怎么说呢，他真的挺有意思，"她说。"不是我疯，就是他疯了，我想啊，大抵是他疯了。夏洛特，和你一道儿，我们又解决了一个麻烦。太谢谢你了。不过我觉着，这会是最后一次了。这位爱慕者大约再也不会纠缠我了。"

巴特利特小姐也试着说起了俏皮话："怎么说呢，不是谁都能这样吧，吹嘘自己如何征服了对方，最亲爱的，难道不是吗？噢，我们不该笑话他，真的不该。也许在他看这是挺严肃的事儿。不过啊，你真很明智，也真很勇敢，我年轻那会儿，没有哪个姑娘能像你这样。"

"我们下去找他们吧。"

然而一到屋外，她便停下步子。某种强烈的感情紧紧攫住了她，分不清是怜悯、恐惧，还是爱；她突然意识到，秋天即将来临。夏天眼看就要结束，黄昏带来种种衰败之气，更令人沮丧的是，这气息令人忆起春天。有什么东西因为关乎智性而至关重要吗？一片剧烈颤动的树叶飞舞着与她擦身而过，其他叶子则静静地躺在那里。大地是否正赶着再次投入黑暗中，而树木的阴影是否正笼罩着风之角？

"嗨，露西！你们两个要能快跑几步的话，天黑前我们还能再打一场球。"

"艾默生先生有事先走了。"

"真讨厌！这下可是三缺一了。我说塞西尔，你来打吧，来啊，帮帮忙嘛。弗洛伊德明天就走了。陪我们打一次嘛，就一次。"

塞西尔的声音传过来："亲爱的弗雷迪，运动嘛，我可是一窍不通的。就在今天早上你还说，'有些人只会读书，其他一概不通'，说得太对了，我承认我就是这种人，所以不愿把自己强加给你们。"

露西心里豁然敞亮起来。塞西尔这人，她怎能忍得了片刻？他根本让人受不了，于是，当晚她便解除了婚约。

第十七章　对塞西尔说谎

他迷惑不解，无话可说，甚至气不起来，只是站在那儿，手里捧着杯威士忌，很纳闷什么令她做出了这样的决定。

她挑了临睡前的那一刻跟他摊牌。按照中产阶级的习惯，她总会斟好酒，递给男人们。弗雷迪和弗洛伊德自然会端着酒杯回房间，而塞西尔总是再盘桓片刻，小口呷着酒，看她锁好餐边柜。

她说："这事我非常抱歉。可我反复想了很久，我们真不是一路人。我只想你同意解除婚约，忘了有过这么一个愚蠢的女孩吧。"

这番话说得还算得体，但从语气中听得出，虽然有歉意，但更多的是怒气。

"不是一路人？怎么会，怎么会呢？"

"其一，我没有受过很好的教育。"她继续说道，双膝仍然跪在餐边柜旁。"我意大利去得太晚，在那儿学到的也都渐渐淡忘了。我跟你的朋友永远聊不到一块儿，行为举止人也不会像你妻子该有的样子。"

"我搞不懂你。这根本不像你。你是累了吧，露西。"

"累了！"她的火立刻蹿上来，反驳道。"你总是这副腔调，认为女人都是嘴上一套，心里一套。"

"好了，你听起来很累了，似乎有什么烦心事儿。"

"就算有又怎样？这并不妨碍我认识到真相。我不能嫁给你，有一天你会为此感谢我的。"

"昨天你头疼得厉害——我不说了好吗？"她刚才那话可是气咻咻地嚷出来的。"我看这事没有头痛那么简单，你得给我一点儿时间。"他闭上了眼睛。"要是我说了什么蠢话，你可得原谅我，我脑子里乱七八糟的，有一部分还停留在三分钟前，笃信你是爱我的，另一部分呢，我也不知道怎么说，但我有可能会说错话。"

出乎意料的是，他的表现还不算坏，这让她愈发恼火。她还是想吵架，不想平心静气讲道理。为了挑起冲突，她又道："总有那么一天，人突然就把事情看明白了，今儿就是这么一天。事情总会在某一刻到达转折点，而这恰好是今天。你真想知道的话，那就听好了，就是一点小事让我下决心跟你摊牌：就是你说不愿意陪弗雷迪打网球。"

塞西尔很受伤，困惑不解地说："我从不打网球啊。我一向不会打。你的话我一个字都听不懂。"

"你的水平足以补三缺一的缺了，可你实在太自私，自私得令人厌恶。"

"不是，我真不会；也罢，不提网球的事了。可你为什么，要是觉得我做得不对，为什么不能提醒我？午餐时你还在谈婚礼的事儿，至少，你没阻止我说自己的想法。"

"我知道你不会明白的，"露西怒气冲冲地说。"我早该想到，得要跟你费一番口舌。当然，打网球这事儿并不是关键，它只是最后一根稻草，可却压垮了我几周来备受折磨的神经。没想好之前我当然不能告诉你。"她进一步阐述自己的立场，"以前我经常想，做你妻子自己是否合适，比如在伦敦那会儿。可如今我想，做我丈夫你是否合适呢？我认为不合适。你不喜欢弗雷迪，也不喜欢我妈。塞西尔，对我们订婚这事儿，一直有些反对的声音，只不过所有亲戚似乎都挺开心，我们又常见面，所以我也不大好摊牌，直到，嗯，直到这一切我再也无法忍受，才提出来。今天，我再也忍不了了。我看得一清二楚。我怎么都得说出来。就是这样。"

"我无法想象你是对的，"塞西尔温和地说。"我说不出为什么，可是，虽然你说的听上去似乎不假，我还是觉得对我太不公平。这简直太可怕了。"

"大吵一番又有什么好处？"

"没好处。可我总有权多知道点儿详情吧。"

他放下酒杯，推开窗户。她跪在那儿，钥匙晃得叮当响；从跪着的地方，可以看到窗口的黑暗，以及他修长沉思的面孔，正朝那黑暗窥探，仿佛它能透露"多点儿详情"。

"别开窗，而且最好拉上窗帘，弗雷迪或什么人可能就在外面。"他依言照做。"你不介意的话，我认为大家还是回去睡觉的好。再说下去，我只会说些日后想起就不开心的话。你不是说了嘛，这太可怕了，那么说多了也没什么好处。"

但对塞西尔来说，正因为眼看就要失去她，她才变得益发可贵。自订婚以来，他还是头一次正视、而不是忽视她。她不再是达·芬奇的画中人，而是一个有血有肉的女人，有其自身的神秘与力量，某些特质艺术都无法呈现。他从震惊中回过神来，真切的爱意迸发出来，喊道："可是我爱你啊，我还以为你也爱我！"

"你想错了，"她说。"起初我也这么以为。对不起，你上次求婚，我本该拒绝才是。"

他开始在房间里踱来踱去，一副很有尊严的派头，令她愈发烦躁不安。原以为他会小心眼，那样反而会好办些。然而，她却将他天性中最好的东西引了出来，这真是个残酷的讽刺。

"很明显，你不爱我。我想说，你不爱我也情有可原。可是，若是知道为什么，我受的伤害也许会轻一些。"

一句话从心底冒出来，她觉得挺合适："因为，你就是那种人，跟谁也做不到亲密无间。"

他眼中露出惊恐的神色。

"我也不全是这意思。我求你别问，可你偏要问，没办法，我必须得说些什么。其实差不多就是这个意思。我们只是普通朋友那会儿，你从不干涉我，而如今，你总是护着我。"她不由得提高了声音。"我不愿意给人保护。至于什么才淑女、如何算正确，我要自己拿主意。护着我就是侮辱我。难道你就这么不放心，不敢让我面对真实？难道真实非得从你嘴里得到才成？女人的定位就是这样的吗？你瞧不起我母亲，可别说你没有啊，不就因为她保守嘛，还会为布丁这种小事啰里吧嗦。可是，我的天哪！"她站起身来。"要论保守，塞西尔，谁能比得过你，美的东西也许你很懂，但却不知如何利用。你用艺术、书籍和音乐把自己包裹起来，这还不算，还要把我也裹进去。我可不会给你闷死，再棒的音乐也闷不住我，因为人比音乐棒多了，而你却不让我接触人。我解除婚约，就是因为这个。只要是和物打交道，你表现得还算正常，可是一遇到人，——"她停了下来。

二人一时无语。然后，塞西尔激动地说："说得没错。"

"大致不错吧。"她纠正道，心中充满说不清道不明的羞愧。

"一个字儿都没说错。真是令我茅塞顿开。说的，的确是我。"

"不管怎么说，我不能做你妻子，就是因为这些。"

他重复说："'那种人，跟谁也做不到亲密无间'。说得对。就在订婚那天，我整个人都失控了。对毕比，还有对你弟弟，我的所作所为就像个无赖。你比我想的要优秀得多。"她向后退了一步。"我不会再烦你，因为我根本配不上你。你看事情真透彻，让我一辈子也忘不了。可是，亲爱的，要说怪你，却也只为这个：最初，在你觉得不能嫁给我之前，大可以提醒我，给我一个改进的机会。今晚之前，我压根儿不了解你。我不过当你是个挂钩，把我对女人的愚蠢认识挂上去招摇。然而今晚，你是如此不同，你有崭新的想法，甚至连声音都是崭新的。"

"你说新声音，这是什么意思？"她怒不可遏地问道。

他说："我是说，好像有个崭新的人在通过你讲话。"

这下她再也无法淡定了，大叫道："你要是认为我爱上了别人，那就大错特错了。"

"我当然没有啊。你哪里是那种人，露西。"

"哼，还说没有，你就是这么想的。就是你头脑中的旧观念，让欧洲停滞不前。我是说，人们总认为女人除了男人就不想别的了。倘若一个女孩退了婚，人家就会说：'哦，她心里有了别人，她想得到另一个人。'这话真叫人恶心，真叫人心寒！好像女孩子为了自由而退婚就大逆不道！"

他恭敬有加地回答道："也许我曾说过这话吧，不过再也不会说了。你给我好好上了一课。"

她的脸微微地红了，假装再次检查窗户，看关没关严。

"当然啦，这件事情上不存在'另一个人'的问题，也不存在'谁甩了谁'这类令人作呕的蠢话。倘若我言语中有这样的意思，那就太抱歉了，还得请你原谅。我只想说，你有一种此前我并未意识到的力量。"

"好啦，塞西尔，这就够了。别跟我道歉了，本来就是我的错。"

"问题就在于，你我的理想根本不同，我指的是纯粹而抽象的理想，你的理想更崇高些。我被旧有的恶毒观念束缚住

237

了，而一直以来你都光彩照人，令人耳目一新。"他的声音嘶哑了。"真该谢谢你，你这么做，令我看清了自己的真实面目。我还要郑重地感谢你，让我看到一个真正的女人。愿意握下手吗？"

"当然愿意啦，"露西说，另一只手卷在窗帘里。"晚安，塞西尔，再见。就这样吧。对此我深感抱歉。你这么宽宏大量，让我感激不尽。"

"我来帮你点蜡烛，好吗？"

他们来到走廊上。

"谢谢你。再次祝你晚安。上帝保佑你，露西！"

她目送他蹑手蹑脚地走上楼，三根楼梯栏杆的阴影像扇动的双翅掠过她的脸。在楼梯拐角处他停下脚步，决绝地回望了她一眼，那一望很美，美得令她难以忘怀。塞西尔尽管很有教养，本质上却是个禁欲主义者，爱情中没有什么比分手更适合他的了。

她永远不会结婚。她的灵魂虽激荡不安，这一点却坚定不移。塞西尔信任她，有一天她也该信任自己。她必定是那种自己拼命赞美的女人，看重的是自由而不是男人。她必须忘记，乔治曾经爱过她；必须忘记，乔治一直设身处地替她着想，帮她获得了体面的解脱；必须忘记，乔治已经没入，他是怎么说的，哦对了，没入黑暗之中。

她熄灭了灯。

思考没有意义，为了这件事，动感情也毫无意义。她不再试图理解自己，而是融入那黑暗中的大军，既不跟从情感，也不依照理智，而是喊着大家都喊的口号，大踏步朝命运迈进。大军中随处可见友善而虔诚的人，可他们却屈从于唯一重要的敌手，他们内心的敌人。因为对爱情与真理犯下了罪行，他们对美德的追求注定徒劳无功。随着岁月的流逝，他们受到了谴责。客套与虔诚出现了裂隙，风趣变为愤世嫉俗，无私变成了伪善。随便走到哪里，他们都感到难受，同时也让人难受。他们犯了罪，亵渎了爱神厄洛斯和帕拉斯雅典娜，众神定会联手报复他们，不过并非通过天谴，而是假手自然。

露西对乔治撒谎，说并不爱他；对塞西尔撒谎，说不爱任何人。这样，她便加入了这支大军。黑夜接纳了她，三十年前，黑夜也这样接纳过巴特利特小姐。

第十八章　对毕比先生、霍尼彻奇太太、弗雷迪和仆人说谎

　　风之角并非坐落在山脊上，而是位于南坡下数百英尺处一个突出的平台上。这样的平台有多处，其下的巨岩支撑着整个山体，两侧均是浅谷，长满蕨类和松树，左边的浅谷中有条大道，一路向下，直达威尔德。

　　毕比先生每次翻过山脊，便将莽莽大地形胜之势尽收眼底，风之角恰好稳稳地居于正中。眼见这番格局，他每每由衷而笑。周遭环境如此壮观，这房子虽不说格格不入，却也太过貌不惊人。因为财力有限，已故的霍尼彻奇先生一心把它建得方方正正，以最大限度获得居住空间，而其遗孀对这房子做的唯一改动，是增加了一个小塔楼，状如犀牛角，阴雨天时，她可以坐于其中，观看大路上来来往往的轻便马车。虽与环境格格不入，这房子还算"过得去"，因为主人们真心喜欢这个地方。

　　此地其他房舍均为建筑师所造，房主们为此花了大价钱，可一想到人家的房子如何如何，便禁不住烦恼丛生，而这一切都表明，这类房子的存在纯属偶然，不会长久。而风之角却

那般浑然天成，仿佛大自然一手创造的丑陋之物。人们也许会笑话它，但绝不会因之感到恐惧。周一下午，毕比先生骑车过来，带来条消息。他收到了艾伦小姐的信。这两位可敬的女士，既然无法入住锡西别墅，只得改变计划，准备赴希腊游玩。

凯瑟琳小姐写道："既然佛罗伦萨对我可怜的妹妹大有裨益，便没有理由今年冬天不去雅典试试。当然，去雅典还是挺冒险的，医生叮嘱她，要吃助消化的特殊面包。可话说回来，面包我们可以随身携带，而且旅途不算麻烦，只需先乘轮船，再转火车。可问题是，那儿有英国教堂吗？"那封信接着写道："我想我们最多待在雅典，更远的地方是不会去的，不过您若是碰巧知道，君士坦丁堡有哪家挺舒适的膳食公寓，我们将感激不尽。"

这封信露西定会喜欢；毕比先生看到风之角时露出的微笑，部分也是因为她。她能体会信中的乐趣，也能看出其中的美感，因为她肯定是个能发现美的人。尽管她对油画一窍不通，衣服也搭配得别别扭扭，噢，想想昨天去教堂时穿的那条樱桃红的连衣裙！不过她一定能发现生活中的美，否则钢琴也弹不成那样。他自有一套理论，认为音乐家们复杂得令人难以置信，对于自己想要什么，自己是怎样的人，他们知道的远比其他艺术家少；他们不但令自己困惑，也令友人们困惑；他们的心智活动是现代世界的产物，尚未被人参透。他还不知道，这个理论可能刚被事实所证明。头天发生的事他尚不知情，这会儿骑车来不过是喝喝茶，看看侄女，再顺便瞧瞧，若听说两位老太太渴望游览雅典，霍尼彻奇小姐是否能从中看出美来。

风之角门外停着一辆马车，就在他刚刚看到房子时，那马车便启动了，辚辚地驶上门前的车道，可刚到达主路，便突然停了下来。看来，一定是那匹马偷懒，总期望人们自己走上山，千万别累坏了它。车门知趣地打开了，两个男人下了车，毕比先生认出了他们，是塞西尔和弗雷迪。他们俩居然结伴坐车去兜风，真乃咄咄怪事，不过，在车夫的腿边，他看到一只箱子。塞西尔戴着圆顶硬礼帽，看来是要走，而弗雷迪戴着便帽，看来是送他去车站。二人加快脚步，抄小路爬到山顶，那马车却依旧蜿蜒在盘山道上。

他们遇到牧师，与他握了握手，什么都没说。

"看来，你是要离开一段时间，维斯先生？"他问。

塞西尔说："是的。"弗雷迪朝一边挪了挪。"我给你们带来一封信，很有趣，是霍尼彻奇小姐的朋友寄来的。"他凭记忆念了几句。"是不是很妙啊？是不是很浪漫？她们肯定会去君士坦丁堡的。看来是给这念头缠住了，这下没得逃了。这样下去，她们会去环游世界的。"

塞西尔彬彬有礼地听着，说露西读了这信，定会觉得有趣。

"浪漫这东西真难琢磨！在你们年轻人身上，我从未见过它。你们什么都不做，就只打打草地网球，还扬言浪漫已经死了，而两位艾伦小姐却以一切得体的行为为武器，同这可怕的论调作斗争。'君士坦丁堡有哪家挺舒适的膳食公寓！'为了体面，她们只好这么说，可内心深处，那心仪的公寓安着魔法窗，窗外是孤寂仙境里凶险海洋的浪花！[1] 庸常的景致哪能称心如意。她们向往的是济慈公寓。"

"很抱歉打断一下，毕比先生，"弗雷迪说，"您有火柴吗？"

塞西尔说："我这儿有。"语气中多了些客气，这并未逃过毕比先生的眼睛。

"维斯先生，你没见过艾伦姐妹，对吧？"

"从未见过。"

"那你自然无法领会此次希腊之行的妙处。我嘛，还没去过希腊，也不打算去，想想我的朋友里边，也没哪个会去。对我们这些卑微的人而言，希腊太宏大了。你不觉得是这样吗？我们的头脑刚够应付意大利。意大利代表着英雄，而希腊代表着天神或恶魔，究竟是哪个我不确定，而不管是哪个，都远在我们这些郊区居民视野的焦点之外。弗雷迪，我不是卖弄聪明，这点我可以拿人格担保，坦白地讲，上述想法不是我自己的，而是得自另外一人。火柴用完了就给我吧。"他点了根烟，继续和两个年轻人聊。"我是说，若要给我们可怜狭隘的伦敦生活找个参照，那就选择意大利吧。怎么说它大小都合适。对我来说，看看西斯廷教堂的天花板就足够了。那上面与我们截

---

1 引自济慈的名作《夜莺颂》，和原文略有出入。

然不同的东西，我还能看得出来。可拜托，千万别是帕特农神庙[1]，别是菲狄亚斯[2]的壁饰。瞧，马车来了。"

"您说得太对了，"塞西尔说。"对我们这些卑微的人，希腊不大合适。"说罢便上了车。弗雷迪也跟着上去，向牧师点了点头，他相信牧师不会骗人，真的不会。刚驶出十几码，他却跳下车，折回来拿维斯的火柴盒，牧师用完后忘了还。接过火柴盒的当儿，他说："很高兴您刚才只是聊了聊书。塞西尔受到很大打击。露西不愿嫁给他。若是您像聊书那样大谈露西，他可能就崩溃了。"

"有这事儿，什么时候？"

"就是昨天夜里。我得走了。"

"我这会儿去，也许不大方便。"

"没事儿的，您去吧。再见。"

"谢天谢地！"毕比先生旁若无人地大叫道，痛快地一巴掌拍在自行车座上。"订婚是她做过的唯一愚事。噢，她总算解脱了，真是太棒了！"说罢，他略加思索，便骑车下坡，直入风之角。这所房子已恢复原样，与塞西尔那自命不凡的世界再无瓜葛。

人家告诉他，米妮小姐在下面花园里。

1　帕特农神庙，兴建于公元前 5 世纪的雅典卫城，古希是腊奉祀雅典娜女神的神庙。它是现存至今最重要的古典希腊时代建筑物。
2　菲狄亚斯，是古希腊的雕刻家、画家和建筑师，被公认为最伟大的古典雕刻家。雅典人。

露西正在客厅里弹奏莫扎特的奏鸣曲。他犹豫片刻，还是按照指点去了花园。到了才发现人人都苦着个脸。那天风很大，大丽花给吹倒了一片。霍尼彻奇太太一脸不快，正将花茎绑扎起来，巴特利特小姐的装束不适合干活儿，却紧赶着要帮忙，就只能是碍手碍脚了。不远处站着米妮和"小园丁"，一个身材矮小的外国移民，两人分别握着一根长椴木的两端。

"噢，你好吗，毕比先生？天哪，什么都是一团糟！你瞧瞧我这些猩红色绒球大丽花，再看看这风，把裙摆吹得乱七八糟，还有这地，硬得跟石头似的，想插根木棍给花做支撑，就是办不到，再有，鲍威尔没办法要出车，我本来还指望他呢，说句公道话，只有他才能把大丽花绑得像模像样。"

霍尼彻奇太太显然是备受打击。

"您好啊？"巴特利特小姐问候道，同时意味深长地瞥了一眼，似乎在说，秋风摧折的岂止是大丽花啊。

"喂，莱尼，椴木条，"霍尼彻奇太太嚷道。小园丁不知椴木条为何物，吓得僵立在小路上。米妮溜到她叔叔边上，低声说今天人人心情都很糟，而且若是扎花的绳子纵向裂开，而不是横着断开，那就怪不着她了。

"来，跟我去散散步吧，"他对她说。"你烦他们够多的了，人家都快吃不消了。霍尼彻奇太太，我今天只是随便来看看。要是可以的话，我想带她去蜂巢酒馆[1]吃个下午茶。"

1　英国的 tavern 兼具酒肆与旅社的功能。

"哦，一定要去吗？好吧去吧。不是要剪刀，谢谢你，夏洛特，你看我两只手都占着。我敢说，没等我去救它，那橙色仙人掌 [1] 就会倒掉的。"

毕比先生很会打圆场，主动提出请巴特利特小姐陪他们去乐呵一下。

"去吧，夏洛特，这儿不需要你，去吧。屋里屋外也没有什么要照应的。"

巴特利特小姐说她不去，得守着花坛照料大丽花，这下子惹恼了除米妮外的所有人，可转脸便改了主意说去，岂料又惹恼了米妮。他们朝花园上方走，恰在此时，那株橙色仙人掌倒下了，毕比先生最后一次回头望去，只见小园丁情人般拥着那花，黑发埋在繁盛的花朵中。

他说："花给毁成这样，真是太可怕了。"

巴特利特小姐说："几个月等啊盼啊，到头来却毁于一旦，怎么说都挺可怕的。"

"也许该跟霍尼彻奇小姐说一声，让她下去安慰一下妈妈。不过，她会不会想跟我们去喝茶？"

"我想，最好让露西一个人待着，随她干些什么。"

"霍尼彻奇小姐很晚才来吃早餐，其他人都挺生气，"米妮低声说，"弗洛伊德走了，维斯先生也走了，弗雷迪不愿同我玩。说实话，亚瑟叔叔，这家里跟昨天完全不一样了。"

1　一种大丽花，花型呈半仙人掌状。

"别挑人家的毛病！"她的亚瑟伯伯说："快去把靴子穿上。"

他走进客厅，露西仍在专注地弹奏莫扎特的奏鸣曲。见他来了，她便停住了手。

"你还好吗？巴特利特小姐和米妮跟我去蜂巢吃下午茶。你也一道？"

"我不去了，谢谢。"

"不去也好，我猜你也不是很想去。"

露西转向钢琴，弹了几个和弦。

毕比先生说："这奏鸣曲真是精美绝伦！"然而他打心底里觉得，奏鸣曲是不足挂齿的小玩意儿。

露西转而弹起了舒曼。

"霍尼彻奇小姐！"

"怎么了？"

"我在山上遇到了他们。你弟弟都告诉我了。"

"哦，是吗？"她听起来有些着恼。毕比先生挺受伤的，原以为她乐意让自己知道的。

"你知道，这事儿我不会声张。"

"妈妈，夏洛特，塞西尔，弗雷迪，还有您，"露西说着，为每个知情人弹了一个音符，接着又弹了第六个。

"恕我冒昧，我很高兴，相信你做了正确的决定。"

"希望其他人也这么想吧，但似乎并没有。"

"看得出，巴特利特小姐认为这不明智。"

"妈妈也这么认为，她无论如何都想不通。"

"对此我深表遗憾，"毕比先生动情地说。

凡是变化，霍尼彻奇太太没有不讨厌的。这事她的确想不通，但也没女儿说得那么严重，只一时就过去了。说实话，露西打算为自己的沮丧辩解，便耍了这么个花招，不过这纯粹出于无意识，因为她正随着黑暗的大军阔步前行。

"就连弗雷迪都想不通。"

"可再怎么说，他和维斯都不怎么合得来，不是吗？我猜啊，你订婚他是不乐意的，觉得姐姐要给人抢走了。"

"男孩子好奇怪。"

楼下有人在争执，是米妮与巴特利特小姐。显然，要去蜂巢喝茶，就得整个换一套行头。毕比先生看得出，露西不想讨论她的行为，这也再正常不过，便由衷地表达了同情，然后说："艾伦小姐寄给我封顶荒唐的信，我今天来便是为了这个。我还以为，这信会把大家都逗乐的。"

"怪有趣的哈！"露西无精打采地回应道。

为了避免尴尬，他便给这姑娘读起信来。才听了几句，她的眼神便灵动起来，未几便打断了他，"出国？什么时候出发？"

"我猜下周吧。"

"弗雷迪有说过直接坐车回来吗？"

"没，他没说。"

"我这么问，是当真希望他不要到处乱讲。"

看来，她的确想聊聊解除婚约的事了。他向来善解人意，于是把信收了起来。可是她，她却立刻高声道："噢，拜托，跟我多说说两位艾伦小姐吧！她们又要出国去，真是棒极了！"

"我希望她们从威尼斯出发，坐上蒸汽货轮，沿伊利里亚[1]海岸一路航行！"

她开心地笑了。"噢，太好了！若能带上我该多好。"

"是因为意大利你才对旅行如此热衷吗？也许乔治·艾默生是对的。他说，'意大利只是命运的委婉语。'"

"噢，不是意大利，是君士坦丁堡。我一直想去君士坦丁堡。到那儿已经到了亚洲，对吧？"

毕比先生提醒她，君士坦丁堡还不大可能，艾伦小姐们只是冲着雅典去的，"要是路上安全的话，或许还会去德尔斐[2]。"但这丝毫没影响她的热情。似乎她一向渴望去的倒更是希腊。他惊讶地发现，这姑娘明显是当真的。

"我没想到，锡西别墅那事儿后，你与艾伦小姐们依然是好朋友。"

"噢，那不算什么。实话跟您讲，锡西别墅那事儿对我毫无影响。只要能跟她们一道去，让我怎么都成。"

"你母亲舍得这么快就放你走吗？你回家还没三个月呢。"

"她必须舍得！"露西喊道，情绪益发高昂。"我就是得走，不能不走。"她手指插进头发里，歇斯底里地揉搓着。"您难道看不出我不能不走吗？当时我并未意识到——当然，我尤其

1　伊利里亚，欧洲历史上的一个地区，位于今巴尔干半岛西部，亚得里亚海东岸。
2　德尔斐是一处重要的"泛希腊圣地"，即所有古希腊城邦共同的圣地。

想看看君士坦丁堡。"

"你是说，自从你退了婚，就觉得——"

"是的，没错。我早就知道您是明白的。"

毕比先生其实并不是太明白。为何她不愿在家人的怀抱中休憩呢？塞西尔显然打定主意维护尊严，断不会再来纠缠她的。突然，他意识到，也许困扰她的正是自己的家人。他旁敲侧击地提出这个想法，得到的是她热切的认同。

"当然是为这个。去一趟君士坦丁堡，等他们接受这个事实，风平浪静后再回来。"

"恐怕退婚这事儿当时并不简单。"他温和地说。

"不，一点都不麻烦。塞西尔真的很善良。只是，我最好跟您交个底，反正您也有所耳闻，其实是因为他控制欲太强。我发现，他不乐意我有自己的活法。他总想改造我，觉得我这儿那儿有欠缺，可我不想给他改造。塞西尔不愿让女人自己做决定，说句实话，他没那个胆。瞧我乱七八糟说了些什么！不过就是因为这类事儿。"

"据我对维斯先生的观察，你说的没错。据我对你方方面面的了解，这才是真实的你。我真的明白你，对你所说的深表赞同。既然我这么坚定地支持你，你得让我提点小小的批评意见：急着赶去希腊值得吗？"

"可我总得去个地方吧！"她喊道。"为了去哪儿，我烦恼了一早上，这不，机会来了。"她握紧拳头敲打着膝盖，再次说道："我必须得走！我知道应该陪陪母亲，我也知道今年春天花她为我花了很多钱，可我顾不得那么多了。你们把我想得太好了，真希望你们对我没那么好。"就在这当儿，巴特利特小姐走进屋来，露西变得愈发紧张起来。"我必须得走，走得越远越好。我必须弄清楚自己想要什么、想去哪里。"

"我们走吧，喝茶去，喝茶去，喝茶去喽。"毕比先生说着便将两位访客推出了大门。他光顾着催她们快走，帽子却落下了，返回去取的时候，又听到莫扎特奏鸣曲清脆的乐声，令他既宽慰又惊诧。

"她又在弹钢琴了。"他对巴特利特小姐说。

"露西什么情况下都能弹。"他给这回答怼了一下。

"她能用弹琴来纾解自己，真是谢天谢地。看得出她很是苦恼，当然，这也正常。事情的来龙去脉我都知晓了。眼看就要到婚期了，她还能鼓起勇气讲出来，一定是经历了痛苦的挣扎。"

巴特利特小姐扭了扭身子，见状他立刻打起精神，准备跟她讨论一番。他一直看不透这个女人，在佛罗伦萨时就曾对自己说，"也许了解后会发现，这人颇有深度，且不说这深度有无意义，起码她的古怪就够人挠头的了。"不过，既然她如此缺乏同情心，那么她的话一定靠得住。想都这么想了，他便毫不犹豫地与她谈起了露西。运气还不错，米妮正忙着采羊齿草。

她一上来便开门见山："我们最好别谈这事儿。"

"我不明白。"

"最最要紧的是，夏日街这块儿不能有任何流言蜚语。赶

251

在这会儿八卦维斯先生被退婚的事儿，不就是让人没有活路嘛。"

毕比先生扬起了眉毛。"没有活路"可是非同小可，这话说得太重了。这事还算不上是什么悲剧。他说："当然，时机成熟的时候，霍尼彻奇小姐会以自己的方式公之于众的。弗雷迪知道她不会介意，这才跟我说的。"

"我知道，"巴特利特小姐彬彬有礼地说。"可即便是您，弗雷迪也不该透露这事儿的。小心驶得万年船啊。"

"的确如此。"

"求您千万别声张。无心的一句话给喜欢搬嘴的朋友听去了，就——"

"没错。"他见惯了这类神经兮兮的老小姐，她们过度强调言语的重要性，他也早已见怪不怪。牧师生活在一张由琐细秘密、窃窃私语、规劝告诫织就的网中，越是明智，便越不以它们为意。他会改变话题，而毕比先生这会儿便使出此计，愉悦地说："您最近是否收到过贝托里尼公寓那些人的来信？您一定还和拉维希小姐有联系吧。说来也怪，我们这些住过那公寓的人，虽然萍水相逢，却融入了彼此的生活。让我想想，两个，三个，四个，六个，不，是八个人，我把艾默生父子给漏了，还或多或少地保持着联系。我们真该给那老板娘去封感谢信。"

然而，这个提议巴特利特小姐并不赞成。他们默默走上山坡，牧师偶尔叫出一二蕨类植物的名字，此外一路无言。到达山顶，他们停了下来。极目望去，与一小时前站在此处看到的不同，天空愈发显得狂野了，赋予了这片土地以苍凉宏阔之感，这在萨里郡是极少见的。灰云疾飞，穿行于白云之间，后者渐渐拉长成细条，继而缓慢撕裂，直到最后几层亦被穿透，才隐约闪现一抹正在消失的蓝天。夏天正在退去。风在咆哮，树在呻吟，然而对于天空中的皇皇巨变，这些声音似乎微不足道。天气骤变，且越变越糟，无可挽回；当此剧变之际，空中那如天使炮队齐射般的隆隆雷声，听上去却无半点超自然的感觉，而是甚为相宜。毕比先生的眼睛停留在风之角，露西正端坐那里，弹奏莫扎特。他的嘴角没有泛起笑意，又一次转换话题道："这天儿不会落雨，倒是就要黑下来，我们得快点儿。昨晚天黑得吓人。"

大约五点钟光景，他们来到蜂巢酒馆。这怡人的所在有个游廊，乃是年轻人与不大明智的家伙们钟爱的地方，年长且成熟的客人嘛，则喜欢找一间地板铺沙的舒适房间，悠闲地坐在桌旁喝茶。毕比先生看得出，巴特利特小姐坐在外面会觉得冷，而米妮坐在里面会感到无聊，所以他提议大家分开坐。他们可以从窗户把食物递给这孩子，而他也顺便得了机会，来讨论露西的命运。

他说："巴特利特小姐，我一直在想，除非您激烈反对，否则我还是想重提此前的话题。"她欠了欠身子。"不是要谈过去，对过去我知之甚少，也不如何关心。但我可以毫无保留地讲，你表妹真是好样的。她的所作所为既高尚又端正，就这样，还说我们对她过誉了，可见她如何温婉谦恭。不过，将来怎么办？说真的，您怎么看希腊这事儿？"他又掏出那封信。"不知您是否听到了，算了，还是跟您说吧，她想跟艾伦小姐们一道儿去疯。这完全，我也不知道怎么说，反正这就不对。"

巴特利特小姐默默地读了信，将它放下，似乎有些犹豫，然后又拿起读了一遍。

"我看不出这么做有何意义。"

她的回答令他大跌眼镜："这点上恕我无法苟同。我倒是从中看出些端倪，露西这是要拯救自己。"

"真的吗？那么，您何出此言呢？"

"她想离开风之角啊。"

"这我知道，但这有些奇怪啊，太不像她了，我得说，这样做未免太自私了吧。"

"这很自然啊，经历了这么痛苦的事情，她当然想换个环境嘛。"

显然，在这类问题上，男人的脑子往往缺根弦。毕比先生朗声道："她自己也是这么说的，既然还有位女士跟她想到了一处，我得承认，我多少给说动了。或许她真该换个环境。我没有姊妹，或者说这些事儿我压根儿弄不懂。可是，为什么要去希腊那么远的地方呢？"

"真给您问着了，"巴特利特小姐回答道，她显然来了兴趣，几乎不再那般躲躲闪闪。"为什么是希腊？（你要什么，米妮亲爱的，果酱吗？）为什么不是唐桥井呢？噢，毕比先生！"

今早，我跟亲爱的露西谈了很久，结果是不欢而散。我帮不了她，也就什么都不说了。兴许是我讲多了吧。我不会讲了。我要她去唐桥井跟我住半年，但给她拒绝了。"

毕比先生在用刀戳一块面包屑。

"不过，我的感受并不重要。露西给我搞得很烦，这我心知肚明。我们的意大利之旅很失败。她一心想离开佛罗伦萨，可到了罗马，她又不想待在那儿，而我呢，自始至终都觉得在浪费她母亲的钱——"

"我们还是言归正传，谈谈将来怎么办吧。"毕比先生打断她道。"希望您出出主意。"

"很好，"夏洛特短促地答道，这种语气露西并不陌生，牧师却颇感意外。"我呢，还是愿意帮她去希腊的。您愿意吗？"

毕比先生思忖着。

"她一定得去，"她继续说道，一边放下面纱。透过纱幕她低语着，话音中充满了激情，强烈得令毕比先生颇为惊愕。"这我太清楚了，太清楚了。"夜幕降临，他感到，这怪女人心里确乎是一清二楚。"她一刻都不能在这儿耽搁，而且，她走之前，我们都得守口如瓶。仆人们肯定对此一无所知。之后呢，唉，看来我已经说得太多了。只不过，光凭我和露西，根本无法对付霍尼彻奇太太。要是您肯帮忙呢，胜算就大很多。否则——"

"否则——？"

"否则，"她重复道，好像这个词可以一锤定音。

"好，我帮她，"牧师说，紧抿的嘴唇透着决绝。"走吧，咱们这就回去，把这事儿给了了。"

巴特利特小姐忙不迭地道谢。小酒馆外面挂了个招牌，上面画着个遍布蜜蜂的蜂巢，她道谢的当儿，这招牌给风吹的嘎吱作响。毕比先生确实不太了解情况；不过，他既不想了解，也不想草草下结论，说事关"另一个男人"，引来别人龌龊的想法。他只隐约觉得，巴特利特小姐定是知道某种隐晦的影响，是这女孩儿渴望摆脱的，而这影响很可能来自一个有血有肉的人。正因这影响隐晦不明，才令他顿生出一股骑士般的豪侠之气。他虽信奉独身主义，却对此讳莫如深，将之谨慎地隐藏在宽容与教养之下；而此刻，这一信仰浮出水面，像莫名的娇艳花朵般绽放开来。"婚姻诚可贵，独身价更高。"这便是他的信念，因此每当听说有人退婚，他总难免有一丝窃喜。到露西这里，这窃喜尤甚，盖因厌恶塞西尔之故；光窃喜尚不够，他还愿意施以援手，助她脱离危险，直到她下了守护童贞的决心。这种心态非常微妙，它并非出于教条，也从未向其他当事人透露过。然而，它确实存在，足以解释他此后的行为，以及他对别人行为的影响。他在酒馆与巴特利特小姐达成协议，不仅为了露西，也为自己的信仰。

灰黑色的天地间，二人脚步匆匆，朝家赶去。一路上，他聊起无关紧要的话题：艾默生父子得要个管家；仆人；意大利仆人；写意大利的小说；意图明确的小说；文学会影响生活吗？风之角发出朦朦胧胧的微光。花园里，弗雷迪正在帮霍尼彻奇太太奋力挽救花朵的生命。

"唉，天都这么黑了，"她绝望地悲叹道。"怪都怪自己太拖沓。我们早该知道天气转眼就会变。这不，露西又要去希腊，真不知道这世界会变成什么样。"

"霍尼彻奇太太，"他说，"去希腊是必须的。我们回屋去好好谈谈。首先，她与维斯解除婚约，您有意见吗？"

"毕比先生，我感到欣慰，没别的，就是很欣慰。"

"我也一样。"弗雷迪说。

"很好。来，大家回屋去吧。"

几个人在餐厅谈了半个小时。

单靠自己，露西绝对无法说服母亲答应希腊之行。此次出游既昂贵又充满戏剧性，这两点皆为母亲所不喜。即使夏洛特来做说客，谅也不会成功。那天多亏了毕比先生，他的一番说辞既充满机智，又合乎常情，再加上他的牧师身份，但凡是个牧师，只要他不傻，都能左右霍尼彻奇太太的想法，于是经过开导，她改变了此前的态度："我真搞不懂，为什么一定要去希腊，"她说。"不过既然您认为有必要，那就去吧。这里面一定有什么是我理解不了的。露西！我们告诉她吧。露西！"

毕比先生说："她正在弹琴。"他推开门，只听她唱道：

"休看那迷人芳容。"

"我不知道霍尼彻奇小姐还会唱歌。"

"见王公秣马厉兵，你且端坐莫动，

杯中酒亮晶晶，万不可啜饮——"

"这歌是塞西尔介绍给她的。女孩子真奇怪！"

"怎么了？"露西叫了一声，顿时停了下来。

"没事儿，亲爱的，"霍尼彻奇太太亲切地说。她走进客厅，毕比先生听到她亲了露西一下，然后说："对不起，为了希腊这事儿，我发那么大火，要不是因为大丽花，我也不至于失控。"

迎来的是颇为生硬的回答："谢谢，妈妈。我根本没当回事儿。"

"不过你说的也对，去希腊也行。艾伦小姐们要是乐意带上你，你就去吧。"

"噢，太好了！噢，谢谢！"

毕比先生跟了进来。露西仍坐在钢琴前，双手按在琴键上。她很开心，但跟他期望的尚有距离。母亲俯身朝向她。她一直对着弗雷迪唱，而他头靠着她，斜坐在地板上，嘴里叼着未点燃的烟斗。三人构成的画面这般美妙，也是够奇异的。毕比先生颇喜旧时艺术，目睹这幅画面，不禁想到自己钟爱的一个绘画主题："神圣的谈话"[1]，描绘的是相亲相爱的人们聚在一起，谈论高尚事物。这个主题既无关情色，也不够震撼，因此为当代艺术所忽视。在家有这样的朋友陪伴，为何还要结婚或

---

[1] "神圣的谈话"，指描绘圣母与一群随侍在侧的圣徒的场面。

出游呢?

　　"酒杯闪闪时不要啜饮,

　　众人倾听时莫要发声,"

她继续歌道。

"毕比先生来了。"

"毕比先生知道我不讲客套的。"

"这首歌又好听,又有哲理。"他说:"接着唱啊。"

"这歌写得一般,"她意兴阑珊地说。"具体为什么我也记不得了,大约是和声之类的问题吧。"

"我觉得它没那么文绉绉,挺美的。"

弗雷迪说:"调子倒是没问题,只是歌词太烂了。为什么不搭配得完美些?"

"你说的什么蠢话!"姐姐说。"神圣的谈话"就此中断。毕竟,露西没理由聊起希腊,也未必要为说服母亲而感谢他,见状他便告辞而去。

弗雷迪跟到门廊上,为他点亮了自行车灯。他用词一向别具匠心,此刻说道:"今儿可算是过了一天半。"

　　"莫听那歌者低吟—"

"等一下,她就要唱完了。"

259

　　　　"莫碰那红色流金；

　　　　手空、眼空、心亦空，

　　　　死得恬静，活要从容。"

"我很喜欢这样的天气，"弗雷迪说。

毕比先生骑上车，消失在夜色中。

最重要的两点清清楚楚。一是她表现出色，二是他鼎力相助。这姑娘的生活遭遇了如此巨大的变故，因而他不指望能了解其中所有的细节。即便他有这样的不满或那样的困惑，也必须默默接受，毕竟她选择了这变故中积极的一面。

　　　　"手空、眼空、心亦空，"

这首歌表现"积极的一面"时似有过度之嫌。狂风嘶吼着，但那高昂的曲调却清晰可辨，恍惚间他觉得，这曲调对弗雷迪的观点深以为然，正温和地责备它所修饰的歌词：

　　　　"手空、眼空、心亦空，

　　　　死得静谧，活要从容。"

然而片刻之后，他便第四次看到风之角稳稳地立于下方。此刻，它俨然是座灯塔，矗立在黑色的狂潮中。

第十九章　对艾默生先生说谎

布鲁姆斯伯里附近有家颇受欢迎的禁酒酒店，艾伦姐妹便选择在那里落脚。这家店既干净整洁，又没有过堂风，颇受英国乡村人士青睐。漂洋过海前，她们总是在那儿停留一两个星期，悠闲地置备衣服、旅游指南、防潮胶布、助消化面包和其他欧陆旅行的必需品。姐俩似乎并未意识到，在国外，哪怕是在雅典，也是有商店的。她们将旅行视为出征，只有在干草市场[1]的店铺里全副武装后，方能从容应对。她们相信，霍尼彻奇小姐也会充分准备的。现在可以买到奎宁片剂了。香皂纸对火车上的脸部清洁很有帮助。露西答应着，但神情有点沮丧。

"不过这些事情自然都是有数的，何况还有维斯先生帮你。要知道，有男人帮你，也就有了底。"

霍尼彻奇太太是陪女儿一道儿上城里来的，听了这话，紧张地用手指敲打着名片盒。

"我们觉着，维斯先生能放你出门真是大度，"凯瑟琳小姐

1　干草市场，是伦敦西敏市圣詹姆斯地区的一条街道。这一地区聚集了众多种类不同的餐厅，并且也是干草剧院等知名剧场的所在地，使得干草市场成为伦敦西区戏剧界的中心。

接着说。"不是每个年轻人都会如此大方。不过，也许他之后会赶来跟你们汇合的。"

"还是说他有工作，不得已留在了伦敦？"两姐妹中比较尖刻、也不太友善的特蕾莎小姐问。

"不过，给你送行的那天，我们应该能看到他。我可是一直盼着要见见他呢。"

"没人来送露西。"霍尼彻奇太太插话说。"她不喜欢人家来送。"

"是的，我不喜欢有人送。"露西说。

"真的吗？真有趣！我还以为这样一来——"

"噢，霍尼彻奇太太，你不和我们一道去吗？这次见到你真高兴！"

她们总算逃脱了，露西松了一口气说："没关系了。这一关总算熬过来了。"

但是母亲很生气。"亲爱的，人家会说我没心没肺的。可我就是不明白，你为什么就不能告诉朋友们，你和塞西尔分手了，就此把这事儿做个了结。现在好了，我们只能闪烁其词，差不多给逼得就要口出谎言了，而且还会被人看穿，我得说，这才是最让人不快的事情。"

听了这番话，露西有一肚子话要讲。她描述了艾伦小姐们的性格：她们喜欢讲人闲话，谁要是告诉了她们什么，很快就会给传个遍。

"很快传个遍又有什么不好呢？"

"因为我和塞西尔约好了，要等我离开英格兰后，才能宣布这个消息。那时我再告诉她们，也就不会太尴尬。这雨真大！我们进里面避避雨吧。"

"里面"指的是大英博物馆，可霍尼彻奇太太却一口回绝了。如果要避雨，她希望是去商店里。露西对这想法嗤之以鼻，因为她正打算研究希腊雕刻，而且已跟毕比先生借了本神话辞典，以期多记住些诸神的名字。"噢，那就去商店好了。我们去穆迪书店[1]吧，我得买本旅游指南。"

"是这样，露西，既然你、夏洛特还有毕比先生都说我蠢，也许我是真蠢吧，但我永远也理解不了这种偷偷摸摸的做法。你已经摆脱了塞西尔，这很好，他走了我真是谢天谢地，尽管当时我很恼火。但是为什么要封锁消息呢？为什么要弄得悄无声息？"

"不就把秘密多保留几天嘛。"

"可为什么要这样呢？"

露西沉默不语。她的思绪渐渐离开了母亲。话说起来容易——"因为乔治·艾默生一直缠着我，若是他听说我离开了塞西尔，也许会再次展开攻势"——这么说的确很容易，而且好就好在，它恰巧就是真话。但是她说不出口。她讨厌跟人交心，因为交心可能会让她认识自己，并引发极端的恐怖，那便是尽人皆知。自佛罗伦萨那最后一晚至今，她一直认为敞开心

---

1 穆迪书店，于 1842 年由查尔斯·穆迪创立，是一家出售文具、书籍和报纸的商店。

扉并非明智之举。

霍尼彻奇太太也沉默着。她在想："我女儿竟然不愿正面回答我。她宁可与喜欢打听隐私的老小姐们在一起，也不愿与我和弗雷迪在一起。只要能离得开这个家，随便拉个什么乌七八糟的人做借口，她没有不乐意的。"她这个人心里有话藏不住，突然冒出一句："我看你是已经厌倦风之角了。"

这话千真万确。摆脱塞西尔后，露西盼着回归风之角，却发现自己的家已不复存在。对于生活和思想仍在正轨上的弗雷迪而言，家还是那个家，但对故意歪曲自己头脑的人来讲，家已不复是那个家了。她不承认自己的头脑已经歪曲，因为要承认这点，头脑必须得帮忙，而她正将这生命中至关紧要的器官搅得混乱。她别无感觉，只知道："我不爱乔治，因为不爱乔治而毁了婚约。我必须去希腊，因为我不爱乔治。我一定要在辞典中查找神灵的名字，这比帮妈妈要重要得多。其他人的表现都很糟糕。"她只是感到烦躁，想要脾气，总想干些出格的事儿，怀着这种心态，她接着跟母亲说下去。

"噢，妈妈，你说的这是什么话！我怎么会厌倦风之角呢。"

"那为什么不直说，而是要想半个小时？"

她勉强笑笑，"更像是半分钟吧。"

"或许你想干脆离开家？"

"小声点儿，妈妈！会给人听到的。"二人已经进了书店，她买了本贝德克尔指南，接着说："我当然想住家里。不过既然说到这儿，我还是讲清楚好些，以前我出去得少，将来会常出去走走。你也知道，打明年起，我就会有收入了。"

听到这儿，母亲已经泪眼婆娑。

露西心中涌起莫可名状的困惑，这困惑在年长之人的身上便叫作"怪癖"。在这情绪的驱动下，她打定主意，要把事情讲清楚。"我对这世界知之甚少，意大利之行让我意识到这点。我几乎没见过什么世面，其实真该多上伦敦看看，不是像今天这样，买张廉价车票来转转，而是住上一段时间。我甚至会考虑花些钱跟个女孩儿合租一间公寓。"

霍尼彻奇太太爆发了："然后呢，成天摆弄打字机和弹簧锁钥匙[1]，是吧！鼓动闹事，大吵大嚷，然后双脚乱蹬着给警察拖走。你说那是使命，可是没人需要你！你说这是责任，可连家人你都无法忍受！你说这是工作，可成千上万的男人还饿着肚子，挤破头也找不到事做！之后呢，为了将来履行使命、担负责任、胜任工作，你就找两个路都走不稳的老太太，和她们一道儿出国去。"

"我想变得更独立。"露西底气不足地说。她知道自己想要些什么，而独立是个不错的幌子。无论什么时候，我们总可以说自己还不够独立。她努力回想在佛罗伦萨时的心情，那真挚与热烈的情感，它们意味着美，而不是短裙和弹簧锁钥匙。虽说是幌子，但"独立"一词无疑触发了这番思绪。

---

1 这里指的是干打字员、女管家等女性从事的比较低级别的工作。

"好吧好吧。带着你的独立远走高飞吧，从南到北从东到西把这地球跑个遍，尽吃些腌臜食物，到了儿瘦得跟根棍儿似的跑回来。父亲建造的房屋、培植的花木，以及我们心爱的美景，干脆瞧不上。然后再找个女孩一起租间公寓。"

露西噘着嘴说："也许我说得有点急。"

"哦，天哪！"母亲不禁叫道。"你真让我想起了夏洛特·巴特利特！"

"夏洛特！"露西也失声叫出来，终于被刺得生疼。

"怎么越看越像她啊。"

"我不明白你的意思，妈妈。夏洛特和我哪有半点相似之处。"

"怎么没有，我看倒挺像：一天到晚忧心忡忡，对吧，话出了口还要收回，对吧。昨天晚上你和她真像一对姐妹，你想把两个苹果分给三个人，她呢，不也一样。"

"简直胡说！既然这么不待见夏洛特，你干吗还请她来家里住？这岂不是很大的错误嘛。我跟你说过要小心她。我央求你，我恳求你，可又怎样呢，你自然是听不进去的。"

"又来了吧。"

"你说什么？"

"看看，又是夏洛特的腔调吧，亲爱的。这不明摆着嘛，跟她说的一字不差。"

露西忿忿地咬了咬牙。"我的意思是，你当初就不该让夏洛特住下。请你别扯其他的，好吗？"二人吵了几句，就不说话了。

她和母亲默默地购物，默默地上了火车，一路上几乎不交一语，到了多金站，上了接她们的马车，依旧相对无言。倾盆大雨下了一整天，马车沿萨里郡幽深的街巷上行时，雨水从山毛榉低垂的枝叶间落下，嘀嘀嗒嗒地淋在车篷上。露西抱怨车篷让人气闷。她向前探出身子，望着水汽氤氲的黄昏，看着车灯像探照灯一样掠过泥泞和树叶，却不见任何美的东西。她说："等夏洛特上了车，看不挤死人。"没错，他们这会儿要上夏日街，去接巴特利特小姐，先前马车下来的时候，她在那儿下了车，去看望毕比先生的老母亲。"我们三个得坐同一边，虽说雨停了，可树上还在滴水呢。唉，来点儿新鲜空气该多好！"话音刚落，她便凝神去听得得的马蹄声，好像在说"他没声张，他没声张。"泥泞的路面让这旋律颇为模糊。她问道："车篷就不能放下来吗？"她的母亲突然温柔地说："好吧，老姑娘，叫马车停下吧。"马车依言停了下来，露西和鲍威尔费劲地扯下车篷，不料一股水灌进了霍尼彻奇太太的领口。不过，多亏车篷给拉了下来，否则眼前的景象定会给她错过：锡西别墅窗口没有灯光，花园大门上，依稀挂着一把锁。

"鲍威尔，那座房子又在出租吗？"她问道。

"是的，小姐。"他回答。

"他们搬走了吗？"

"那位年轻先生觉得，这里离市里太远了，而且老先生的风湿病发作了，没办法一个人再住下去，所以打算连家具一起租出去。"他答道。

"那么说，他们走了？"

"是的，小姐，走了。"

露西一下瘫坐下去。马车停在了教区长住宅前。她下车去叫巴特利特小姐。原来艾默生父子已经搬走了，那么，关于希腊的这番折腾岂不都是多余。简直是白忙活！这个词似乎概括了她的整个生活。计划都白费了，钱也白花了，爱情也一场空，还伤害了母亲。事情搞得一团糟，该不会都是她的错吧？这很有可能。其他人也难辞其咎。女佣开门时，她一个字也说不出，只是目光呆滞地盯着大厅。

巴特利特小姐立刻迎上来，着实寒暄一番后，便郑重其事地请求道：可以让她去教堂吗？毕比先生跟母亲已经去了，可没征得女主人同意前，她是不肯跟着去的，因为那意味着，马车要多等上足足十分钟。

"当然可以，"女主人倦怠地说。"看我都给忘了，今天是星期五。我们都去吧。鲍威尔可以先去一趟马厩。"

"最最亲爱的露西——"

"我不去什么教堂，谢谢。"

她们叹了口气便离开了。教堂隐藏在夜色里，但在左前方的黑暗中，似乎有一抹色彩。那是一扇彩色玻璃窗，透出一丝微弱的光线。教堂大门打开时，露西听到，毕比先生正给为数不多的几个教众念连祷文。这座教堂建在山坡上，漂亮的耳堂高高矗立着，尖顶上覆盖着银色的瓦片，整座建筑充满了艺术感，可此刻就连它也失去了魅力。而那个人们从不讨论的话题，也就是宗教，也跟其他一切逐渐消失。

她跟着女仆走进了教区长住宅。

在毕比先生的书房里小坐一下，她不会介意吧？只有那里才生了火。

她不介意。

屋里已经有人了，因为露西听见女仆说："有位女士也要在这儿等人，先生。"

艾默生老先生坐在炉火旁，一只脚搭在给痛风者专用的小凳上。

"噢，霍尼彻奇小姐，你居然来了！"他颤抖着说。露西看到，自上周日以来，他可变了不少。

她什么都说不出。乔治她面对过了，或许会再次面对，可该如何面对他父亲，她倒真忘了。

"霍尼彻奇小姐，亲爱的，我们非常抱歉！乔治很难过！他认为他有权试一试。我不能责怪我的孩子，只是希望，他事先能告诉我一声。他这么做不合适。这事儿我压根儿就不知道。"

要是能想起该如何做就好了！

他举起了手。"但请你千万别责骂他。"

露西转过身，去浏览毕比先生的藏书。

"我跟他好好讲过，"他颤抖着说，"要相信爱情。我说，'爱情来临时，那就是真实。'我说，'激情不是盲目的，不是的，激情是健康的，而你钟爱的女人，她才是唯一你会真正了解的人。'"他叹口气道："尽管我老了，尽管是这样的结果，可这是真话，永远不会错。可怜的孩子！他是真难过。他说，看到你把表姐带来了，他就知道大事不妙。也知道不管你什么感觉，对他你没那个意思。"他的声音渐渐充满了力量，孤注一掷地说："霍尼彻奇小姐，你还记得意大利吗？"

露西挑了一本书，一卷《旧约》评注集。她将书举到眼前说："我不想讨论意大利或与您儿子有关的任何话题。"

"可你一定记得的，对吧？"

"他的行为从一开始就欠妥。"

"直到上周日他才跟我说很爱你。我从不对人家的行为妄加评论。可我，我认为他的行为的确欠妥。"

她定了定神，把书放回去，转身面对着他。他的脸下垂肿胀，可那双眼，虽然深深凹陷着，却闪烁着孩子般的勇气。

"这么说太轻巧了吧，他的行为简直可恶至极。"她说。"真高兴他那么难过。你知道他做了什么吗？"

"还不至于'可恶至极'吧。"他温柔地纠正道。"只不过是不该尝试的时候做了尝试。霍尼彻奇小姐，你已拥有想要的一切，就要和所爱的人结婚了。不要在离开乔治的生活时，还说他可恶至极，好吗？"

"当然，我不会那么说，"听他提到塞西尔，露西颇感羞愧。"'可恶至极'这个词说得重了。对不起，我不该这么说您儿子。我想我还是去教堂吧。我母亲和表姐都去了，我也不能

270

去太晚——"

"特别是在他人已经垮了的时候。"他平静地说。

"你说什么?"

"就那么垮了。"他默默地拍了拍手掌,头垂到了胸前。

"我不明白。"

"跟他母亲当年一样。"

"可是,艾默生先生,艾默生先生,您在说什么呀?"

他说:"当时我不愿意让乔治受洗,她就——"

露西感到很害怕。

"但是她也没意见,说洗不洗礼不重要,可他十二岁那年发了次高烧,她就后悔了,认为那是上天的惩罚。"他浑身战栗着。"噢,真是太可怕了,当初我们都已经抛弃了那些观念,和她父母也断绝了来往。噢,真是太可怕了,而最可怕的、比死亡还可怕的是,你在荒野里开辟土地,种上花花草草,让阳光洒布进来,而杂草却偷偷摸摸地侵入!竟然说是报应!孩子得了伤寒,难道是因为牧师没有在教堂里往他身上洒水吗!霍尼彻奇小姐,这可能吗?难道我们要永远滑回到黑暗中去吗?"

"我不知道,"露西喘着气说。"这种事情我弄不明白。这不是我该明白的。"

"然而,就是那位伊戈尔先生,趁我外出时,来做他认为该做的事。我不怪他,我什么人也不怪。乔治的病好了,可她却病倒了。乔治这件事让她陷入思考,罪孽究竟是什么,思来想去,整个人就垮了。"

就这样，艾默生先生成了上帝眼中谋杀妻子的罪犯。

"噢，太可怕了！"露西说，这下倒把自己的事忘在了脑后。

"他没有受洗。"老人说。"对此我毫不让步。"他目光坚定地注视着那一排排书，仿佛已经战胜了它们，可他付出了多么高昂的代价啊！"我儿子怎么来到这世上的，就该怎么回去。"

她问小艾默生先生是否生病了。

"噢，就在上个星期天。"他从回忆中回过神来。"乔治嘛，上个星期天，不是生病，只是精神垮了。他是从不生病的。但他毕竟是他母亲的儿子，眼睛和她一样，我觉得她的额头很漂亮，他认为活着没什么意思了。总是让人提心吊胆的。他会活下去的，但认为活下去了无生趣。在他眼里，无论做什么，都会是了无生趣。你还记得佛罗伦萨那座教堂吗？"

露西清楚记得，当时还建议乔治去集邮。

"你离开佛罗伦萨后，简直太可怕了。后来我们租下这儿的房子，他还跟你弟弟一道儿去游泳，人也变得开朗起来。你撞到他游泳了，是吧？"

"我很难过，不过讨论这事又有何益。我确实深感难过。"

"然后又牵扯到一本小说，我根本没搞懂究竟为什么。我听人家讲了很多，倒是他什么都不肯跟我说。他觉得我年纪太大了。唉，好吧，谁都会有搞不定的时候。乔治明天会过来，带我去他伦敦的住所。住在这儿他受不了，而他去哪儿，我就得去哪儿。"

"艾默生先生，"女孩叫道，"您别走啊，至少不要因为我。

我要去希腊了。那栋房子多舒服啊，您怎么舍得？"

她的声音从未这般亲切过，老人不禁微微一笑。"这儿每个人都很好！你看，毕比先生今早过来，听说我要走，便把我接到这里！在这儿烤着火，甭提有多舒服。"

"是舒服啊，那您还要回伦敦去？太荒唐了吧。"

"我得跟乔治在一起。我得让他好好活下去，而在这儿他做不到。他说，一想到会遇到你，会听人家说起你，他就——我不是替他辩解，我说的是实情。"

"噢，艾默生先生，"她握住他的手。"您千万别走。迄今为止，我给这世界带来了太多的困扰。绝不能因为我让您搬离心仪的房子，或许还因此蒙受经济损失。您必须打住！我这就要去希腊了。"

"这么远跑到希腊去？"

她的态度有所变化。

"去希腊？"

"所以嘛，您千万别走。我知道，这件事您是不会声张的。你们两个我都信得过。"

"当然信得过。我们要么张开怀抱接纳你，要么绝不打扰你，尊重你自己选择的生活。"

"我不该想要——"

"我觉着，维斯先生肯定很生乔治的气。乔治是不对，不该去尝试的。我们把自己的想法太当回事儿，现在落到这般田地，我想也是自作自受吧。"

她再次看了看那些书：黑色的，棕色的，还有刺目的蓝色，那是神学书籍所特有的。它们前后左右包围着来访者，有些堆放在桌上，一直堆到天花板。艾默生先生有着深切的宗教感，他与毕比先生最大的不同，在于他认可人的激情，可这些露西哪里看得出。她觉得，心绪如此糟糕的时候，老人竟然窝在这么个圣堂里，还得依靠牧师的恩赐，真是要多可怕有多可怕。

　　她的疲态他看得真真切切，便要把椅子让给她。

　　"别，您可别动。我坐到马车里去就是了。"

　　"霍尼彻奇小姐，你听上去很疲惫啊。"

　　"哪有啊。"露西说道，嘴唇不住地颤抖着。

　　"你还嘴硬，而且，你的神情还真有些像乔治。关于出国旅行，你刚才说什么来着？"

　　她没吱声。

　　"希腊，"她看得出，他正反复掂量着这个词。"希腊。我原以为，你今年打算结婚的。"

　　"没有啊，要到明年一月份。"露西说，双手攥得紧紧的。若给问到关键处，她真的要说谎吗？

　　"我想维斯先生会一道去吧。我希望，不是因为乔治说的那些话，你们俩才要一起去的？"

　　"不是。"

　　"希望你们在希腊能玩得开心。"

　　"谢谢您。"

就在这时，毕比先生从教堂回来了，黑色法衣上挂满了雨珠。"这就好，"他和颜悦色地说。"我就知道你们两个能谈得来。雨又下大了。所有的教众，包括你表姐、你母亲，还有我母亲，都在教堂那儿等着马车去接。鲍威尔来了没有？"

　　"应该来了吧，我去瞧瞧。"

　　"用不着你，自然该我去了。艾伦小姐们还好吧？"

　　"她们很好，谢谢您。"

　　"你有没有跟艾默生先生讲去希腊的事儿？"

　　"我，我讲了。"

　　"艾默生先生，她是去给两位艾伦小姐保驾护航的，您不觉得是勇气可嘉吗？来吧，霍尼彻奇小姐，赶快回家，注意保暖。我个人觉得，出外旅行，'三'可是个了不起的数字，它代表了勇气。"说罢，他急忙赶去马厩。

　　"他不会去的，"她用嘶哑的嗓音说。"刚才我不小心讲错了。维斯先生会留在英格兰。"

　　不知为何，什么事也瞒不过这老人。对乔治，对塞西尔，她会再次撒谎的。但他却似乎离真相那么近，那般庄严地走近深渊，对那深渊给出自己的解释，与周围的书给出的解释殊为不同，又那般坦然面对他所走过的艰难道路。这一切令真正的骑士精神在她体内苏醒了。这种骑士精神无关对异性的殷勤，对那一套人们已感厌倦。这是真正的骑士精神，是所有年轻人对所有长者表达的尊重。于是，她顾不得会有什么风险，告诉他塞西尔不陪她去希腊。她说得那般认真，以至于坐实了风险。他抬眼望着她，问道："你要离开他吗？你要离开自己心爱的人吗？"

"我，我不得不这么做。"

"为什么，霍尼彻奇小姐，为什么？"

恐惧袭上心头，她再次撒了谎。她重复了此前跟毕比先生说过的话，滔滔不绝，极具说服力，而且打算将来宣布婚约解除时，也要跟所有人这么讲。他沉默地听着，然后说："亲爱的，我为你担心。我看啊，"那声音如梦似幻，她却没有感到惊诧，"你是在犯傻。"

她摇了摇头。

"相信我老头子的话，这世界上没有什么比犯傻更糟的了。面对死亡与命运，面对那些听上去可怕的事情，都算是容易的。只有那些犯傻做下的事，才令我回头看时心惊肉跳，那些错误本可以避免的啊。我们可以互相帮衬，但又能帮多少。我曾经以为，可以教给年轻人生活的全部，可现在我懂了，我能教给乔治的只有一点：千万别犯傻。你还记得在那间教堂里，你佯装对我生气，其实并没有吗？是否记得那之前，你拒绝过那间看得见风景的房间吗？那都是在犯傻，虽然是小事，却不是什么好兆头。我担心你此刻又在犯傻。"她沉默着。"你要相信我，霍尼彻奇小姐。生活虽然美好，却也饱含艰辛。"她依然沉默着。"我的一位朋友曾写道，'生活是场小提琴公演，你得不停地拉，才能掌握这件乐器。'写得真好。人必须在生活中学习运用自身的功能，尤其是爱的功能。"接着他兴冲冲地

276

说，"就这么回事，我就是这个意思。你是爱乔治的！"一番长长的铺垫后，这几个字像公海上的巨浪般冲向露西。

"但确实如此啊。"他继续说道，不给她反驳的机会。"就像他爱你一样，你也全身心地爱着她，明明白白，直截了当，其他词语都不足以表达。为了他，你不会嫁给别人。"

"您怎敢这样讲！"露西气咻咻地说，耳中尽是汹涌的涛声。"哼，男人都这副口气！我是说，总以为女人心里只想着男人。"

"难道不是吗？！"

她努力做出厌恶的样子。

"你感到震惊对吧，我就是要让你感到震惊。有时这是唯一的办法。除此之外，我无法触动你。你一定得结婚，否则你的生命就给浪费了。你已经走得太远，想回头都不成。我知道，你在婚姻中渴望温柔相待、琴瑟相合、诗情画意，以及那些真正重要的东西，不过这会儿我没时间跟你细讲。但我知道，跟乔治在一起，这些你都会拥有的，我知道，你是爱他的。那就做他的妻子吧。他已经是你的一部分了。即使你飞去希腊，再也不见他，连他叫什么都忘了，但他会一直盘旋在你的脑海里，直到你离开这个世界。只要爱过，就无法忘怀。即便你想忘，那也是白搭。你可以让爱变，可以无视它，也可以搅乱它，但你永远无法将它从心中抹去。我是过来人，知道诗人说得对：爱是永恒的。"

愤怒的泪水夺眶而出，然而，尽管怒意转瞬即逝，她的泪

277

水仍在流淌。

"但愿诗人也会说：爱情源于肉体。它不是肉体本身，但却源于肉体。唉！要是敢于承认这点，哪来的那么多痛楚！唉，只需多一分坦诚，便能让灵魂获得自由！亲爱的露西，你的灵魂！如今我痛恨这个词，因为迷信的人们用尽伪善的言辞，将它死死地裹缠。然而，我们都是有灵魂的。它们怎么来的，又去向何方，我说不清楚，但它们一定存在，而我看到了什么，你正在摧毁自己的灵魂！这叫我怎么受得了：黑暗又悄没声地溜了进来。这就是地狱！"他控制了一下情绪。"看我胡说些什么，太抽象，太不着边际了！还把你弄哭了！看我这一通唠叨，原谅我吧，亲爱的姑娘。嫁给我家那小子吧。一想到生命的意义，想到爱绝少得到爱的回应，我就——嫁给他吧。这世界不就是为了这样的时刻才给创造出来的吗？！"

这番话太不着边际了，她听不明白。然而，听着听着，黑暗渐渐退却，面纱一层层揭开，自己灵魂的最深处呈现在她眼前。

"那么，露西——"

"你弄得我好害怕，"她痛苦地呻吟道。"塞西尔，毕比先生，买好的票，一切的一切。"她啜泣着跌坐进椅子里。"这一大堆麻烦，我该怎么办啊。我得远离他，就一个人受着，一个人变老。不能为了他，把生活搅个稀巴烂。他们那么信任我。"

大门口来了辆马车。

"跟乔治说我爱他，仅此一次。告诉他我这是'犯傻'。"

说罢，她整理了一下面纱，而面纱下是汹涌的泪水。

"露西——"

"别，他们就在大厅里。噢，请别再说了，艾默生先生，他们那么信任我——"

"你欺骗了他们，他们凭什么要信任你呢？"

毕比先生打开门说："我母亲来了。"

"你不值得他们信任。"

"您这是什么意思？"毕比先生质问道。

"我是说，她欺骗了你们，你们凭什么信任她？"

"稍等一下，妈妈。"他走进房间，关上了门。

"我没太明白您的意思，艾默生先生。您说的是谁？信任谁呀？"

"我的意思是，她骗您说不爱乔治，可他们俩一直就爱着对方。"

毕比先生看着啜泣的女孩，一言不发，脸色苍白，连鬓胡子泛着红色，突然间变得冰冷无情，就那样立着，像一根长长的黑色柱子，等待着她的回答。

"我永远不要嫁给他。"露西颤抖着说。

他面露轻蔑之色，问道："为什么不？"

"毕比先生，我误导了您，也误导了自己——"

"噢，一派胡言，霍尼彻奇小姐！"

"什么一派胡言！"老人激动地说。"这就是人性中你不懂的地方。"

毕比先生很开心，伸手搭在老人的肩头。

"露西！露西！"有人在马车里喊她。

"毕比先生，您能帮帮我吗？"

这个请求令他颇感惊诧，语气低沉而峻切地回应道："我说不出有多难过！真是太悲哀了，太悲哀了，简直难以置信。"

"我儿子有什么不对吗？"那老人再次激动起来。

"没什么不对，艾默生先生，只是我不再对他感兴趣。嫁给乔治吧，霍尼彻奇小姐。他会是个好丈夫。"

他转身出门，自顾自走了。外面传来他带母亲上楼的声音。

"露西！"马车里的人又在叫她了。

她绝望地转向艾默生先生。然而，他的面容让她振作起来。那是一张洞晓人心的圣徒的面孔。

"现在一切都坠入了黑暗，仿佛美与激情从未存在过。我明白。但是请记住佛罗伦萨周遭的重重山峦，还有那风景。噢，亲爱的，换了我是乔治，还吻了你一下，你一定会变得勇敢的。如今，你只好冰冷地参加一场需要温度的战斗，只好走出去，走进自己一手导致的混乱中，你母亲和你所有的朋友都会瞧不起你，噢，亲爱的，如果瞧不起人并没有错，那么他们完全有理由那么做。乔治却仍陷在黑暗中，即便苦苦挣扎，痛苦不堪，也一言不发。我这么说有道理吗？"他的双眼也涌满了泪水。"是啊，我们努力奋斗，不止为爱或快乐，更是为了真理。真理很重要，真理真的很重要。"

"吻我一下，"女孩说。"吻我一下吧。我会尽力的。"

他赋予她一种感觉，仿佛众神已经和解，而且令她感到，赢得了心爱的男人，便是为整个世界赢得了某种东西。一上车，她便说出了自己的决定。回家的道路极其泥泞，而老人的致意始终伴随着她。他将身体从污浊中拯救出来，使世人的讥讽不再刺痛。他让她认识到，率直的情欲是神圣的。好多年后，她还常常对自己说，"一直没搞懂，他究竟如何让她变得坚强起来。仿佛他让她一下子明白了，万物乃是一个整体。"

第二十章　中世纪的终结

　　艾伦小姐们真去了希腊，不过就她们两个人。故事中这一小群人里，只有她们俩将绕过马里阿[1]，穿越萨龙湾[2]水域，也只有她们将游览雅典和德尔菲，参观智性之歌的圣殿，一座矗立在蔚蓝大海环绕的卫城[3]之上，另一座在帕纳塞斯山[4]下，苍鹰在那里筑巢，青铜战士无畏地驾着战车，驶向无尽之地。虽然抖抖索索、提心吊胆，给死沉的助消化面包累得够呛，她们倒真的去了君士坦丁堡，也确实环游了世界。我们其余的人呢，能去个美好且旅途不至艰辛的地方，就该知足了。我们去意大利[5]，我们回到了贝托里尼公寓。

　　乔治说那是他以前住过的房间。

　　"不，才不是呢。"露西说。"这间是我住的，我记得住的

1　马里阿角，是希腊伯罗奔尼撒半岛东南端的一个海角，位于拉科尼亚，隔基西拉海峡与基西拉岛相望。

2　萨龙湾，又称埃伊纳湾位于希腊爱琴海的一个海湾，位于科林斯地峡东部。该海湾的名字来自一位传说中的古希腊国王萨龙。

3　雅典卫城，位于希腊首都雅典，是最著名的要塞城市之一。它由平顶岩构成，位于海拔 150 米（512 英尺）处。

4　帕纳塞斯山，希腊中部山脉，滨临科林斯湾。

5　原文为拉丁语，Italiam petimus. 直译为：我们寻找意大利。

是你父亲的房间，至于为什么，我倒是忘了。是夏洛特这么安排的，有个什么原因吧。"

他跪在瓷砖地板上，将脸贴在她的膝头。

"乔治，你个小傻瓜，快起来。"

"为什么我就不能是个小傻瓜呢？"乔治喃喃地说。

她无法回答，便放下正在缝补的他的袜子，凝视着窗外。已是傍晚时分，又是一个春天了。

"唉，夏洛特真烦，"她若有所思地说。"什么材料能造出这样的人？"

"跟牧师同一个材料呗。"

"净瞎说！"

"对极了。是瞎说。"

"快点起来，地板多凉啊，不然会得风湿的，也别再笑那么大声，别那么傻呵呵的。"

"为什么不能大笑？"他反问道，用胳膊肘夹紧她，把脸贴了过去。"是有什么好哭的吗？吻这儿。"他示意她最好吻在哪里。

毕竟他还是个大男孩。涉及关键问题时，能够清晰回想起过往的是她，经受着巨大的痛苦的也是她，记得去年这是谁的房间的还是她。原来他有时也会弄错啊，这反而叫她更觉亲切，是不是有些怪呢？

"有信吗？"他问。

"只有弗雷迪的一封短信。"

283

"现在吻我这里。再吻这里。"

然后，禁不住露西又以风湿相威胁，他起身踱到窗前，像个典型的英国人那样，推开窗户，身子探了出去。映入眼中的是女墙，再过去就是那条河，朝左边望去，那一线都是山脚。一见他，那马车夫便发出蛇般的嘶嘶声向他致意，也许这人便是十二个月前启动幸福之轮的法厄同。所有情感在南方都变得炽烈，刹那间，强烈的感激之情涌上这位夫婿的心头，他由衷祝福那些人和事，为了他这个傻瓜，他们可没少操心。为了自己他也挖空了心思，这是真的，可他的所作所为又有多傻！

真正重要的战斗是其他人完成的，譬如意大利、他父亲还有他妻子。

"露西，过来看，那些柏树，还有那座教堂，不管它叫什么，这会儿还能看得到。"

"叫圣米尼亚托。你的袜子马上就要补好了。"

"先生，我们明天出去兜兜风。"[1] 马车夫大声说，那笃定的语气甚是迷人。

乔治说他打错了主意，他们可没闲钱去兜风。

还有原本无意帮他的人：拉维希小姐们、塞西尔们、甚至巴特利特小姐们！乔治从不以狭隘的目光看待命运，但凡是令他得偿所愿的人或事，他都给计算在内。

"弗雷迪信里有什么好消息吗？"

1　原文为意大利语，后文马车夫均操意大利语。

"还没有。"

他满意得不能再满意了，而她的满意却夹杂着些许苦涩：霍尼彻奇家的人还未原谅他们。她曾经的虚伪令他们厌恶。她与风之角疏远了，也许再也回不到从前。

"他写了什么？"

"真是个傻小子！还摆出一副很有尊严的样子。六个月前他就知道，我们会在春天出发，也知道倘若母亲不同意，我们也顾不了那么多。我们早就给了他们思想准备，可现在他却说我们私奔了。这家伙真荒唐——"

"先生，我们明天出去兜兜风——"

"别担心，最后一切都会好的。他必须重新从头与我们建立亲密关系。然而，我最希望的是，对女人塞西尔没变得那般愤世嫉俗。同上次一样，他真的变化很大。为何男人对女人总有那么多成见？我对男人就没什么成见。我也希望毕比先生——"

"那你可有的等了。"

"他永远不会原谅我们的。我的意思是，他再不会关注我们了。真希望他对风之角的人没那么大影响，真希望之前也没有。不过，只要我们的行为出于真诚，真爱我们的人终究会回到我们身边。"

"也许吧。"然后，他愈发温柔地说。"好吧，我的行为便是出于真诚，这是我唯一真正做到的，结果，你就回到了我身边。所以也许你说得对。"他转身往里走了几步。"把袜子放下吧。"他抱起她回到窗前，好让她也将风景尽收眼底。然后，二人跪坐地上，以避开路人的目光，喃喃地呼唤着彼此的名字。啊！这一切都是值得的：他们梦寐以求的巨大欢乐，以及无数从未梦到过的小小的欢乐。他们默默无语。

"先生，明天我们出去——"

"噢，那人可真烦！"

露西想起那个兜售画片的小贩，便说："快别对他无礼。"然后她深吸一口气，喃喃地说："伊戈尔先生和夏洛特，可怕而冷漠的夏洛特。她对这种人可绝不会留情的！"

"你看，桥上的那一溜儿灯光。"

"唉，这个房间让我想起了夏洛特。像她那样变老该有多可怕！想想那天晚上在教区长家，她应该是没听到你父亲在屋子里，要不然一定会拦着我不让进去的，而他是这世上唯一能让我明白道理的人。这一点你可做不到。每当我感到好幸福的时候，"她吻了吻他，"我就想起当时有多险。当时要是夏洛特知道，肯定不会让我进去，那样的话，我就会傻乎乎跑到希腊去，也就绝不会有现在的我了。"

"可她是知道的，"乔治说。"她的确看见我父亲了。他是这么说的。"

"噢，不会的，她没看见他。她在楼上陪着老毕比夫人，你忘了吗？之后便直接去了教堂。她是这样说的。"

乔治的倔脾气又上来了。他说："我父亲看见她了，我更信他的话。那会儿他正在书房炉火旁打盹，一睁眼，就看到了巴特利特小姐。就在你进去前的几分钟。他还没完全清醒呢，她就转身出去了，所以没和她说上话。"

接下去，他们随便聊起其他事情。对于那些为拥有彼此，经历过数番苦斗的人，得到的奖赏便是静静依偎在彼此怀中随意闲聊。过了好一阵子，他们的话题才又转回到那女人身上，不过再次聊起时，她的举止却更耐人寻味了。乔治厌恶任何见不得光的事情，他说："她明摆着是知道的，那为何要冒险让你们碰面呢？明知道他在那儿，可她还是去了教堂。"

二人挖空心思，力图弄清事情的真相。

正说着呢，一个不可思议的答案闪现在露西的脑海中。她觉得那不可能，便说："夏洛特总是这样，最后时刻会犯个小糊涂，于是前功尽弃。"夜色渐浓，河水哗哗流淌，他们依偎在一起，冥冥中有什么在告诫他们，她的话站不住脚。乔治低声说："或许她是故意的？"

"故意什么？"

"先生，我们明天出去兜兜风——"

露西俯身向前，轻柔地说："走开吧，请走开。我们已经结婚了。"[1]

"那对不起了，太太。"他同样轻柔地回答道，扬鞭催马前行。

"晚安，谢谢了。"

1　原文为意大利语，露西此后与车夫均用意大利语交谈。

"不客气。"

马车夫唱着歌驾车离开了。

"故意什么，乔治？"

他轻声说："真是这样吗？这可能吗？我有一个大胆的猜测，你听听看。你表姐一直盼着我们在一起。自打我们相遇的那一刻起，她就发自内心地希望，我们像现在这样。当然，那是自她内心的极深处。她表面上同我们作对，心里却巴望我们能成。除此之外，我无法解释她的所作所为。你能吗？想想看，整个夏天她是如何让我活在你心里的，如何让你不得安宁，还有月复一月，她如何变得益发古怪，益发无可信赖。我们亲吻的样子萦绕在她心头，不然她不会跟她的朋友那样描述我们。书里有些细节，怎么说呢，简直热情似火。之后我读了那本书。她并不是个冷血的人，露西，她的内心并未完全枯萎。她两次拆散我们，但那晚在教区长家里，老天又给她一次机会，来成全我们的幸福。与她成为朋友，或向她道谢，我们永远做不到。但我确信，在她内心深处，在她一切言行的后面，她是开心的。"

"这不可能，"露西喃喃地说，继而回忆起内心的种种体验，她又道："不，还真有可能。"

青春拥抱着他们。法厄同的歌宣告激情得到回报，爱情得以成就。然而，他们感受到了比这更神秘的爱。歌声渐渐沉寂下去，耳畔河水哗哗流淌，裹挟着冬天的积雪，径直流向地中海。

附　录

房间不再，风景犹存

E.M. 福斯特

《看得见风景的房间》于 1908 年问世。如今已是 1958 年，我突发奇想：不知这半个世纪里，书中人物际遇如何。早在 1908 年之前，他们便已塑造出来。小说涉及意大利的前半部，几乎算是我小说创作的首次尝试。我将它束之高阁，转而创作并发表了另两部小说，然后才回过头来，完成了涉及英国的后半部分。它不是我钟爱的那部书，《最长的旅程》才是，但它却是最美好的一部。书中的男女主人公应该是善良美好、俊美靓丽、彼此倾心的，按说也该获得幸福。他们当真得到幸福了吗？

且容我想想。

露西，也即乔治·艾默生太太，如今应该年近七旬，而乔治已是古稀之人，二人均到了成熟的年纪，当然，还没我这般成熟[1]。他们依旧是风度翩翩的一对，彼此爱慕，疼爱儿孙。不过他们生活在何处呢？嗯，这是个难题，为此我把本文叫作

1　写作本文时，福斯特已是七十九岁高龄的老人。

《房间不再，风景犹存》，我想不出乔治与露西会生活在哪里。

在佛罗伦萨度过蜜月后，他们十有八九在汉普斯特德[1]定居下来。不对，应该是在海格特[2]。这点应该很清楚，而接下来的六年，就生活的舒适度而言，是他们一生中最美好的岁月。乔治辞掉了铁路上的差事，在政府部门找下薪水更高的职员职位，露西从娘家带的嫁妆虽不算多，但也不算少，二人都想得开，这笔钱该享受就享受，而巴特利特小姐也把自己所谓仅有的一点家当全部留给了他们。（谁能想到夏洛特表姐会这么做？反正一开始我就想到的。）他们雇了一位居家仆人，眼见着就要过上有产者的舒服日子，偏偏一战爆发了，说是会终结一切战争，可却把一切都毁了。

乔治立刻表示，出于良知拒服兵役[3]。他接受了替代役[3]，避免了牢狱之灾，然而却失去了政府部门的工作，和平到来后，也失去了申请"给英雄一个家"[4]提供的住房优惠资格。霍尼彻奇太太对女婿的行为颇感失望。

到了此时，露西高调发声，称出于良知自己也会拒服兵役，而且坚持演奏贝多芬的作品，不顾危险就在眼前。德国佬

1　汉普斯特德（Hampstead）：伦敦西北部一自治区。

2　海格特（Highgate）：伦敦北部一地区，内有海格特公墓，是马克思的长眠之所。

3　替代役（alternative service 或 substitute service）：即替代性民役（alternative civilian service），也称为民役、非军役（non-military service），是为国服役的一种形式，替代入伍服兵役，原因多种多样，比如出于良知反对战争、健康问题、政治原因等。

4　给英雄一个家（Homes for Heroes）：英国一战后为解决退役人员住房问题而实施的计划，当时的英国首相大卫·劳合·乔治呼吁"为英雄建造一个家"。

的音乐，这还得了！有人听到报了警，警察随即登门调查。老艾默生先生同儿子儿媳住，他跟警察大大说道了一番。他们警告他最好小心点儿。不久后他便去世了，死时依然期盼着，相信爱情与真理终将帮助人类渡过难关。

爱情与真理的确让这家人渡过了难关，真的了不起！从来没有、以后也不会有哪个政府承认爱情与真理的权威，但这次偏偏是二者暗中联手，帮助这名誉受损的一家人从海格特搬到了卡苏顿[1]。当时，乔治·艾默生夫妇膝下已有二女一子，觉得是时候该有个像样的家了，最好在乡下，能在那儿扎下根，毫不惹眼地建立起自己的王朝。可文明走的是相反的方向。我其他小说中的人物也遇到过类似的棘手问题。《霍华德庄园》讲的是寻找一个家。《印度之行》是印度人、也是英国人的旅程。身与心皆无处安顿。

有段时间，他们对风之角多少抱有些幻想。霍尼彻奇太太去世后，他们曾有机会搬去那栋他们钟爱的宅子。可是，继承者弗雷迪不得不将它出售变现，以养活家人。他行医并不成功，膝下子女众多，除了出售祖产，别无他法。风之角消失了，花园给推平，盖上了房子。霍尼彻奇这个姓氏在萨里郡随之湮灭无闻。

再后来，二战爆发了，其后便是长久的和平。战争伊始，乔治便报名入伍。他既睿智又热情，能够分辨哪个德国跟英国

1　卡苏顿（Carshalton）：伦敦远郊一地区。

一样糟，而哪个德国是恶魔的化身。他已届五旬，一眼便能看出，希特勒主义不仅是情感的敌人，而且是理智与艺术的敌人。他发现自己酷爱战斗，之前缺乏战斗的岁月令他饥渴难耐。他还发现，离开妻子的日子里，他并未能够洁身自好。

对露西而言，战争并未带来多少变化。她教教音乐课，还到广播电台演奏贝多芬的作品，而这次再也无人大惊小怪。不过，沃特福德[1]的那套小公寓给炸毁了，原本她想尽力维持这个家，等着乔治回来，可所有家当与纪念品都毁于一旦，他们嫁到纳尼顿[2]的女儿也有同样的遭遇。

乔治在前线升为下士，在非洲作战时受伤被俘，关在墨索里尼统治下的意大利。在狱中他发现，与他游览意大利时相比，如今的意大利人有时同样富于同情心，有时却较为冷漠。

意大利垮台后，于混乱中他一路北上，赶往佛罗伦萨。这座他钟爱的城市变了样，但依稀保留着旧时的面貌。天主圣三一桥[3]已毁于战火，老桥[4]两端皆一片狼藉，而发生过那起小小谋杀案的市政广场，却得以在战火中幸存下来。一度生意红火的贝托里尼公寓所在的那个区也得以幸免，一砖一石皆毫发无损。

于是，乔治开始四处寻找当年那栋房子，几年后我自己

1　沃特福德（Watford）：伦敦西北部一地区。

2　纳尼顿（Nuneaton）：英国沃里克郡北部一城市，是该郡的最大城市。

3　天主圣三一桥（Trinita Bridge）：意大利佛罗伦萨市中心一座跨越阿诺河的石灰岩桥梁，兴建于文艺复兴时期。

4　老桥（Ponte Vecchio）：意大利佛罗伦萨阿诺河上一座中世纪石拱桥。

也去找过。他没找到。那一带虽未遭破坏，但面貌已迥异于从前。阿诺河滨大道那一线的房子都重编了门牌号，也都改建过，仿佛重铸的一般，有些门脸儿较以前宽，有些较以前窄，要想确定半个世纪前，哪间房子里发生过浪漫的故事，实在没有可能。因此，乔治只好跟露西讲，风景依旧在，房间肯定也在，只是遍寻无果。听到这个消息她挺欣慰，虽然那一刻她已无家可归。即便只是留住了风景也是好的！只要二人尚有彼此，尚相亲相爱，他们便能安栖在那风景里，安栖在他们的爱情里，等待第三次世界大战的到来，它不仅会终结战争，也将终结其他一切。

这段预言性的回顾文字绝不该将塞西尔·维斯排除在外。他退出了艾默生夫妇的生活圈，却并未彻底离开我的生活圈。凭他的正直与智慧，注定会去做保密工作。到了1914年，他借调到情报部，或者掌控情报的什么部门。我听说过一个故事，发生在亚历山大港，讲的是他如何做宣传，这个故事很受欢迎。那是在郊区的一次安静的小型聚会上，有人想听听贝多芬。女主人觉得不妥：听德国佬的音乐说不定会惹来麻烦。然而，一位年轻军官直言道："不会的，完全没有问题。有位老兄很懂行，他跟我讲，贝多芬铁定是比利时人。"

那位老兄定是塞西尔无疑。恶作剧里都透着文化，只有他办得到。女主人这下放心了，表示可以解禁，于是，《月光奏鸣曲》在沙漠里悠扬响起，熠熠地闪着微光。

一部性格小说

R. A. 司各特-詹姆斯 [1]

福斯特先生的优点足以盖过他在我们眼中的缺陷。小说开篇部分尤为令人着恼，想否认这点是徒劳的。他太有主意了，更糟糕的是，他太过细腻，这细腻或藏于隽永的警句中，或隐于高调的克制里。他固执地认为，维多利亚早期的行为规范到如今依然适用；也只有"知识分子"才会如此盲目地相信这些早已不存在的东西。对此类已经绝迹或至少行将就木的道德矫饰，他给予尖刻的讥刺，却不免有马后炮之嫌。

他所关注的事实有些过于细腻，以至于自己都没意识到，某些更为根本的事实反倒忽略了。譬如，他急于告诉世人，一切"大不列颠"的事物，都脱不了虚伪与肤浅，以至于忘掉了，年轻的英国女士在意大利旅行时，并不像年轻意大利女士那样，总有陪同者紧随左右。因此，当一位女士当街目睹凶杀而晕厥，一位熟人护送她回家时，即便是英国膳食公寓里最古板的住客，也不会因这位好心人出身低微而对此大有微词。再

---

1 司各特-詹姆斯，1906—1912年任职于《每日新闻》的文学版编辑，本评论写于小说出版的1908年。他还著有《英国文学五十年》。

比如，虽然我们也会同意福斯特先生及两位艾默生先生的看法，承认春天与爱情是美好的，而且"我们无权"干涉一个车夫的心灵，可我们依旧觉得，当车夫得寸进尺，不但将情人带上车，而且一把搂进怀里时，马车的租客们有权提出抗议。提出"得体"与否这一道德问题是不应该的，我们应当抵制这一问题。倘若福斯特先生能够更专注于讲故事，而不是讲道理，便会省下攻击风车的力气。

在佛罗伦萨

然而，这是一部甚为精彩的小说，一开始甚为无趣，到最后却引人入胜，散发着人性的光辉。作者逐渐找到了节奏，逐渐熟悉了笔下的人物，也让读者认识了他们。这些人虽然貌似乏味无趣、无足轻重，却也学着顺乎天性。此外，那些传统的、古板的、城乡结合部的特性，突然间便与充满情感血肉的原始热情形成鲜明的对比。露西经历了意大利，忍受了巴特利特小姐愚蠢陪伴带来的禁锢。她手握贝德克尔旅行指南，穿过佛罗伦萨的街道，进出一座座教堂；忍耐着而且最终接受了膳食公寓里喋喋不休的闲话；跟善良的牧师毕比先生交谈，听心怀恶意的牧师伊戈尔高谈阔论，淹没在乡土小说家拉维希小姐滔滔不绝的言谈中。迫于无奈，她与在膳食公寓里不受人待见的艾默生父子打交道。就在受了致命伤血流不止的意大利人嘴里涌出一股股鲜血，似乎要对她讲什么的紧要关头，那儿子对她伸出了援手。这确凿无误的"血的召唤"令她大为震惊，人变得清醒起来，几乎放下了矜持，与这位有血有肉的男性交谈起来。此后，在紫罗兰的"瀑布"中，她再次与这男子不期而遇时，这粗鲁的人毫不犹豫，"快步上前，吻了她"，而她则被巴特利特小姐那个老古板慌忙带走，后来与颇有教养的绅士塞西尔·维斯订了婚。

有教养的人

接下来，随着故事情节的发展，讽刺意味益发强烈，激情也益发真实。露西回到了风之角的家。家里有善良、唠叨、牵挂她的妈妈，还有头脑简单、身体健康、喜欢瞎吵吵的弟弟弗雷迪。塞西尔·维斯开始频繁出现在故事中。他来自伦敦的一角，脑子里的思想源自书本和都市文化中的实利主义。他离开那高高在上的知识分子宝座，冒险降临到风之角质朴的世界里。他几年前就认识露西了，但"意大利令她有了某种神奇的变化，赋予她以光彩，同时，也给了她影子，而后者他更为看重。没过多久，在她身上，他发现了一种迷人的含蓄。她宛如达·芬奇画中的女性，迷人的不是她，而是她不愿透露的东西。"他在她身上寻找"魅力"，而若她体现出强烈的个性，他会感到震惊。他喜欢跟她谈论书籍、诗歌、绘画，喜欢她倾听自己的言谈。有一次，受到田野和树木的感染，他甚至放低身段，说"那一刻（他）崇拜的是新鲜空气"，喜爱她的质朴。他如此这般解释，为何自己喜欢上了林间的小径：

"我以前以为，跟我待在室内你会更自在些，不过这个想法应该是错的。"

"室内？"她回应道，完全给搞蒙了。

"是啊。或者最多在花园里，或是大路上。从未在如此真实的乡野里。"

"哦，塞西尔，你葫芦里究竟卖的什么药啊？我从来就没有你说的那种感觉。说的我好像是女诗人什么的。"

"我不知道你是不是。我把你跟一种风景联系起来了，某种类型的风景。你为什么不把我同房间联系起来呢？"

她沉思片刻，继而笑道："你可知道你是对的吗？我是知道的。我一定是个女诗人吧。一想到你，你好像总是在屋子里。真是奇怪啊！"

他似乎很恼火，这令她吃惊非小。

"敢问，你说的屋子是客厅吗？看不到风景？"

"是呀，我觉着看不到风景。这有什么吗？"

"我倒宁愿你把我跟户外联系到一起。"他语含责备地说。

她再次问道，"哦，塞西尔，你葫芦里究竟卖的什么药啊？"

实在的人

"……，风景实际上是些扎堆的东西，一片片树，一片片房舍，一片片山丘，因此，风景都彼此雷同，就像人群一样；也就因为这个，它们对我们施加的力量，有时是超自然的。……因为人群远大于组成人群的个体。一旦组成群体，就凭空多出些什么，没人知道是何原因，好比我们面前的群山，就不是一座座山凑到一起那么简单。"这般教导露西的不是塞西尔，而是乔治·艾默生，那个在她滑下紫罗兰瀑布的当口吻了她，后来当她成为别人的未婚妻时再次吻了她的男人。他让她明白，塞西尔是"（那）种人，会让欧洲退化一千年"，他"对人这种最神圣的生物，都敢大肆捉弄。"

福斯特先生打破了小说传统的禁锢，他竭尽全力试图阐明的道理，遭到小说核心人类事件的碾压，而这些事件最终深深吸引了他和我们。那些美好、原始、深刻的东西即便不"属于肉体"，但绝不否认肉体，使他将自己令人恐怖的造作抛到脑后，从而变得真实。这部小说渐渐抓住了读者，若是用心去读，他有理由对福斯特先生充满感激。

半隐的生命

C.F.G. 马斯特曼 [1]

福斯特先生的努力值得评论家严肃对待他的作品。迄今为止，他创作了三部长篇小说，数篇短篇小说和小品文。这些作品别具个性，卓尔不群，能够引导读者关注更为宏大的问题。他的新作《看得见风景的房间》，就其书名而言，也许道出了他全部作品的主旨。他以细腻精确的细节，将"房间"及其内容呈现出来：墙面的印花墙纸，沙发与沙发罩，精美、奇特、古板的老派器物。不止这些，他还让我们看到了"风景"：在器物构成的空间里，除人造的器物外，还有惬意满足的居住者，他们相互评判，有时相互指责，而且从未停止相互搅扰。曙光透过百叶窗闪耀着，落日的余晖在地毯和坐垫上投下挥之不去的阴影，屋外是风暴的呼啸声，或是暗夜令人不安的寂静。作者将书中所有人物间的冲突安排在两种命运的交汇处，那是一个终极选择的时刻。这冲突的根由在于，人物的天性与

1　英国记者、作家。此评论发表于 1908 年的《国家》杂志。马斯特曼后来在写给福斯特的信中说道："我在《国家》上写了一些关于你的书的晦涩的东西，与我从书中获得的乐趣相比，那篇评论代表不了什么。"

后天养成的行为习惯令他们认同"房间"里舒适有序的生活，然而每个人的内心都蕴藏着某种不羁或欣悦，回应着"风景"发出的更高的呼唤。

"房间"也许有着众多样式和形状。在《天使不敢驻足的地方》这部迷人的悲剧性闹剧中，英国的"房间"处于伦敦郊区社会普遍的安逸平稳里，而在意大利，"房间"则在一座托斯卡纳小城破败的街道上。在《最长的旅程》中，"房间"存在于古老大学传统的教养里，那里面藏着塑造完美绅士的秘密，它也存在于英国乡村社会传统的体面中。在这些不同的"房间"里，完美的英国绅士受到传统的召唤，追求有序与安宁的生活。在这部新作中，"房间"也发生着转变。先是在佛罗伦萨的英国膳食公寓里，那里充满了对卡尔·贝德克尔及约翰·罗斯金作品的热情；后来到了萨里郡广阔的郊野，在那里，新富起来的人们与移居于此的职员阶层令南望大海的群山显得落寞孤寂。这两处都是人类文明的前哨，因而都危险丛生。膳食公寓提供了高高的"防护墙"，它源自轻松愉快的牧师和老姑娘造成的氛围，也源自这城市给英国人提供的各种便利条件，比如英国游客可以结伴出游，可以光顾提供英式下午茶的店铺，可以与当地"有文化的英国社群"交往。然而，这一切的背景，是一个有着数千年历史的古老国度：城市广场上激烈的口角导致突发的死亡；法厄同与泊瑟芬化分别身为一位意大利车夫和他的"妹妹"，将对此毫无察觉的几位快活的英国游客送上菲耶索莱的山峰；山巅上有一片蓝色的紫罗兰花海，放眼可见"蔓延五十里的意大利春色"。回到英国萨里郡山麓的城郊小村，虽然东南铁路将它与城市紧密相连，虽然村里随处可见当代生活的痕迹，譬如图片新闻报、网球场、充满巧智的交谈，然而，村子下方幽深的松林中藏着一汪湖水，村子向南是开阔的原野，极目望去，可以瞥见灰色的大海。这片土地上的某些事物并不服从于习俗，对那些在旧时的众神消失后依然存在的东西，这里是适宜的家园。况且，对福斯特先生而言，一如对海涅及其他人那样，旧时的神并非消逝；它们依然存在，耐心地等待着，等待终有一天，人们不再断然否定它们。他在《独立评论》上发表的小品文中，有一篇题为《恐慌》，该文尚未重印，讲的是在一希腊山谷里，一群人正在野餐，却见潘神现身，对众人大谈自己如何至高无上，旋即消失不见。他来去倏忽，疾如骤风，引发一阵骚动，无人知晓，这番操作发生于自然还是人心之中。潘神在本书中再次现身，先是在俯瞰佛罗伦萨的山峦中，后是在多金附近一处英国人宅邸修剪齐整的花园内：乔治·艾默生两次吻了露西·霍尼彻奇，先是罔顾伦常中一切的体面，后是抛开伦常中一切的名誉。

福斯特先生决定用活生生之世界中的人物去揭示的，正是这生命隐藏着的一面，这安稳静默且一生中罕遭扰动的一面。这是一条神秘的潜流，飘忽不定，隐藏在动机与欲望的背后，而这二者构成了心中清晰的恐惧。这番探索就如特殊情况下的深海探测，是未知海岸线上的探险。生活的日常按部就班，男人挣钱消费，享受运动的快乐，泛泛地讨论政治、哲学和宗教；女人"爱上"体面的男人，且大多满意地接受了男人的爱意与习俗伦常。然而此外，这一切的背后，涌动着潮汐与大洋，随时可能高涨，淹没遮蔽物保护下的海港，将避在港湾内的小舟远远地抛进大海之中。这微小却有智的生命义愤填膺，眼含蔑视，它抗争，它哭泣，拒绝向现实低头，不仅对外部世界，也对自己由衷地说出一串串谎言。有时，它得以成功地重塑秩序：小船回到港湾的庇护下，经历磨难的乘客精疲力竭，死守在庇护所的暗影里，赌咒发誓再也不出海。有时，这场巨变没有尽头：陆地从地平线上消失了，小船在茫茫大海里上下颠簸，欣悦地迎接浩大莫测的浪潮。所有这一切精神冲突，作者都能安排在游客如织的意大利城市中那飞扬的尘灰与枯萎的鲜花间，安排在英国郊区别墅的客厅与网球场间，而他却超然静观，不加干涉，不多嘴说明，令反讽来得更为辛辣。

乔治·艾默生与露西·霍尼彻奇的精神冒险甫一开始，主人公们便拥有某种同龄人难以企及的优势：可以说，他们身处传统习俗的薄弱之处，而这些部位经受环境的影响，会越磨越薄，最终令他们得以面对赤裸裸的现实。打一开始，乔治便是个模糊的影子人物，其父拒绝认可通行的标准，仅仅因为这些标准得到世人的认可。说到底，他的反抗与那些标准一样，皆浮于表面之上；其反抗并无深层次的动因。他对妇女解放的抗议到头来颇为滑稽可笑，一如通常对囚禁罪犯的赞美，显得枯燥乏味。然而，他就是这样教导自己的儿子的。对此，毕比先生的解释是："这人好就好在心口如一，如果这也算优点的话。

他手头的房间自己并不觉得有什么好，却觉得你们会喜欢。他没想到让你们欠他人情，也没想到这样做礼貌与否。一个人再怎么率直坦诚，别人也不一定领情，至少我是这么觉得。"他由此得出结论："不过他这种人呢，你会不同意他的看法，但不会对他感到愤慨。"他与露西在圣十字教堂偶遇，自告奋勇地做她的向导。她直言道："希望没有弄得你们很不方便。"而老人则回答说："亲爱的，我认为，你这番话是从年长的人那儿搬来的。你想做出副敏感易怒的样子，其实那不是你。别板个脸了，……"在佩鲁齐小礼拜堂里，他听到一位讲解员"指导（一群游客）说，欣赏乔托的壁画时，切忌仅盯着质感价值，而应关注灵性高度"，便朗声道出自己的怀疑，对此，那群人虽然心怀义愤，也只是默然离开。乔治很是懊恼，赶紧跟露西解释："不管跟谁，我父亲都这么直来直去的，他总是尽力去表达善意。"露西紧张地笑说道："大家都能尽力这样做，那不就好了？"乔治回答道："我们这样做，是为了能有更好的性格。可他不是，他对人家好，纯粹是出于爱，可他们一旦觉察到这点，不是感到恼火，就是觉得害怕。"

露西呢，虽然出身正统家庭，给习俗伦常束缚着，却洋溢着青春活力，又有音乐为伴，而其表姐兼旅伴巴特利特却显然是个信奉伪神的老小姐，露西对她的不满日益加深。每当她演奏时，"激情她不缺，只是那激情无可名状；它游离于爱、恨与嫉妒之间，游离在构成诗情画意风格的诸多元素之间。她有着一种悲剧感，原因嘛，就在于她心气颇高，总喜欢站在胜利女神一边。"她心中涌动着一股难以名状的反抗精神，一种模糊不清的悸动，这感觉仿佛是：在"一座座早期维多利亚古堡里，她发号施令；一首首早期维多利亚歌曲中，她就是女王。"

　　她内心深处亦涌动起奇异的欲念。她同样醉心于狂野的风、宏阔的全景、浩瀚的绿色海洋。她业已注意到，这尘世中的王国处处流淌着财富、充盈着美丽、燃烧着战火：一层金光耀眼的壳中包着熊熊烈焰，旋转着飞向渐渐消隐的天空。男人们宣称，是她激励他们去行动，欢天喜地地在壳体的表面游走，与其他男性欢聚作乐，那份恣意快活，不是因为他们是雄性，而是因为他们活得有声有色。在这场大戏曲终人散之前，她愿意抛下"永恒的女性"这一庄严的头衔，以凡人的身份赶赴这场盛宴

有了这几位，偶然性或自然安排的运转便会影响到他人。广场上的凶杀案扰动的情绪激发了佛罗伦萨那些古老的东西，给人带来纷乱的挑战；其后是一次进山春游，潘神令游客各自行动，使一场偶遇得以突破世俗的壁垒。面对欣欣向荣的原野，目睹紫罗兰的美丽奔涌而出，浇灌着大地，他，一个男人，看到她，一个女人；在无尽的天空下，除了鼓励他们向前的大地外，再无他物。从那一刻起，一切都顺其自然，一切都毫无悬念。这一幕饱含高雅喜剧的精神。所谓现代事物都透着些古怪，令人满足的东西古怪，令人厌恶的东西更古怪，用笔

传达这些，福斯特先生可谓驾轻就熟。若仅仅描写现代生活的怪异，这部小说就不过是对礼俗的绝妙讽刺；若仅致力于揭示隐秘的生命，它也只会充满神秘，虚幻而难解。福斯特先生将二者融于一处，创造出一部风趣幽默、引人入胜的作品，其内在力量与情感令人难以抗拒，颇值得人玩味。

吴文权翻译本书第一至第九章及附录，并校订全文。
高韵翻译本书第十至第二十章。